Best Time

白马时光

神迹

The Wonder

〔爱尔兰〕爱玛·多诺霍　著
卢屹　译

百花洲文艺出版社
BAIHUAZHOU LITERATURE AND ART PRESS

图书在版编目（CIP）数据

神迹 /（爱尔兰）爱玛·多诺霍著；卢屹译．— 南昌：百花洲文艺出版社，2018.3（2018.11 重印）
ISBN 978-7-5500-2579-0

Ⅰ．①神… Ⅱ．①爱… ②卢… Ⅲ．①长篇小说–爱尔兰–现代 Ⅳ．① I562.45

中国版本图书馆 CIP 数据核字（2017）第 306603 号

江西省版权局著作权合同登记号：14-2018-0002

神迹 SHEN JI
〔爱尔兰〕爱玛·多诺霍 著　　卢屹 译

出版人	姚雪雪
出品人	李国靖
特约监制	王瑜
责任编辑	游灵通　程玥
特约策划	刘洁丽
特约编辑	刘洁丽　王良玉
封面设计	林丽
版式设计	王雨晨
图片提供	视觉中国
出版发行	百花洲文艺出版社
社址	南昌市红谷滩世贸路 898 号博能中心 I 期 A 座 20 楼　邮编 330038
经销	全国新华书店
印刷	北京中科印刷有限公司
开本	880mm × 1230mm　1/32
印张	8
字数	214 千字
版次	2018 年 3 月第 1 版
印次	2018 年 11 月第 2 次印刷
书号	ISBN 978-7-5500-2579-0
定价	39.80 元

赣版权登字 05-2017-523

发行电话 0791-86895108　　网址 http://www.bhzwy.com

献给我们亲爱的女儿

尤娜

目录

contents

第一章

护　士

“我不想让你有任何偏见，”他继续说道，“但我可以说，这是一桩极其不寻常、极其令人不解的事情，一个奇迹。”他停下来，似乎在期待一些反应，“事实是这样的：安娜·奥唐奈声称，确切地说是她父母声称，她自从十一岁生日以后就没有吃过东西。”

噢，这是件荒唐事。

整个行程并没有她想得那么糟。乘火车去利物浦，搭蒸汽船连夜赶到都柏林，坐一趟周日慢车到达一个叫阿斯隆的爱尔兰中部小城。

一个车夫正等候着，“赖特女士吗？”

莉比认识不少爱尔兰人，都是士兵。但那已经是几年前的事情了，所以她竖起耳朵分辨车夫的口音。

他把她的行李箱搬到一辆车上，他称之为“欢乐马车”。爱尔兰人用词不当——这辆光板马车毫无欢乐之处。莉比在车当中的单座上坐定，她悬空的靴子离右车轮太近，感觉不自在。她举起铁骨伞遮雨，起码这比闷热的火车厢好点。

司机懒洋洋地坐到座椅另一头，几乎蹭到她的背脊，他甩了一鞭，“驾！”

蓬毛马驹动了起来。

出阿斯隆的路上行人寥寥，看上去形销骨立。莉比猜，这是因为谁都知道爱尔兰人爱吃土豆，她怀疑，车夫那一口烂牙没准儿也是因为这个。

他说了句什么死不死的话。

“您说什么？”

“‘死亡中心点’，夫人。”

莉比在马车的颠簸中支撑着，等他说下去。

他往下指指，“这儿，咱们正好在咱国家四角之间的中心点。”

莉比很想告诉他，一块犬形陆地并不会有四个角。这人大概惯于向乘客兜售奇闻逸事，好赚些小费。她可不是来游山玩水的。她把伞斜在两人之间。

一片片红褐色泥沼，众所周知的病毒滋生地，平地上长着斑驳的深色植被。偶见灰暗的房屋废墟，几乎布满了青苔。这里没有令莉比赞叹的风景，爱尔兰中部地区湿地成片，荒凉贫瘠，仿佛茶碟当中的小圆圈。

此时，欢乐马车驶离脚下的碎石路，拐进一条更狭窄的石子路。伞面上滴答的雨声逐渐变成了不间断的骤雨声。眼前出现三三两两的无窗小屋，莉比想象着，每间屋子里一家子连人带畜都蜷缩在一起躲雨。每隔一段距离，就会看到一条巷子通向一片参差不齐的屋顶，它们似乎构成了一个村落，但显然，还没到那个村子。莉比很后悔，当初没问车夫这一路要走多久。

医院的护士长只是告诉她，有人以私人名义需要一位资深护士过去工作两周，负担生活费和爱尔兰往返的旅费，并按日支付报酬。让莉比觉得奇怪的是，护理周期竟如此精确，怎么能肯定一位病人需要她的护理时间不多不少正好两个星期呢？或许，莉比只是临时来替代另一位护士的。

不管怎么说，她的回报相当可观，而且新鲜感也令她不乏兴趣。在医院时，莉比的能力得不到赏识——从斯库塔里[①]回来的护士让人觉得“自诩甚高”——她只需用一些比较基本的技能，出国待两周，至少能暂时解解乏味吧。

她按捺住冲动，没从斗篷底下拽出怀表来看，这并不能让时间加

① 斯库塔里，克里米亚战争（1853—1856）期间英国的野战医院驻地，弗洛伦斯·南丁格尔带领的护士队即在此工作。

速，更何况，表盘里也会进湿气。

这会儿，又见一个破败小屋背对着马路，山墙对着天如泣如诉。这屋子尚未被一丝野草覆盖，从门形的洞口里，莉比瞥见一团乌黑——这么看，应该是最近发生的火灾。她想不通，在这个湿漉漉的国家里，怎么可能有东西会着火。没人肯费劲去清理黑炭般的房椽，更别提重新搭建、铺设屋顶了，据说爱尔兰人向来不求上进。

一个女人戴着脏兮兮的花边帽，呆立在路边，她身后的树篱下有一群孩子。马车的响声促使他们走上前，举起拢着的双手，像是在接雨水。

莉比扭头看向别处。

“饥荒时节。”车夫说。

可现在正值盛夏，怎么可能比其他季节更缺粮食？

又过了大约一个小时，马车驶过其他乞讨的妇人，车夫没再说什么。

她们的男人在哪儿？莉比暗想。

她的靴子上被车轮带起的泥浆溅得满是泥点子。车下的路看起来烂泥似乎跟石子一样多，马车有几次冲进深深的污水坑里，莉比不得不抓紧座椅，生怕会跌出车外。

又是小屋，其中一些有三四扇窗户。谷仓、草棚、一栋敦实的双层农舍，然后又有一栋。两个正往马车上装货的汉子转过身，嘀咕了几句。莉比的旅行装束有什么奇怪的吗？当地人很少见到陌生人吗？也许他们就是这么不思进取，一有风吹草动就会偷懒分心。

前方有一栋尖顶房子，刷着白花花的石灰，顶上有一个十字架，也就是说，这是一座天主教小教堂。

车夫止住缰绳时，莉比才意识到已经到那个村子了。按照英国的标准，这不过是一群寒酸相的房子。她这会儿看了下表，快九点了，太阳还没下山。马驹低头嚼起一簇草来。这大概是村里唯一的街道，都没有交叉道路，莉比看不到任何一个堪称旅馆的地方。

“您要在酒鬼杂货铺歇息。”

“对不起，您说什么？”

“赖安家的店。”车夫冲左边一个没有招牌的房子点了点头。

经过一路颠簸，莉比浑身僵硬，让车夫扶她下了车。她伸直手臂甩了甩伞，把它卷起扣好。

走进光线暗淡的房屋，一股泥炭味扑鼻而来。除了一个巨大烟囱下闷闷燃烧的火焰外，只有两三盏灯照着店里，一个姑娘正在把一个罐子推进高架子上它原先在的那一排里。

一个小伙子趴到柜台上，举着一张凭据，“这是我的通行证。”

“好吧。”姑娘没抬眼，说道。

“我周五走。噢，我要去那边儿饱餐一顿牛肉！”

“那么，老天保佑你一路走好。”她声音冷淡。

“晚上好，”莉比说，“我可能被带错地方了。”

那个旅客压低帽檐，然后出了门。

“你是那个英格兰女人。”姑娘说，嗓门有点高，好像把莉比当成聋子，“我会叫人把你的行李箱搬到楼上去。你想到后边儿吃点晚饭吗？”

莉比按捺住火气。要是没有合适的旅馆，而且奥唐奈家不肯或者不能为他们雇的护士提供住宿的话，抱怨也没什么用处。

她穿过烟囱旁的门，走进一间没有窗户的斗室。里面有一位修女，脸几乎淹没在一层层挺括的头巾里。莉比有些畏惧，她好些年没看到这种人了，在英格兰，修女们不常打扮成这副模样，“晚上好。”

修女略惶恐地点头以示应答。她也许不能跟“非我族类者”说话，或是发过誓，要保持沉默。

莉比坐到仅有的另一个桌子边，背对着修女，等着。她的肚子在咕咕叫——但愿声音不太响，没人听见。轻微的“咔嗒”一声，那准是来自修女黑衣的褶皱里有名的玫瑰经念珠[1]。

那个姑娘总算是把餐盘端了进来，修女低头轻语。饭前谢恩祷告，莉比猜想。

眼前是各种奇怪吃食：燕麦面包、卷心菜、某种鱼。“我想吃土豆。”她客气地告诉姑娘。

“这个嘛，要吃到那些玩意儿还得再等一个月。”

啊，莉比明白为什么现在是爱尔兰的饥荒时节了——土豆要到秋天才能收获。

菜里都有股泥炭味儿，不过莉比还是准备吃完盘中餐。从克里米亚战场回来之后，她从不舍得浪费一口粮食。

店堂里传来嘈杂声，有四个人挤进餐厅，“上帝保佑大家。”

莉比不知如何得体地回答，只点点头。

“也保佑您啊。”这是修女在说话，她点点额头、胸口、左肩和右肩，这样画了十字（一双农妇的胖手），然后她离开了房间——是因为吃她那份少得可怜的饭菜吃饱了，还是想把另一个桌子让给新来的客人，莉比不得而知。

这伙人吵闹得很，是农夫和他们的婆娘。难道他们礼拜天下午就开始喝酒了吗？

酒鬼杂货铺，现在她明白车夫说的那个词了。此店不闹鬼，只是卖酒给酒鬼罢了。他们在聊天中谈到他们亲眼所见却几乎不敢相信的一件“稀罕事儿”，莉比猜他们去赶了个集。

“要我说，是有其他一帮人在背后。”男人的老婆用手肘戳了他一下，但他很执拗，“一门心思伺候她！”

“赖特女士吗？”

她转过头。

陌生来客自我介绍道：“我是麦克布里亚第医生。”

① 玫瑰经念珠，《玫瑰经》是天主教徒母玛利亚的祷文，教徒念经时用串珠计数，谓之玫瑰经念珠。

这是护士长告诉她的名字，她站起身跟他握手。此人两鬓胡子灰白杂乱，头顶毛发稀疏，衣衫破旧，双肩头屑斑斑，手拄着一根圆头拐杖。大概七十岁的模样。

农夫和婆娘们饶有兴趣地盯着两人。

“远道而来，难为你了。”医生寒暄道，仿佛莉比是来探亲访友，而不是受雇于人，“跨海过渡很难过吧？”

“没有我想得那么糟糕。”

“你差不多吃完了吧？”

她跟着他出来，走进店铺里。那个姑娘举着油灯，示意他们走上狭窄的楼梯。

卧室空间狭小，莉比的行李箱占去了不少地面。她是要在这里跟麦克布里亚第医生私谈吗？

“很好，玛吉。”他跟姑娘说，“你爸的咳嗽怎样了？”

“好些了，差不多吧。”

“好了，赖特女士。”姑娘一走，他马上说道，并示意她在靠背椅上坐下。

莉比愿意花大代价换十分钟的独处时间，上个厕所、洗个脸，但她坐下了。

医生倚着手杖，“你多大岁数了——请恕我唐突。”

这么说，她还得接受面试，她原以为自己已经稳拿这份工作了呢。“不到三十岁。”

“守寡了，我听说。当你发现自己，呃，要独自过活后，就做了护理工作？”

他这是在核实护士长的诚信度还是莉比的？她点头，“在我婚后不到一年。”

“那你在医院有……”

“到九月就三年了。”这本身就很了不起，大多数护士待不了几个月——不负责任的清洁工、古板的岗普斯夫人抱怨医院配的护工不够。

“在那之前，我在各种人家工作，”她补充道，“再之前，我护理过自己临终患病的父母。”

他的脸略微一沉，“我原本听说，你在南丁格尔小姐本人手下工作过。”

啊，所以南丁格尔小姐才是莉比跨越爱尔兰海峡而来的原因。奥唐奈一家指定是财大气粗，才会大费周章地到英格兰请一个水平更高的护士。那为什么只要两个星期，而且不让她住在他们自己家里？

“是的，我在克里米亚有幸得到过她的指导。”

“艰苦的工作。”

看起来，说不的话，太怪；说是的话，太践。

“你一定经历了就女子而言十分独特的手术病例吧？”医生好奇地问。

莉比点点头，尽量显得谦虚，“我们还处理过大量的霍乱、痢疾、疟疾等病例，当然，冬天还要治冻疮。”其实，英格兰的护士们大多数时间都在填充床垫、搅拌稀粥，还有站在盥洗盆旁，不过莉比不想让麦克布里亚第医生误会自己是个没经验的杂工，没有人会理解这个，救治生命的工作常常沦落到要收缴被盗的绷带，或者疏通厕所下水道。

“当代的圣人，南丁格尔小姐。”

莉比可以看出，他还想听一些关于她老师美丽、严格和正直的故事，“我那会儿是专职护士。”她只这么说。

“志愿者吗？”

她本来是想解释清楚，却被这老头理解错了，她的脸有些发热。

“我的意思是，我是受过培训的护理人员，不是级别比较低的护工。”莉比说。不过说真的，有什么不好意思的？南丁格尔小姐总是提醒她手下的护士们，拿薪水无损于助人精神。

“啊，很好。你护理过小孩吗，赖特女士？”

她有些不解，但只一会儿就明白了，“我想应该规矩都一样吧。我的病人是小孩吗？”

“安娜·奥唐奈。”麦克布里亚第医生点头道。

“她有什么病症？”

他叹气。

那么，是致命的病了。莉比推测，但是慢性的，一时还死不了。在这种潮湿天气里，很可能是肺病。

“确切地说，她没生病。你的主要责任是观察她。”

奇妙的动词。《简·爱》里那个坏护士，被人指控把那个疯子藏在阁楼里。

“我被招到这里，是为了看管一个小孩儿？”

“不、不，只是观察。”

好奇怪。南丁格尔小姐要护士们学会观察，以便了解病人的需要，然后满足它。不是药物——那是医生的职责——而是她认为对康复同等重要的因素：光线、空气、温暖、洁净、休息、舒适、营养以及交流。

“如果我理解没错的话……”

“恐怕你不理解，不过，错在我。”麦克布里亚第把另一只拳头撑在洗脸架边上。

莉比本想把椅子让给老头坐，但不知道怎么做才能不伤人自尊。

“我不想让你有任何偏见，”他继续说道，“但我可以说，这是一桩极其不寻常、极其令人不解的事情，一个奇迹。”他停下来，似乎在期待一些反应，“事实是这样的：安娜·奥唐奈声称，确切地说是她父母声称，她自从十一岁生日以后就没有吃过东西。”

噢，这是件荒唐事。“你是说，不吃固体食物？”如今不少窈窕淑女的矫情做法，只以泡葛粉或是牛肉汤为食。

“不吃任何形式的营质。”医生纠正了她的说法。

“她除了清水，一样都不吃。”

莉比努力不让语气中透出一丝嘲讽意味，“她有忧郁症吗？”

“我不觉得，是文静的姑娘。”

“这是……一种宗教执迷？”

“这个嘛，他们一家人确实很虔诚。”医生说。

“天主教徒？”

他点头，“跟我们大部分人一样。”

“你一定跟她强调过禁食的危险吧？”

“我当然说过。起初，她父母也说过，不过安娜坚定不移。”

莉比漂洋过海被拉来是为了这个——小孩子犯了牛脾气？第一天，当他们的任性闺女对早餐置之不理时，奥唐奈一家肯定就慌了神，给医院拍去电报：“派一个南丁格尔护士来。”莉比讨厌这样的任性称呼：仿佛南丁格尔小姐的学生都是玩偶，是从她的模子里造出来的。

“她生日以来有多少天了？”她问道。

麦克布里亚第捋了捋胡子，“那会儿是四月，离现在四个月。”

要不是训练有素，莉比早就大声笑出来了，“医生，照这种情况，这孩子现在早就死了。”她等着他附和，“至少该卧床不起吧？”

他摇摇头。

“消瘦了？”

“安娜一直都很瘦小，但我看她几乎没什么变化。”

这双又湿又红的老眼，是快瞎了吗？

“而且她的各项机能完全正常。”麦克布里亚第补充道，“事实上，她的生命力相当旺盛，这让奥唐奈一家相信，她可以不靠食物生存。”

“不可思议。”这话语气太讥讽。

“你表示怀疑，我不奇怪，赖特女士，我也曾经怀疑过。”

“说正经的，你是想告诉我……”

他打断道：“告诉谈不上，我只有问题。好奇心是我迫切的天性，我肯定你必然也是。”

不，莉比迫切想做的是结束这场荒唐的面试，把这人请出房间，“医生，科学告诉我们……”

“但真正的科学调查必须不带偏见地对证据进行检验。我的唯一请求是，在见到那个孩子前，你能不能保持一种开放的心态？”

莉比双眼低垂。一个医生，怎么会让自己陷进一个小女孩的圈套里？

“她是由你单独照看的吗，请问？”她措辞客气，但潜台词是：他们就没有请好点的行家里手吗？

“是的，”麦克布里亚第向她保证，“我一直都认识安娜。实际上，是我动了念，就此事撰稿，并寄给了《爱尔兰时报》[1]。”

莉比从没听说过，“是国家级报纸？”

“嗯，最近刚创刊的。我想，也许办报人多少不会盲目听信宗派成见。”他惆怅地补充道，“对无论发生在何处的奇闻逸事，态度更为开明。”

“你文中的观点是什么？”莉比口气尽量理性地问。

“让更多的公众了解事实，以期有人可以解释原因。”

“那有人……”

医生叹息道，“有几封热情来信，称赞安娜实际上是一个十足的奇迹。还有一些有趣的回应，提出她或许是在吸取一些尚未被认识的营养来源，比如生命磁力或是气味分子。要是她不知怎的就像植物那样获得了将阳光转化为能量的能力呢？”他干瘪的面孔立刻有了亮色，“有些植物仅靠空气就能生存，过去有人曾经认为变色龙也可以，但到了现代被否认了。还有一帮船员，据说靠烟叶生存了几个月……”

莉比略微闭了闭眼，替他感到难堪。

麦克布里亚第又回归正题，“不过，绝大多数刊出的回复都可称为

① 《爱尔兰时报》（*The Irish Times*），1859年由劳伦斯·诺克斯创办，是爱尔兰的主流报纸。

是，呃……”

“质疑？”

“那个我并不介意，但人性本是恶毒啊，赖特女士！劈头盖脸的恶意攻击，不只是在《爱尔兰时报》上，还有各种英国刊物上，它们转载我的来信，似乎只是为了冷嘲热讽。”

莉比这下看清了——她大老远地跑过来，毛遂自荐地当了保姆兼看管，只是因为一个老头的自尊心受到了伤害。她为什么没有向护士长追问具体情况呢？

“大多数来信者想当然地认为，奥唐奈一家是骗子，使着诡计，暗地里给他们女儿吃食，以此愚弄世人。”医生的嗓门尖了起来，“我们村子被冠上了愚昧落后的称呼。这儿附近的几位重要人物觉得，本郡——可能整个爱尔兰民族的名誉都岌岌可危。他们成立了一个委员会，决议发起一次观察。”

那么，聘请莉比的，根本不是奥唐奈家，而是这个委员会。医生这种轻信的毛病，是像热病似的传染给那些重要人物了吗？

“由两位有责任心的护理人员日夜轮流留守在安娜旁边，为期两周。”麦克布里亚第说，“不提供药品和食物。”

“就为了证明这个是……奇迹？”

“不，不！”他向她保证，“我们唯一的动机，是让真相浮出水面。你必须形成自己的看法，赖特女士，然后尽职尽责地汇报你的所见所闻，无论何种情况。”

“向你汇报？”她说。

他摇摇头，“作为安娜的医生，又已经被卷入了这些报章的不愉快之中，我可能被视为利害关系人。所以委员会集体决定，你和嬷嬷将宣誓做证，从今天开始两周。”

“嬷嬷？”

“你在晚餐时不是跟她认识了吗？”

那位沉默的修女——莉比早该猜到了。

“从塔拉莫尔的慈光会[1]派来的。”麦克布里亚第医生说，“是位可靠的女士，我听人说。”

好吧。一位行脚修女[2]，这算不错了。莉比在克里米亚跟这类人共事过。

“她父母要求，你们中至少要有一人属于他们自己的，呃……”

“教派。”

“嗯，还有国籍。”他说。

“我知道，英格兰人在这个国家不受待见。”莉比微微一笑说。

“唉，你言重了。”

当“欢乐马车”载着莉比行驶在村中道路上时，那些朝着马车看的面孔是怎么回事？啊，她现在明白了，他们盯着看，是因为知道她要来——不是随便哪个英格兰女人，而是那个被船运过来、让本地乡绅家的宝贝女儿接受检查的女人。

“嬷嬷会给孩子一些亲切感，仅此而已。”麦克布里亚第说。

好像亲切感对雇用看管人来说是一项必不可少乃至有益的条件似的。莉比压下怒火，着重考虑起实际情况——只需观察。

“这个，如果被看管人在任何时候表达了极轻微的意愿，哪怕是含蓄隐晦地表示，她想吃点东西……”

“那就把食物拿给她。”医生听起来很讶异，“我们不会存心饿死孩子的，赖特女士。”

“请问，为什么不在就近的医院里进行所谓的观察呢？”假定在这岛上名副其实的“死亡中心点”是有一家医院的。

“哦，奥唐奈家很排斥把他家小东西送去郡医院的想法。”麦克布里亚第说。

这就说得通了——老爷和太太一定是在偷偷给他们闺女送吃食。揭

① 慈光会（House of Mercy），又译仁慈会，一个天主教修女慈善组织。

② 行脚修女（walking nuns），是慈光会修女的别称，因为她们常常走出修道院济贫扶困。

露他们，用不着观察两星期，不出几天，莉比就可以乘船回英格兰，把这场奇遇抛之脑后了。医生显然很喜欢这个会做戏的小孩，她小心措辞道：“要是，在两周之内，我能发现她私下吃营养品的证据，我应该直接向委员会汇报吗？”

他胡子拉碴的双颊起了皱，“应该是。那样的话，就是浪费大家的时间和金钱，不用再继续了。”

莉比急忙捂嘴，掩住突如其来的哈欠，“我还是先告辞为妙，准是快十点了。”她从腰间拽出链子，把怀表翻开，“现在是十点十八分。”

“啊，那是英格兰时间，我们这里晚二十五分钟。”

二十五分钟？他们可以四舍五入成半小时，起码的吧。莉比拨弄小旋钮，调节着时针。

医生戴上一副八角眼镜，以便看得更仔细些，“很实用，我老是找不到我手表的发条钥匙。”

“这是只无音打簧表。”她告诉他。

“那你夜里按个按钮，它就能报时？”

“不发声音，有一连串的细微震动，不会扰人。”

“就是这玩意儿！”说着，麦克布里亚第嘟囔了句晚安就走了。

大致而言，莉比睡得不错。

太阳在六点前就出来了，那时她已经穿好了医院的制服：灰色粗呢裙、毛料外套、白帽子，它们起码合身。在斯库塔里有不少辱没自尊的东西，其一就是不分大小的装束，小个子护士穿着嫌费劲，而莉比就像是傻呆呆的穷姑娘，袖子短出一大截。

她在店铺后面的房间里独自吃了早餐，鸡蛋很新鲜，蛋黄金灿灿的。赖安家的姑娘，是玛丽还是梅格来着，依旧穿着昨晚那件脏兮兮的围裙。她进来收拾莉比的餐具时，说萨迪厄斯先生在等她。

这是个姓氏？莉比走进酒鬼杂货铺店堂里，“你要找我说话？”

“早上好，赖特女士，希望你一夜好眠。”这位萨迪厄斯先生虽然穿着褪色的外套，但谈吐得体，让她有些意外。他面色红润但有些沧桑，鼻子扁塌塌的，抬起帽子时，露出一头浓密的黑发，“如果你准备好了，我现在就带你去奥唐奈家里。”

“准备好了。”

他听出了她语气里的疑问，于是补充道：“咱们好心的医生觉得，应该让他们家的可靠朋友来做介绍。”

“喏，这是你的香烟。”姑娘跟他说着，把一个纸包的两头拧在一起，从柜台上溜了过来。

“保佑你，玛吉，再来盒火柴。”

“我以为，麦克布里亚第医生是他们可靠的朋友。”

“啊哈，他是啊。”萨迪厄斯先生说，“不过我猜他们对自己的神甫特别信赖。”

神甫？这位男士穿着便服，“对不起，是该叫神父吗？”

“嗯，神父是新式说法，但我们在这方面就不过分计较了。”

很难想象，这位随和的男子是全村人的告解神甫、掌握秘密的人。

“你没戴神职人员的硬领，或者……”莉比不知道神甫穿的那种带纽扣黑袍的名称，指了指他的前胸。

“当然，我箱子里的装备一应俱全，留着圣日穿。”萨迪厄斯说，“好的，那么，嬷嬷？”

她意识到他是在跟修女说话，她安静地靠在莉比后面的高背长靠椅一角里。这女人有四五十岁，有那顶掩人耳目的头巾，具体年龄很难讲。

三人出门左转，在薄薄的晨曦中沿着街道走着。夹在修女和神甫当中，莉比很不自在，紧紧捏着皮包。

这里跟英格兰村庄一点都不像，房子朝向不一，给彼此一个冷漠的背影。莉比朝一个窗户里瞥去，看到一个老妇坐在桌旁，桌上堆满篮子。她家外屋门口有个小贩似乎在大声叫卖着什么农产品。莉比并没有看到料想中周一早晨的繁忙景象。经过一个扛着麻袋的农夫时，他跟萨迪厄斯先生和修女互相问好。

这里看不到市集广场或是村中绿地，耀眼的白色小教堂是唯一样子比较新式的建筑。神甫就在它面前抄了近路，走进教堂墓地旁的一条泥泞小巷。墓碑布满青苔、歪七扭八的，似乎是随意埋置，而不是成行排列的。

“奥唐奈家在村外吗？”莉比暗想，他们怎么这么没礼貌，连个车夫也不派。

“就快到了，”萨迪厄斯先生说，“马拉奇养短角牛。”

那一定是一种牲畜。莉比不愿显得自己很无知。但莉比没想到，微弱的日光也有如此威力，她的斗篷里在出汗，“他们家有几个孩子？”

“自从帕特走后，现在就一个了，上帝保佑他。”

所以女孩的哥哥是本村又一个去美国的年轻人。只有两个孩子，这对爱尔兰家庭来说似乎并不完整。

他们经过一个烟囱冒烟的破败小屋，从小巷斜出一条小道，通向另一个村舍。莉比放眼前方的沼泽，搜索奥唐奈家房子的踪迹。

除了确凿的事实外，她能打听其他情况吗？那样会被认为有损观感的客观性吗？这趟路程可能是她向这家人的可靠朋友咨询的唯一机会了。

“萨迪厄斯先生，请问，你能证明奥唐奈家的诚信吗？”

过了片刻，他的目光停留在绿色地平线上，“我没理由怀疑。”

莉比以前从没跟天主教神甫说过话，从这一位的机智口吻中猜不透他的意思。

“马拉奇为人沉默寡言，”他补充道，“滴酒不沾。”

这让莉比有些诧异。

“他在孩子们出生前发誓戒酒，之后没喝过一滴酒。他夫人是本教区的重要人物，在圣母联谊会很活跃。”

莉比像在听天书，“安娜·奥唐奈呢？”

“了不起的小姑娘。”萨迪厄斯先生说。

在哪方面，德行高尚还是才艺非凡？看来这小妮子把他们都给迷得不行。莉比端详着此人的丰满侧脸，“我想知道，你有没有建议她为了一种灵修活动不吃食物？”

神甫举起手，“赖特女士，我想你不信我们的教吧？”

莉比说：“我是在英格兰国教教会受洗的。”绕开了信教的问题。

修女一直低着头，仿佛想避免受到毒害。

“好吧。”萨迪厄斯先生说，“我向你保证，天主教徒只需要斋戒几个小时，比如从半夜到次日领受圣餐时。在星期三、星期五和复活节前的四十天大斋期，我们也会吃素。”

“请问为什么？”

“适度禁食能抑制肉身的欲求。”神甫说，轻松得像在谈论天气。

“意思是，食欲？”

“这是其中一个因素。”

莉比将视线转到靴子前滑溜的地面上，久久凝视着。

“我们哪怕只是吃一点苦，也能对我主耶稣所受的磨难表示悲痛。”萨迪厄斯先生轻松地补充道，“因而禁食可以是一种有用的苦修。”

“要是自我惩罚，个人的罪恶就能得到宽恕？”

“或者是其他人的罪恶，如果我们以慈悲之心主动承受痛苦的话。”

莉比想象着一个巨大的会计账簿，上面用墨水记录了数百万的借方和贷方项目，账目内容一栏接着一栏。

修女还是一言不发。

“但是禁食不应进行到损害健康的程度，这是当然的。”萨迪厄斯先生补充道。

这条鱼滑溜溜的，很难捕。

“那么，你觉得安娜·奥唐奈为什么会违反她自己教会的规矩？”

神甫耸起他宽阔的双肩，“过去几个月来，我屡次规劝她，恳求她吃点东西，但她对一切劝说无动于衷。”

这个被娇惯的小姐有何过人之处，在这出离奇的戏码中，把所有大人都耍得团团转？

“你看吧。”

莉比以为他的意思是，看咱们的处境多困难，但是神甫向一条隐约路径的尽头指了指。说真的，那不可能是他们的目的地吧？

奥唐奈家低矮的小屋需要重新粉刷一层石灰，三小块方形玻璃上盖着茅草坡顶。另一边，一头奶牛棚伏在同一屋檐下。

莉比突然觉得自己的假设很愚蠢。如果是委员会聘请护士，那马拉奇·奥唐奈就不一定是个乡绅，连富农都未必。显然，这家人与其他在此地艰难度日的农民只有一个显著区别，即他们声称，他家小女能以空气为生。

要是麦克布里亚第医生没有鲁莽地向报社写信，消息就永远不会传出这片泽地之外；如果他那个委员会没有组织并且资助所谓的“观察”工作，莉比就不会来这里。有多少“重要人物”，把他们的现钞连同他们的名声都投在这项诡异计划里了？他们是不是指望着两周过后，两位护士都会乖乖从命，认定这是个奇迹，让这个小村子变成世界的神迹？他们是不是打算收买一位慈光会修女和一位南丁格尔护士，获得支持和双份的体面？

莉比紧咬着牙关，时间可以出租，诺言不能出卖。

三人沿路走去，刚好经过一个粪堆，莉比看到了，心里一阵厌恶。小屋的厚墙从上往下向外倾斜，最近的窗户有一格玻璃被打破了，用一块破布遮着。门是对半分的，上面半扇开着，像是畜舍的入口。随着一声沉闷的摩擦声，萨迪厄斯先生推开下面半扇门，挥手让莉比先进去。

她踏入黑暗中，一个女人用莉比听不懂的语言叫起来。

她的视线逐渐适应了。脚下是一地踩实的泥土，两个妇人戴着爱尔兰女人似乎都会戴的花边帽，正从炉火前立的晒衣架上收衣服。年长妇人把衣服塞到瘦点的年轻妇人怀里，跑上前跟神甫握手。

他用同样的语言回答她，先是用盖尔语[①]，一定是了，然后换成英语，“罗莎琳·奥唐奈，我想你昨天见过嬷嬷了。这位是赖特女士，一位知名的克里米亚战地护士。”

“我的天！”这位母亲有着宽阔瘦削的双肩、青灰色眼眸和透着阴郁的笑容，“老天保佑你，这么大老远跑来，夫人。”

这女人这么没脑子，以为克里米亚半岛依然战火肆虐，而莉比是血迹斑斑地刚从前线到这里来的吗？

“这边是间好屋子，我应该马上请您几位里头坐的，”罗莎琳·奥唐奈朝火炉右边一扇门点点头，“只接待访客。”

莉比听出微弱的歌声。

“我们在这儿就挺好。”萨迪厄斯先生跟女人保证。

“请您几位坐，等会儿我们喝杯茶。”她坚持道，“椅子都在里边儿，所以只有爬爬凳[②]给你们坐。我丈夫出去给谢默思·奥莱勒铲草皮去了。”

爬爬凳一定是说女人给客人坐的长板凳，她几乎要把它们推到炉火里去了。莉比选了一条凳子，把它从灶台边慢慢挪开。但这当妈的貌似有些不快，很明显，靠着炉火边才是贵客的上座。莉比就这么坐下了，把包放在阴凉的一侧，以防药膏熔化成一摊摊药油。

罗莎琳·奥唐奈坐下来时画了十字，神甫和修女也照着做了。莉比考虑自己是否也该跟着做，不过算了，要跟本地人有样学样，太可笑了。

① 盖尔语，一般指爱尔兰语，是爱尔兰的官方语言之一。

② 爬爬凳，原文creepie，指矮凳。

从好屋子里传来的歌声似乎越来越响，莉比发现，壁炉跟这两个房间都相通，所以声音能透过来。女佣把烧开的水壶从炉火上吊离时，奥唐奈太太跟神甫闲聊着昨天下的雨以及今年夏天热得这么不寻常，只字未提孩子的情况。

莉比的制服开始黏在身上，她提醒自己，作为善于观察的护士，不要浪费时间。她注意到一张朴素的餐桌抵靠在无窗的后墙上，一个上过漆的餐具柜，下半部分装了奇怪的木栅，像个笼子；墙里安了一些小门，难道是嵌入式橱柜？墙的高处钉了一面用旧面粉袋做成的帘子。一切相当简陋，但很整洁。熏黑的烟囱帽是用枝条编成的，火炉两侧各有一个奇怪的方形空洞，莉比猜测那是被钉在高处的盐盒。火炉上有一个架子，放着一对铜烛台、一个耶稣受难像以及一个黑色的漆木相框，玻璃是一张像银版小相片的玩意儿。

“安娜今天怎么样？”他们啜着酽茶时，萨迪厄斯先生终于问道。

“她好得很，感谢上帝。”奥唐奈太太又朝好屋子投去一瞥。

这小孩是在那里为访客们唱圣歌吗？

“也许你可以跟两位护士说说她的过往。”

女人面露茫然，“一个孩子有什么过往？”

莉比带了个头，“到今年为止，你女儿的健康怎样？”

“哦，她身子一直很娇弱，但不爱哭也不爱闹。要是她擦伤了或者得了麦粒肿，她会当作是对上天的小小牺牲。”

“她的胃口怎么样？”

“啊，她从不贪吃，也不会吵着要零食吃，非常乖。”

“她的情绪如何？”

“没理由抱怨。”奥唐奈太太说。

这种模棱两可的回答满足不了莉比，“安娜上学吗？”

“噢，她过去可是奥弗莱厄蒂先生最得意的学生。”

“她得过奖章，肯定是吧？”女佣伸出手指，动作太急，杯子里的茶溅了出来。

“没错，基蒂。”奥唐奈太太说，朝着壁炉台母鸡啄米似的点头。

莉比找寻着奖章，然后看到了，是相片旁一个陈列盒里的镀铜小盘片。

“可自打她去年得了百日咳之后，”奥唐奈太太继续说道，“考虑到外头有灰尘，灰里有很多细菌，还有老是被砸破的窗户会灌风进来，我们想让小妞[1]待在家里。”

小妞——这好像是爱尔兰人对所有年轻姑娘的称呼。

“当然，她自己看书，学习得不是也很认真吗？老话说，鷦鹩不嫌巢小。”

莉比没听说这个谚语。

神甫和修女一言不发地听着，也许他们不喜欢她这个英格兰女人追根究底，但莉比继续追问，据她推测，安娜的异常表现，其根源可能是一种消化问题，比如牙齿缺失，“她的肠胃有过不舒服吗？比如呕吐、腹胀、拉稀？”

“正常发育过程中难免的，偶尔一两次吧。”

莉比记得，在极少的病例中，有些女孩每月一次会产生变态食欲，因而会吃盐、泥土或煤渣，但这孩子年纪还小，不可能得这个病，“所以在满十一岁以前，你的女儿很娇弱，但没其他特别之处？”

女人抿紧了干裂的嘴唇，“四月七号，四个月前的一天晚上，安娜不肯吃东西、不吃晚饭，只喝上帝赐予的水。”

莉比一阵厌恶，想道，如果这是真的，什么样的母亲会如此兴奋地宣传这件事呢？可这当然不是真的，她提醒自己。所以，无论是罗莎琳·奥唐奈参与了整个骗局还是女儿成功地让老妈蒙在鼓里，在两种情况中，无论是自私自利还是受骗上当，这个女人都没道理担心她的孩子。

---

① 小妞，原文为colleen，是爱尔兰人对少女的称呼。

“你劝过她吃东西吗？”

“费了多少口舌，都不管用。”

“安娜说过不吃东西的理由吗？”

女人略微往前靠，像是要讲一个秘密，“不需要。”

“她不需要说理由？”莉比问。

“她就是不需要。”罗莎琳·奥唐奈说。

“食物？”

“一丁点粮食都不要。”

这一定是彩排好的戏码。只是在莉比看来，女人眼中的光芒特别像坚信不疑，“那你会声称，过去四个月当中，你女儿一直都很健康？”

罗莎琳·奥唐奈像是被扇了一耳光，挺直威严的身板，颤动着稀疏的睫毛，“这个家里不会有虚假的声称，不会有江湖骗术，赖特女士。这是谦卑的人家，就像马厩[①]一样。”

莉比困惑地想了想马，然后才意识到，女人说的是耶稣诞生地——伯利恒的马厩。

“我丈夫和我，我们都是老实人。我们解释不来，但凭借着万能上帝的特别旨意，我家闺女活得很好。对上帝来说，当然一切皆有可能吧？”她向神甫请求回答。

莉比注意到，萨迪厄斯既没点头也没摇头，只是把下巴靠在交叉的双手上，“确实，天行自有秘道，罗莎琳。但你和马拉奇愿意让这两位优秀护士陪护安娜两周，不是吗？这样她们就能向委员会做证了。”

奥唐奈太太挥着她纤瘦的手臂，幅度太大，她的格子披肩险些掉落，“愿意！愿意得不得了！这样我们就能证明自己的清白，我们的品行不比从科克、贝尔法斯特来的城里人差。”

莉比差点笑出来，在这陋室之中，跟在伦敦帕尔摩街的豪宅里一样讲究名声……

① 马厩，据《圣经》，圣母玛利亚在伯利恒的一个马厩里生下耶稣。因而，在基督教徒心中，马厩是谦卑虔诚的象征。

“我们有什么要隐藏的呢？”女人接着说，“我们不是敞开大门欢迎五洲四海来祈福的人了吗？”

“说到这个，”神甫说，“我想你家的客人可能要走了。”

莉比没注意歌声已经结束了，里间的门开了一条缝，在穿堂风中摇晃着。她走过去，朝门缝里看。

所谓好屋子跟厨房的主要区别在于，它空荡荡的，除了一个屋角橱柜玻璃门里有些盆盆罐罐还有一堆藤椅之外，没有其他东西。五六个人面朝着莉比看不到的角落，睁大眼睛、目光炯炯，仿佛在看一场耀眼夺目的展览。

她仔细聆听他们的窃窃私语。

“谢谢你，小姐。”

“几张圣卡，供您收藏。”

“这是一瓶圣油，我家亲戚在罗马请教皇陛下祈福过的，请笑纳。”

“我只有几枝鲜花，今天早上刚从花园剪下的。”

“万分感谢！在我们走以前，您能再亲一下宝宝吗？”最后一个女人抱着襁褓匆忙走向那个角落。

莉比心痒得慌，她瞧不见那个“稀罕事儿”——这不是昨晚那些农夫在酒鬼杂货铺用过的字眼吗？是的，这一定是他们大谈特谈的，不是什么两头怪牛，而是安娜·奥唐奈。显而易见，每天都有人蜂拥而至，跪倒在这孩子脚下——简直庸俗！

有个农夫说了“另一帮人”的坏话，说他们“一门心思地伺候她”。他肯定是指这些急于亲近这孩子的访客。他们以为自己在干什么？把一个小女孩捧成圣人，就因为他们幻想她不食人间烟火？好比欧洲大陆上的那些游行人群，举着奇装异服的雕像，在臭气熏天的街巷里游走。不过，莉比听这些人的声音都像爱尔兰人，奥唐奈太太所谓的“五洲四海”也太夸张了。

好屋子的门突然敞开，莉比于是往后退。访客们蹒跚而出。

“太太，这是辛苦费。”一个戴圆帽的男人在给罗莎琳·奥唐奈一颗硬币。

啊哈。就像是有钱的游客付钱给农夫，在他家土屋门口装模作样地弹一把没上好弦的提琴。奥唐奈夫妻一定参与了这场骗局，莉比断定，动机很好猜——金钱。

但是这当妈的把手别到了背后，“待客哪里谈得上辛苦。”

“给可爱小妞的。”

罗莎琳·奥唐奈一直摇头。

“请务必收下。”他说。

“要是您非给不可，先生，就放在那个赈济箱里吧。”她朝门口一个放在矮凳上的铁箱点点头。

莉比怪自己没早点发现。

访客们出门前把小费塞到铁箱的槽口里，莉比听着有些硬币分量不小。显然，跟所有十字架雕像或耸立的巨石一样，这位小魔女也是一个有偿参观的景点。她不相信奥唐奈夫妇会从中拿出一个铜板，施舍给那些比他家更不幸的家庭。

等人群散去时，莉比见自己离壁炉台很近，就端详起那张银版照片来。照片色调灰暗，是好些年前他家儿子还没移民时拍的，罗莎琳·奥唐奈像个突兀的图腾柱一样，精瘦的少年别扭地倚坐在她腿上，而一个小女孩笔直地坐在父亲腿上。安娜·奥唐奈的头发跟莉比差不多深，长度齐肩，跟其他女孩并无不同。

“现在去她房间，找她过来。”罗莎琳·奥唐奈正跟嬷嬷说。

莉比紧张起来，这女人是打算如何调教她女儿，以应付她们的检查？

她突然受不了闷燃的泥炭，小声说要出去换换空气，走到院子里。

她舒展肩膀，吸了一口气，闻到了……粪味。这地方真是腌臜得一塌糊涂。

莉比应该要求搭车回阿斯隆的车站，都不用亲眼见到那丫头，她就知道这家人干得是最无耻的骗人勾当。要是今天上午就出发，她在两天之内就能回医院上班了。

她满心沮丧地想着此事。她想象自己试图说明这份工作在道德层面实在令人不齿，护士长会表示不屑一顾。

要是莉比真留下了，就是要接受挑战，揭露这一可耻骗局。这个房子最多不过四间，她相信，一个晚上足以抓到小姑娘偷吃食物，不管是独自偷吃还是有人帮忙——奥唐奈太太？她丈夫？那个像是他们家唯一下人的女佣？当然也可以是所有人。这意味着，莉比来这么一趟，只能拿到些许报酬。当然，为了稳拿十四天的薪水，比较狡猾的护士会等到两周过后再发表见解。唯一会让莉比欣慰的是，发现真相，务必让理性战胜瞎话。

“我得去拜访其他一些教友。”双颊红润的神甫在她背后说，“嬷嬷主动要求做第一轮的观察，因为你舟车劳顿，肯定觉得疲乏。”

“不用，”莉比说，“我已经准备妥当，可以开始了。”实际上，莉比巴不得见到女孩，去识破她的胡言乱语。

“悉听尊便，赖特女士。”修女用耳语般的声音说道。

莉比看着她，“嬷嬷，我一直有个疑问，为什么慈光会修女会被称为‘行脚修女’？”

对方微微一笑，“可以说，我们是云游四方的。我们既按惯例发三愿，神贫、贞洁、服从，还多了一项，服务。”

“怎样的服务？”

“为病人、穷人和无知者服务，我们发誓要为人所用。”修女说。

“那么，你八小时后回来？”萨迪厄斯先生问她。

“十二个小时。”莉比纠正他。

“麦克布里亚第医生建议八小时换班，这样不太吃力。”嬷嬷说。

“这样我们的上下班时间都不太有规律。”莉比指出来，“以我长期的病房值班经验，两班制更有利于休息。”

“但是为了履行观察的要求，你势必要一刻不停地陪护在安娜身边。”萨迪厄斯先生插话道，“八小时似乎足够长了。”

莉比刚意识到另一件事：要是她们日夜轮班，而且她值了第一个班的话，那晚上值班的就总是嬷嬷，那时女孩偷吃的机会更大。莉比怎么能指望修女跟她一样细心？“很好，那就八小时。”她顺从地说，脑子里盘算着，“我们的交接班时间，比方说，在晚上九点、早上五点、下午一点？这些时间似乎对生活起居干扰较小。”

修女和神甫点头应承了她。

“那就今晚九点见，嬷嬷？”

修女沿着回村的路飘然远去。莉比暗想，她们是如何练就这种与众不同的步伐的？也许这不过是黑袍掠过草地时造成的错觉。

“祝你好运，赖特女士。”萨迪厄斯先生说着，抬了抬帽子。

她仍觉得他的样子很奇怪，像普通人打扮的神甫。

莉比抖擞精神，走回房子里。奥唐奈太太和女佣正在把一个看着活像土地神像的硕大灰色物件儿抬起来，挂在一个吊钩上。莉比定睛一看：一个铁壶。

当妈的在火上转着铁壶，对着莉比左边一个半开着的门点头道：“我把你的情况都告诉她了。”

告诉她什么？赖特女士是海峡对岸来的奸细？调教这坏丫头用妙计欺骗这个英格兰女人，就像已经骗过了其他很多大人一样？

卧室是间朴素的四方屋子，一个穿灰色衣服的矮小女孩坐在窗户与床之间的一把直背靠椅上，仿佛在听什么神秘的音乐。听到门的嘎吱声，安娜·奥唐奈抬起头，脸上露出笑容。她站起来，伸出手。

莉比小心地握了握她的手，手指圆润，触感偏凉，“你今天感觉如何，安娜？”

“很好，太太。”女孩说。

“叫我护士，”莉比纠正她，“或者你愿意的话，也可以叫夫人。”

1859年8月8日，星期一，上午10点07分

身高：117厘米。

两臂伸展长度：119厘米。

眉上颅骨周长：56厘米。

头顶至下巴长度：20厘米。

莉比开始在她的微型记事本上记下数据，从这种离奇状况中弄出些条理。

孩子十分听话。她穿着素裙和奇大的靴子，笔挺地站着，配合莉比的量尺摆出各种姿势，像是在学一种异国舞蹈的步伐。她的脸可以形容为胖乎乎，这就直接否定了禁食的说辞。土褐色的大眼睛类似莉比自己的眸色，在肿胀的眼睑下略微突起，眼白是瓷白色的，瞳孔放大，不过可能是因为透过小窗照进来的微弱光线。至少窗户开着，透进了夏日的空气。在医院，护士长坚持过时的观点，认为一定要关窗避免有害气体流入。

安娜·奥唐奈肤色很苍白，但除非被天气晒红，爱尔兰人的肤色大多如此。此时，她发现了一处异常：安娜双颊长着极细的、无色的汗毛。

莉比把情况都记下来。南丁格尔小姐认为，有些护士太依赖记笔记而使记忆力生疏，但她从不禁止辅助备忘的笔记。莉比不怀疑自己的记忆力，实际上她不怀疑自己的任何能力，南丁格尔小姐一直认为她很能干。但这一次，莉比受雇的工作更多的是见证，而不是护理，这就需要无懈可击的病历记录了。

又一处异常：安娜的耳垂和嘴唇隐约发青，指甲底也是如此。她的体表触感冰冷，仿佛在大雪中步行后刚进屋。

“你觉得冷吗？”莉比问。

“不是很冷。”

乳房水平处胸围：25厘米。

肋围：61厘米。

“你叫什么名字？”女孩问道。声音不大，但很清晰。

“赖特女士，你也可以叫我护士。”

“我是说你的受洗名。”

莉比没理会这种无礼的问题，写下“**臂围：64厘米**”。

腰围：53厘米。

中间臂围：13厘米。

“这些数字是干吗用的？”女孩问。

“它们是……这样我们能确定你健康良好。”莉比说。她被问得措手不及，回答得有些荒唐。

到现在为止，所有的数据都证明，安娜是个撒谎精。没错，她是比较瘦，肩胛就像翅膀失去后的残根，但并不是整月粒米不进的孩子该有的样子，更不用说四个月不吃东西了。莉比知道极度饥饿的样子。斯库塔里医院收治过皮包骨头的难民，他们的骨头拉扯着皮肤，就像支撑帆布帐篷的杆子。不，要说有什么不同的话，这姑娘的肚子是圆鼓鼓的。时髦靓女们勒紧腰带，想勒出四十一厘米的细腰，而安娜的腰围比这还多了十二厘米。

莉比真正想了解的是这孩子的体重，如果这个数字在两周之内都上升了，就证明安娜暗地里得到了喂食。她向厨房方向走了两步，刚想问在哪儿能找到磅秤，就想到，在今晚九点以前，她必须全程看着这孩子。

一种被囚禁的奇怪感觉。莉比想从卧室里呼唤奥唐奈太太，但她不想表现得太傲慢，让自己更不受这家人的待见。

“谨防以假乱真。”安娜喃喃道。

“对不起，什么？”一只胖手指抚摸着记事本棱纹皮封面上压印的字样。

莉比盯了她一眼。以假乱真，确实。这孩子会拿自己的情况开玩笑吗？“厂家声称，他们的软棉纸[①]是独一无二的。”

“什么是软棉纸？”

“它有特别的涂层，供金属铅笔写字。”

女孩轻抚小片的纸页。

“任何东西写在这上面都不可抹除，比如墨水。”莉比说，“你知道不可抹除是什么意思吗？”

“擦不掉的痕迹。”

“正确。”莉比拿回记事本，继续进行体检，“你觉得有哪儿疼吗，安娜？”

“没有。”

“头晕？”

“偶尔会有。”安娜承认道。

“你的心跳会暂停或者漏跳吗？”

“有时候跳得有点快。”

“你紧张吗？”

“为什么紧张？”

怕被抓包啊，你这狡诈的小贱货。但莉比只是说：“因为我和嬷嬷，也许吧，家里有生人。”

安娜摇摇头，“你看样子挺和气的，我觉得你不会害我。”

① 软棉纸，用树木的韧皮纤维制成的纸，柔软有韧性，纤维细长如棉。

“很对。”不过莉比心里不是滋味，好像她的承诺超出了应有的范围。她来这里，可不是为了待人和气。

此时，孩子闭上眼睛，轻声念叨着。莉比一会儿就发觉了，那一定是祷告。虔诚的表演，让所谓的禁食更可信些吧?

安娜结束祷告后抬起头，神情依旧平静。

“请张开嘴。”莉比说。

大都是奶牙，一两颗大的恒牙，几处没长出新牙的豁口，像是年纪小得多的孩子才有的嘴巴。

几颗龋齿？口气有点酸。

舌苔干净，相当红润平滑。

扁桃体轻微肿大。

安娜的黑头发没戴帽子，中分发型，在脑后结成一个圆髻。莉比解开发髻，手指插入发间，感觉头发干燥而卷曲。她触摸头皮，寻找隐藏的痕迹，但除了一处耳后的鳞斑之外一无所获。

安娜用手指摸索着发卡。

莉比要伸手去拿，随后抑制住自己。她来这儿不是护理或服侍这姑娘的，人家付她工钱，只需要她盯人。

有些笨拙。

反应能力普通，甚至略慢。

指甲棱纹较多且发白。

手掌和手指明显肿胀。

“请把你的靴子脱下来。”

“这是我哥的。”安娜说。

脚、脚踝和小腿十分肿胀。莉比记录着，难怪安娜要穿上移民哥哥不穿的靴子。那可能是一种组织积液造成的水肿吗？“你的腿这样有多久了？”

女孩耸了耸肩。

怪事！在膝盖下方系过长袜的地方，勒痕还是凹陷的。她的脚后跟也一样。莉比只见过孕妇有这种肿胀。她试着用手指按压女孩的腿肚子，动作缓慢但用力，活像雕塑家在用黏土捏娃娃，按出来的坑没恢复，“这样疼吗？”

安娜摇头。

莉比瞪着这条凹凸不平的腿。如果这丫头没觉得腿疼，那就不算太严重，但她会把这事跟麦克布里亚第医生提一下，这是当然了。

她一层层地掀开安娜的衣服。即便安娜是个骗子，也没必要羞辱她。女孩颤抖着，但不像是怕羞，而是好像此时是寒冬腊月，而不是八月。有一些发育迹象，莉比快速记下来。安娜看着更像八九岁，而不是十一岁。上臂种过牛痘疫苗。莉比发现女孩的前臂、后背、腹部和腿上也有细细的汗毛，像个小毛猴。这种多毛在爱尔兰人中算是常见吗？安娜皮肤呈乳白色，摸上去很干，有些地方呈褐色，比较粗糙。膝盖上有瘀青，这是小孩中常见的，但是女孩小腿上有青红的细点子，莉比以前从来没见过这个。

她浏览了一下笔记，安娜有些不适的症状，但跟奥唐奈夫妇禁食四个月的浮夸说辞没有对得上号的。

那么，这孩子可能把食物藏在哪里了？莉比把裙子和衬裙的所有接缝都捏过了，口袋也摸过了。衣服经过了多次缝补，但补得不错，贫寒但体面。

她检查了女孩身上所有可能成为微型食品仓库的部位，从胳肢窝到浮肿的脚趾缝（有多处皲裂），一粒粮食都没有。

安娜这会儿又在轻声地念叨了，睫毛垂下来。莉比听不清她的话，只有一个词反复出现，听着像……桃乐丝。会是这个吗？天主教徒总是在乞求五花八门的媒介去呼唤上帝，满足他们琐碎的需求。会有一位叫桃乐丝的圣人吗？

“你在背诵什么？”女孩似乎结束了的时候，莉比问道。

“祈祷文。”

“我猜也是，哪一篇祈祷文？”

女孩摇摇头。

“哎，这个，安娜，我们不是要做朋友嘛？”

莉比立刻就后悔自己的措辞了，因为那张圆脸露出喜色，“我很愿意。”

“我只想知道你不时小声念诵的是什么祈祷文。”

“这个……不能说。”安娜说。

“啊？那这是秘密祷告，是吗？”

“隐私。”女孩纠正她道。

小女孩真是喜欢秘密。

莉比把听诊器零件组装在一起，她把平底听筒按在孩子左胸上第五根、第六根肋骨间，把另一头塞进自己的右耳。扑通、扑通！她先是听了心音的细微变化，然后看挂在腰上的表走了整整一分钟，并计着数。*心跳明显*，她写道，*每分钟89次*。这在正常区间。接着，莉比把听诊器放在孩子背上的不同位置。*肺部健康，呼吸频率每分钟17次*，她记录道。没听到杂音或喘音，安娜的健康状况似乎比她的半数同胞都要好。

莉比在椅子上坐下，把仪器放在孩子的腹部，探听会暴露肚里有食的轻微消化声。再试一个地方，没声音。消化腔坚硬、膨胀似鼓。她轻叩腹部，“这样有什么感觉？”

“很饱。”安娜说。

莉比瞪大眼睛，听起来她腹中空空如也，却说很饱？这是挑衅吗？莉比不相信这话。她开始感觉，回答问题这么直接，这孩子是很诚实的。

“饱得难受？”

“不是。”

她想起再去检查腿肚子、左腿，几分钟前她用手指按过的那里，现在它跟右腿一样平坦了，“你可以穿上衣服了。”

安娜穿了衣服，动作很慢，还有些别扭。

自述夜间睡眠良好，7到9小时。

心智机能似乎未受损害。

“你怀念上学的日子吗，孩子？”

安娜摇头。

奥唐奈夫妇似乎不指望宝贝女儿帮忙做家务，“大概你喜欢闲着？”

“我要读书、做针线活、唱歌、祷告。”孩子的语气中并无戒备。

盘问不是莉比的工作职责，不过她至少可以实话实说。多少像个“朋友”一样对待这姑娘，对，有何不可？南丁格尔小姐总是建议要坦诚，因为猜忌最能侵蚀病人的身心健康。如果病人自己装神弄鬼，那会有区别吗？不一定。也许，她可以以身作则，引导这姑娘摆脱疯狂的骗局，这对安娜·奥唐奈可能真有好处。莉比把记事本“啪”地合上，问道：“你知道我为什么来这儿吗？”

“为了保证我不吃东西。”

这措辞，实在太别扭了……“并不是。我的工作是发现你是不是真的在禁食。但如果你愿意像其他孩子、其他人一样吃饭，我会松一大口气。”

安娜点头。

“你有什么喜欢吃的东西吗？肉汤、西米布丁或是什么甜食？”我只是向孩子提个问题，莉比跟自己说，不是真的提供吃食，不至于影响观察结果。

“不了，谢谢。”

“为什么不呢，你觉得？”

安娜带着一丝笑意，“不好说，太太——夫人。”安娜纠正自己的说法。

“这也是‘隐私’吗？”

安娜温和地回看着她。

心细如针，莉比断定，这姑娘绝对知道，任何解释都会给她造成麻烦。比如，要是安娜说造物主命令她禁食，她就是自比圣人，像圣女贞德。更何况那位农家女并没有好下场[1]。另外，如果她吹嘘自己靠特殊的天然方式存活，那她就不得不去证明这符合科学原理。

很好，莉比心想：你就装吧，我要让你原形毕露，小丫头。

她环顾四周。今天以前，安娜要在夜里去厨房偷吃东西，或者其中一个大人神不知鬼不觉地给她拿吃的，都是小菜一碟，“你家用人……”

“基蒂？她是我家表亲。”安娜从梳妆台里拿出一条格子披肩，深红、深棕色条纹给她的脸添了些光彩。

这么说，她又是穷亲戚又是粗使丫头，这样的下人要拒绝掺和阴谋是很难的，“她睡在哪里？”

“长椅上。”安娜往厨房方向点点头。

下人的床铺自然没主人多，所以他们只好将就着睡，“那你父母呢？”

“他们睡在外间斜棚里。”

莉比不明白这词的意思。

“在厨房外搭的床，那条帘子后面。”孩子说明。

① 圣女贞德是著名的天主教圣人，她自称得到“上帝的启示”。在英法百年战争（1337—1453）中她带领法国军队对抗英军的入侵，最后被捕并被处决。

莉比看到过那个面粉袋做成的垂帘，但她以为它背后大概是储藏间。奥唐奈夫妇把好屋子腾空，在一个临时搭的睡房里休息，何等荒唐可笑！莉比觉得，他们得到的虚荣，恰恰会让他们得陇望蜀。

首先要在这间狭窄的卧室里找到识破诡计的证据。莉比用手摸墙，手指沾上了剥落的白粉。某种灰泥，有点潮。不像英格兰农舍那样，没有木头、砖头或是石头。不过，这至少意味着，可能藏匿食物的暗槽是比较容易被发现的。

她一定要确保这孩子没有地方能躲过护士视线。头一条，有个老得快散架的木屏风要搬掉。莉比把它的三节木板折叠在一起，搬到门口。

奥唐奈太太正在厨房里搅拌火炉上的一个三脚锅，莉比放下屏风，说道："我们不需要这个。还有，我能要一盆热水、一块布吗？"

莉比迅速把目光转回到那孩子，她又在床边低声祈祷着。

"做什么用？"是基蒂在问，她在长桌上捣什么东西。

"把这些发霉的角落擦干净。"莉比说，又回头看安娜。莉比不得不当心，视线不能离开安娜超过一秒钟。

她走回靠墙的窄床边，着手拆掉床罩。床架是木头的，床垫是稻草做的，外面包着褪色的帆布。莉比撇撇嘴。好吧，至少不是羽毛床垫，南丁格尔小姐很反对用羽毛床垫。换个新的马鬃床垫会更卫生，但莉比不太可能要求奥唐奈夫妇去筹钱买一个。她想着那个装满硬币的赈济箱，它名义上的用处是赈济穷人的。更何况，她提醒自己，她不是来改善这姑娘的身体健康，只是来仔细观察的。她把床垫摸了个遍，想找到任何隆起或是缝线处的漏洞，以期发现暗口。她也把棉芯垫枕摸了摸，一无所获。

厨房里传来奇怪的叮当声。铃铛？声音响了一下、两下、三下。召唤全家人上桌吃午饭？莉比只好在这狭窄的卧室里等人端来饭菜。

安娜·奥唐奈悄无声息地双膝跪下，莉比都没听到她的动静。

一个人声从厨房里响起，她妈妈？"她受圣灵而感孕，"她回道，

“万福玛利亚，满被圣宠者，主与尔偕焉……”

孩子好像在仔细聆听。

莉比听出了祈祷文。

墙背后，女人们模糊的声音与安娜唱和着，然后安静了片刻。

罗莎琳·奥唐奈一个人的声音又响起来，“我是主的使女。”

“情愿让你的话报应在我身上。”安娜回道。

又是低声唱和。

莉比把床架从墙边拖开一定距离，这样从现在开始她就能从三面走近床边。她把床垫、垫枕搁在踏板上透透气。好像在偷听一半对话，祈祷仍在进行，有唱有和，偶尔响起铃声。

“住在我们中间。”女孩说。

莉比在床上爬来爬去，用手摸遍每道木条下面，在所有球形扣件和转角里找剩余食物。她双手趴在硬地面上，寻摸任何被踩过的泥土，那里也许被挖开埋过东西。

最终，集体祷告似乎告一段落，安娜颤巍巍地站起身，“你不念《三钟经》[1]吗，赖特女士？”她喘着气问。

“这是你们刚才祷告的名称？”

安娜点头，似乎人尽皆知。

莉比抖掉裙子上恶心的灰尘，在围裙上擦了擦手。她寻思着，用人何时才能端来热水。基蒂只是懒呢，还是看不惯她这个英格兰护士？

安娜从她的活计包里拿出一大片白色物件，站在靠窗的角落里，给它缝起褶边来。

“坐下，孩子。”莉比告诉她，朝椅子挥挥手。

“我在这儿就挺好，夫人。”

真是矛盾，彻头彻尾的骗子，却礼貌周全。

“基蒂，”莉比喊道，“你能再送一把椅子进来吗？还有热水。”

---

① 《三钟经》（*The Angelus*）是记述圣母领报和基督降生的天主教经文，念诵时间为早6时、午12时、晚6时，教会会鸣钟提醒教众祈祷，故称“三钟经”。

厨房里没有应答。

“你暂时先坐这把，”她说，“我不想坐。”

安娜画了个十字，在椅子上坐下来，继续做针线活。

莉比把梳妆台从墙边挪开，检查它背后有无挖空的地方。她一一拉开抽屉，木头因潮湿已经变形，她翻看了女孩为数不多的衣物，把所有缝合线和褶边捏了个遍。

在梳妆台上的一个罐子里插着一株蔫蔫的蒲公英。这花可能是藏在眼皮底下的营养源吗？莉比嗅了嗅里面的水，但鼻子里闻到的只有蒲公英的熟悉气味。南丁格尔小姐赞成在病房中放鲜花，对花会毒化空气的迷信说法很是不屑。她说，艳丽多姿的鲜花能让身心愉悦。莉比在医院工作第一周时，就曾试图向护士长解释过这件事，而对方却说她“矫揉造作”。

她把手指伸进水中，然后送进嘴巴，证实那不是清汤或是糖浆。会有某种无色无味的营养素吗？

不用看，莉比就知道女孩在注视她。好吧，算你狠，就是水。她在围裙上擦擦手。

罐子旁边只有一个小木箱。莉比才发现连镜子都没有，安娜一点都不想照照自己的样子？

“那些是我的宝贝。”莉比一打开箱子，安娜就说道。

“有意思。我能看看吗？”她的手已经在忙着翻了。炫耀虔诚的物件，一串玫瑰经念珠。用种子做的，是吗？底下挂着一个朴素的十字架，一个雕塑成圣母与圣子形状的烛台。

“爸爸妈妈在我受坚信礼[①]时送给我的。”安娜说。

“是个重要日子。”莉比喃喃道，把这个小塑像摸了个遍，确认那是瓷的，而不是能吃的东西。

“最重要的日子，从那以后我就不是小孩子了。”

① 坚信礼（Confirmation）是一种基督教仪式，孩子在接受坚信礼之后成为正式教徒。

莉比盯着一块椭圆形物件上的细字文看。

“那是我的神奇奖章。”安娜说。

“它做过哪些神奇事？”

这话过于鲁莽，但女孩没介意，“太多了。不单是这一个，我是说所有天主信徒的神奇奖章。”

莉比没说什么。在箱子底部的一个玻璃盒子里，她发现一个小圆片，上面印了一头背着旗子和纹章的羔羊。不会是圣餐的面饼，是吧？把象征耶稣圣体的面饼放在玩具盒里，肯定是亵渎神灵的吧？

“这是什么，安娜？”

“我的Agus Dei。”

天主的羔羊。这点拉丁文莉比还是懂的。她用指甲轻轻触摸它，不是面饼，是蜡像。

“所有神羔都得到了教宗的祈福。它们能退洪、灭火。”

莉比不太理解这种传说的来源。蜡熔化得那么快，谁能想象它对灭火有用处？

除了几本书，箱子里再没其他东西了。她检查了书名，都是宗教书籍。她从《信众祈祷用书》中抽出一张扑克牌大小的精美矩形卡片。

“别。”安娜绕着床过来。

她第一次显出稍许愠怒。书里会藏着吃食吗？莉比翻了书页，没有。

“那些是我的圣卡。”

“很漂亮。”莉比说，虽说它们不合她的品位。她拿着的卡片上印着祈祷文，有蕾丝般的花式雕边，并用缎带系了一个类似的迷你奖章。背面印着鲜艳的粉笔画，一个女人抱着一头绵羊。“神圣牧羊女”，上头写着。神圣啥玩意儿？很像儿歌《玛丽有只小羊羔》，“这些是谁给你的？”

“有些是学校或者布道会的奖励，有些是来客的礼物。”

“布道会在哪里？”

“现在没有了。我哥哥留给我一些很漂亮的卡片。”安娜说，对它们流露出像是对玩偶的喜爱，“每一张都在自己的位置上。”

莉比发现，箱子里的所有书籍里都插着那些长方形卡片。她把绵羊卡片拿给安娜，安娜自然而然地亲吻了它，然后翻起《信众祈祷用书》，找到它归属的地方。

莉比把书放回箱子，放下盖子。

门猛地开了，她惊了一跳。基蒂总算是端来了一盆水，“我刚去给主人送饭了。”这姑娘喘着气说道。

马拉奇·奥唐奈，他去给邻居割草皮了，不是吗？莉比想，是帮忙呢还是贴补种地微薄收入的活计？她突然想到，在这里或许只有男人才能吃午饭。

“我要给你擦洗什么吗？”女佣说。

“我自己做。”莉比拿起水盆说。再也不能让任何家庭成员接近这个房间了。在莉比看来，基蒂这会儿可能就在围裙里掖着给孩子的食物。

女佣皱皱眉。

“你肯定很忙。噢，能麻烦你再拿一把椅子还有干净的铺盖吗？”

“一条床单吗？”基蒂问。

“要两条。”莉比纠正道，“还要一条干净的毯子。”

“我们没有。”女佣摇着头说。

表情太木讷。莉比猜想，基蒂是不是心不在焉。

“她是说，这个星期不换床单。”安娜说，“下周一是洗衣日，除非天气太潮湿。”

“我明白了。”莉比说，“好吧，那么就拿椅子吧。”

她从包里拿出一个瓶子，往水里加了氯化苏打，把各处的表面都擦了一遍。气味很冲，却干净得让人安心。她重新铺了床，仍铺上旧床单和灰色毯子，直起身。哪里还能储藏一口吃食呢？这里不是琳琅满目的上等病房，除了床、梳妆台和椅子外，还有地板上的一条暗色条纹编织毯，就没其他东西了。莉比把毯子掀起来，下面没东西。没有这地毯，房间会显得毫无生气，脚底也会觉得寒冷。除此之外，最有可能藏匿面包片或苹果的地方在床里面，委员会肯定不想让这姑娘像囚犯一样睡在光板床上吧？算了，莉比只能不时地突击检查房间。

基蒂总算是把椅子拿了进来，用力放下来。

“你有空时，可以把这个地毯拿去掸掸尘。”莉比说，“请问，能不能找一个磅秤给安娜称体重？”

基蒂摇摇头。

“村子里也许有？要么其他大点的农户？”还是没有，“你能问问你主人吗？现在，我要用你家的普通秤。”

对方又一下呆滞地眨眼。

“称安娜喝的水。”莉比说明。还有她的排泄物，不过莉比没说出口。要是出来的比进去的更成块，就完全能证明这是骗人的把戏了。

“我们两样都没有。”基蒂说。

安娜看着垂头丧气的蒲公英，毫无听到这些话的迹象，仿佛是在谈论其他女孩的身体。

“那么，你们做菜是怎么算分量的？”莉比问道。

女佣在半空中做一个抓捏的动作。

她咽下一口气，“那就请给我一壶清水、两个茶匙。”

“你要来点什么吗？”基蒂出去时问，这话让莉比摸不着头脑，“还是等晚餐再吃？”

“我可以等。”莉比说。

女佣才走她就后悔了，因为她很饿。但不知怎的，在安娜·奥唐奈面前，莉比不好意思说自己实在很想吃东西。这很荒唐，她提醒自己，因为这丫头是个骗人精。

安娜又在念她的桃乐丝祈祷文了，莉比叮嘱自己不去理会。她以前忍受的病人怪癖比这厉害多了。她护理过一个得猩红热的男孩，一直往地板上吐痰；还有一个疯老太婆认为自己的药有毒，会把药推开，撒得莉比全身都是。

女孩现在正压低嗓音唱歌，双手交叉，放在做好的针线活上。

听！那嘹亮的天国赞美诗，
在上的天使合唱越来越响，
智天使和炽天使，
永不停歇地将赞美歌唱……

基蒂把水端进来时，莉比拍着掉漆的墙粉问："这是什么？"

"一堵墙。"孩子发出轻微的嬉笑声。

"我问墙是用什么砌成的？"莉比冷冷地说。

"泥浆。"基蒂说。

"只有泥浆？"

女佣脸色和悦了些，"这底下反正有石头，防止老鼠跑进来。"

她走后，莉比检查了茶匙。她准备用木匙量尿液，用骨匙量水。她尝了一口壶里的水，没有一丝味道，就是白水。好吧。

"你口渴吗，孩子？"安娜摇头，"你是不是最好喝一口？"

这话越权了，护士的习惯很难改。莉比提醒自己，小骗子喝不喝水，她根本无所谓。

但安娜张嘴接住茶匙，不费劲地把水咽了下去，"宽恕我吧，我可能会焕发活力。"她喃喃道。

"再喝一口？"

"不了，谢谢你，赖特女士。"

下午1点13分，一茶匙水。莉比写下来。

这会儿实在没有其他事可做了。她坐了另一把椅子，和安娜的椅子靠得很近，她们的裙子几乎碰到了，因为没有其他地方放椅子了。莉比想着之后的漫长时间，感到非常不自在。她曾连续数月照顾其他私人患者，但这次不同，因为她像是猛禽一样注视着孩子，而且安娜心知肚明。

一声叩门，让她跳了起来。

“马拉奇·奥唐奈，夫人。”农夫轻拍着褪色马甲的系扣处。

“奥唐奈先生。”莉比说着，伸手握了一下他粗糙的手。她本可以感谢他的热情款待，只不过她在这里的身份是间谍，所以这话不太对劲。

他身材矮小精壮，跟他老婆一样瘦，但身形要窄很多，安娜长得像他。不过这一家人都不长肉，活像一个木偶剧团。

他弯腰在她女儿耳边亲了一下，“怎么样，乖囡？”

“很好，爸爸。”

马拉奇·奥唐奈站在那里，点着头。

莉比满心失望，她本指望从老爸那里发现新情况。幕后主使——起码也是共谋，跟他老婆一样棘手。可这乡巴佬……“你养了……呃，短角牛，奥唐奈先生？”

“嗯，现在就几头。”他说，“我租了几片草甸喂牛。我卖掉这个，你知道的，施肥用的东西。”

“什么？”她迟了一拍，才意识到他说的是粪便。

“牛，现在有的时候……”马拉奇欲言又止，“它们会走丢，有腿伤，出来得不对还会卡住，你看——它们的麻烦可能比它们的价钱都不止。”

那么，短角牛就是奶牛了。莉比在农舍外还看到什么了？“你还养家禽，对吗？”

“现在它们是罗莎琳的，奥唐奈太太的。”仿佛完成了一桩事情似的，男人最后点点头，然后摸了摸他女儿的发际。刚出去，他又返回来，“忘了说，那个报纸的伙计来了。”

“不好意思，你说什么？”

他朝窗户方向指了指，“来带安娜的。”

透过肮脏的玻璃，莉比看到了一个封闭式马车。“带她去哪儿？”莉比没好气地问。说真格的，这些委员会的老爷们以为自己在干吗？让人在这个窄小、腌臜的房子里做观察，然后又改了主意，要把这孩子运到其他地方去？

“只带她的脸。”她老爸说，“她的肖像。”

车厢一侧用花体字写着：赖利父子摄影社。莉比现在看得更仔细了，她能听见厨房里一个陌生人的声音。哎，这太过分了。她走了几步，想起自己不能离开孩子身边，她用手臂环抱住自己。

罗莎琳·奥唐奈匆忙进来，“赖利先生准备好给你拍相片儿了。”

女孩点头。

“真有这必要吗？”莉比问。

“这是要排版、登在报纸上，所以有这个必要。”

给孩子印个画像，好像她是女王似的，或者更像双头怪牛。

“他的摄影间有多远？”

“他准是在车里就能拍了。”奥唐奈夫人用指头冲着窗户戳戳。

莉比没办法阻止。她跟在孩子后面走出去，把她从一个没盖盖子的桶边拉开。桶里面是刺鼻的化学品，她闻出来是酒精，而且……这是乙醚还是氯仿？这种浓烈的气味，让莉比想起斯库塔里医院，在一连串的截肢手术当中，镇静剂似乎总是不够用。

当她扶着安娜走上折叠式台阶时，鼻子一皱，又嗅到一股更复杂的异味，有点像醋，还有钉子。

“那蹩脚作家已经走了，是吧？”里面那个头发稀疏、衣衫不整的男人问道，“给小妞写报道的记者。”

莉比眯起眼睛，“我不认识什么记者，赖利先生。”

他的长礼服上污渍斑斑，“现在，请你站在这些漂亮花儿的边上。”他跟安娜说。

“要是她非要保持很久的姿势，能让她坐下吗？”莉比问。有一次她自己为拍照片摆姿势时，当时是南丁格尔小姐护士们的合影，她发觉这事很累人。开始几分钟后，其中一位不安分的姑娘稍微动了一下，图像就糊掉了，只能全部重来。

赖利轻声一笑，推动三脚架的脚轮，把照相机移了几厘米，“你现在算是见识到现代湿版摄影法高手了。三秒钟，我全部搞定。从按快门到出底片，不用十分钟。”

安娜站在赖利给她安排的位置，在一个窄桌旁，右手搁在一瓶丝绸玫瑰旁。

他把一个架子上的镜子倾斜，把一束光打在她脸上，“小姑娘，现在眼睛往上看。”

她把目光从地板抬到天花板。

就像她的圣卡上那些粉面桃花的圣人一样。莉比暗想。

“看我，看我。”从遮着照相机的黑布下传来摄影师的声音。

安娜的目光在室内游移不定。

“朝你的观众看。”

这让孩子更无所适从，但她看向莉比，近乎微笑，可莉比并没有笑。

赖利冒出来，把一个矩形木框按在机器上，“现在保持住。稳如磐石。”他把镜头上的铜圈转下来，“一、二、三……”接着“啪”地关掉机器，甩开眼睛上的油腻头发，“可以出去了，姑娘们。”

他把门推开，从车厢中跳下，然后搬着他那桶刺鼻的化学制剂，又爬回车上。

“你为什么把那个放在外面？”莉比拉起安娜的手，问道。

赖利正在拉扯绳子，让两面窗户的百叶落下来，使车厢里变暗，“防止爆炸。”

莉比急忙把安娜朝门口拉。

下车后，孩子深吸了一口气，向绿色田野望去。在室外，她的脸色苍白更甚。

回到孩子的卧室后，午后时光很漫长。安娜低声祈祷、看书，莉比专心看了《一年四季》杂志[1]上一篇不无趣味的文章，写真菌的。安娜又同意喝了两口水。她们近在咫尺，莉比偶尔从书页上方扫视女孩。跟另一个人联系如此紧密，感觉很怪，这是像妈妈被宝宝扯住围裙带的感觉吗？区别在于，那种情况下是有母爱的。

莉比甚至不能随意出去上茅厕，只能凑合着用尿壶，“你要用这个吗，安娜？”

“不用，谢谢，夫人。”

莉比把尿壶放在门边，用一块布盖住。她压住一个哈欠，“你想散个步吗？”

安娜面露喜色，“真的可以吗？”

“当然，只要我陪你一起。”莉比想看女孩走动，测试一下她的体力。再说，困在这间小屋里这么久，莉比受够了。

安娜站起身时，一时间抓住椅背。

“头晕？”莉比猜测着问。

女孩摇摇头，把披肩裹在肩上。

厨房里，罗莎琳·奥唐奈正和基蒂（只有她一半大小）在桌上用碟子形状的过滤网从锅子里撇奶油。她抬起头，“需要什么吗，乖囡？”

“不，谢谢，妈妈。”

女人把一只胖绿头苍蝇拍走，继续干活。

食物。莉比默默地说，那是所有孩子都需要的。从出生第一天，

① 《一年四季》（*All the Year Round*）是由英国作家狄更斯于1859年创办和主编的文学周刊。

母亲就要喂养孩子，这难道不是天经地义的吗？罗莎琳·奥唐奈如此平静，只有两种可能。要么她坚信神助之力，对女儿毫不担心；要么她知道女儿吃得不少，暗地里。

“我们就出去散个步。”莉比跟她说。到了前门，她从开着的上半扇门探身出去，看清了没有访客走来。

安娜穿着男孩的靴子蹒跚而沉重地走着，在转换双腿重心时会微微晃动，“我一直追随你的脚步，”她低语道，“我的足迹从未曾动摇。”

“你的膝盖疼吗？”当她们沿着道路，经过烦躁的棕毛母鸡时，莉比问道。

“不特别疼。”安娜说，抬头迎着阳光。

“那些都是你父亲的田吗？”

“是他租的田。”女孩澄清说。

莉比没看到雇农，“他一个人干所有农活吗？”

“帕特以前帮过忙，这里是种燕麦的。”安娜说。

一个套着棕色裤子、满身污泥的稻草人往一边斜着。莉比寻思，这是不是马拉奇·奥唐奈的旧衣服？

“那边是干草，可老是被雨糟蹋了。”

莉比认为自己认出了一片低矮的绿叶植物，“那些一定是土豆了。”当她们走到巷子里时，她转到一条没去过的路上，远离村子的路。

一个晒得黝黑的汉子正在漫不经心地修补石头。

“上帝保佑你工作。”安娜喊道。

“也保佑你。”他回答。

“那是我家邻居科科伦先生。”她告诉莉比。她弯下腰，拔起一根顶头开着星形黄花的褐色花梗。

“你喜欢花，安娜？”

“嗯，是的。特别是百合，这是当然的。”

“为什么是当然的？”

“因为它是圣母的最爱。”她亲昵地谈论着神圣家庭，仿佛那是她家亲戚。

“你在什么地方见到过百合？”莉比问。

“在画里，很多次。还有湖里的水百合，可它们不是一回事。”

“那你从来没有见过这种真实的长茎百合？”

“画就是真实的。”女孩说。她蹲下来，抚摸一朵极小的白花。

“这个是什么？”

“茅膏菜，”安娜告诉她，“看。”

莉比端详着梗茎上的圆叶，它们上面布满类似黏毛的东西，有一个奇怪的黑色斑点。

“它能抓到虫子，把它们吸进去。”安娜低声说，仿佛害怕惊扰植物。

这孩子说得对吗？这很有趣，但又有点可怕。看起来，她还懂点科学知识。

安娜起身时身体晃了晃，深吸了一口气。莉比寻思，这是疏于活动还是营养不良造成的虚弱？并不是因为禁食是骗人把戏，安娜就获得了女孩发育所需的全部营养。在充分光照下，她的肤色几近透明，一根蓝色静脉在她太阳穴上突起。

“也许我们现在该回头了。”莉比建议道。

她们回到小屋时，基蒂正在卧室里。莉比刚要质疑，女佣便弯腰去端尿壶——大概是要给自己一个进来的借口，“您现在要吃一碗麦片稀饭吗，夫人？”

基蒂一分钟后端来了麦片稀饭，原来就是很稀的麦片粥。莉比想道，这大概就是她的午餐了。四点一刻，乡下的时间。

“放点盐。”

莉比看看那个有小调羹的罐子，摇摇头。

“加吧，”基蒂说，“盐能赶走那些小家伙。”

莉比睨着女佣，她在说苍蝇吗？

基蒂一离开房间，安娜就开口了，“她是说那些小人儿。”她用胖手做着舞蹈的动作。

“小仙子吗？”莉比问。

孩子苦笑了一下，“他们不喜欢被这么叫。”她还在浅笑着，似乎她和莉比都知道，麦片粥里并没有胡乱扑腾的小精灵。

粥还不错，燕麦片是用牛奶煮的，没有用水。不过女佣说得对，是该加点盐。唯一的难处是，在这孩子面前吃饭，莉比觉得难为情，就像粗野村妇在优雅贵妇面前胡吃海塞。是佃农家的女儿，莉比提醒自己，还是个骗人精。

安娜正在补缀一个破衬裙。她没有觊觎莉比的午餐，也没有像抵御诱惑般移开目光，她只是不断缝出整齐的细针脚。即便这姑娘昨晚已经吃过些东西，莉比估计，在护士的监视下过了至少七小时，只喝了三茶匙水，她现在也应该饿了。坐在散发着热粥香气的房间里，她怎么受得了？

莉比把碗刮干净，某种程度上是不想把剩饭放在两人中间，她早就开始怀念现烤面包了。

过了一会儿，罗莎琳·奥唐奈进来显摆新拍的相片，“赖利先生给我们印了这张当礼物。”

照片图像惊人得清晰，但色彩全不对：灰裙子被漂成睡袍似的白色，格子披肩则一片乌黑。照片中的女孩目光斜视，看向未入镜头的护士，带着一抹笑意。

像是出于礼貌，真实的安娜只扫了照片一眼。

“这相框也挺漂亮。”奥唐奈太太抚摸着压模的锡框。

这不是有知识的女人。一个如此天真地中意廉价相框的人，真的可以在这么精巧的骗局里担起责任吗？也许……莉比用余光看向安娜，这位好学上进的乖宝宝才是唯一的过错人。在今天上午观察开始前，这孩子应该很容易随意偷取食物。

“它会放到壁炉台上，摆在可怜的帕特旁边。”罗莎琳·奥唐奈补充道，伸直了手臂欣赏照片。

啊，奥唐奈家的男孩现在在美国很落魄吗？或者他父母一无所知。有的时候，人一出国就杳无音信了。

孩子她妈回厨房后，莉比注视着外面被赖利的车轮碾平的草地。她回过头，目光落在安娜那双烂靴子上。莉比想道，男孩他妈叫他“可怜的帕特”，可能因为他天生智障、头脑简单。这也能解释他在照片里奇怪的坐姿了。但要是那样的话，奥唐奈夫妇怎么会忍心把这可怜孩子送去美国呢？这个话题，最好别跟这姑娘提。

连着四小时，安娜整理着她的圣卡——实际上是在拿它们玩耍，因为那些轻柔的摆弄、认真的神情和偶尔的咕哝，都让莉比联想到其他玩玩具的小女孩。

莉比在随身携带在包里的小册子（南丁格尔《护理日记》，作者的馈赠）里查了“潮湿的后果”。

八点半时，她建议安娜该宽衣了。

姑娘画了十字，换上了睡衣。在前面和腰间扣纽扣时，她垂下目光。她把衣服叠好，放在梳妆台上。她没有用尿壶，所以莉比还是没什么可测量的。这姑娘是蜡做的，不是肉身。

当安娜解开发髻、梳头发时，梳齿上出现了一把黑发，这让莉比很不安。一个孩子，像暮年女子一样掉头发……

安娜上床时，又画了个十字，然后靠垫枕坐着，读她的《诗篇》[①]。

莉比待在窗边，看着一道道橘红色晚霞映在西面的天空。她会不会漏掉了一些隐藏的微量粮食？今晚是这姑娘乘机行事的时间。嬷嬷那双

① 《诗篇》（*The Psalms*）是《圣经旧约》的一卷书，共150篇，是耶和华真正敬拜者大卫所记录的一辑受感示的诗歌集。

老眼，还有她的头脑，够不够敏锐呢？

基蒂捧进来一个粗短的铜烛台，上面插着一支细长的蜡烛。

“那个，嬷嬷不够用。”莉比说。

“那我再拿一个。”

“五六支蜡烛都不够。”

女佣的嘴巴半张着。

莉比试着用安抚的口气，“我晓得很麻烦，但不知道你能不能找几盏灯？”

“这些天鲸油价钱很厉害。”

“那就换其他灯油。”

“我明天找找看。”基蒂哈欠着说，撇下这话不提了。

过了几分钟，她拿来些牛奶、燕麦饼和黄油，莉比猜这就是自己的晚餐。

给燕麦饼涂黄油时，莉比的目光溜向安娜，她似乎还沉浸在书中。演技一流，一整天饿着肚子，还能假装看不见食物，更别说在意食物了。年纪轻轻，自控力如此之好，甚至有专注力、有野心。要是这些能耐改用在良好用心上，能让安娜·奥唐奈有多少成就？莉比护理过形形色色的女人，她知道，这种自制力比其他任何能力都重要。

门半开着，她留意听着外面餐桌边的动静和人声。不要过早下判断，这很重要。要是安娜偷吃食物是靠自己或是基蒂乃至外人的帮助，奥唐奈先生和太太可能是没有责任的。

但是罗莎琳·奥唐奈显然很乐意沾这种光，而且前门边还有一个钱箱……老话怎么说来着？“孩子是穷人家的财富。”这里的财富本意是个比方，但有时也是真的。

安娜翻着书页，不出声地念着字句。

厨房里一阵骚动。莉比探出头，看到修女正脱下黑色斗篷。

“跟我们一起跪下祷告，可以吗，嬷嬷？”奥唐奈太太问。

修女低声说了不愿意让赖特女士久等之类的话。

“这不要紧。”莉比不得不说。

她转身去看安娜，安娜紧跟着在后面，穿着睡衣，活像鬼魅，吓得莉比一哆嗦。孩子手里拿着那串褐色的珠子。

安娜与莉比擦身而过，跪在她父母当中的泥地上。修女和女佣已经跪下了，两人都摸着她的玫瑰经念珠顶头的小十字架。

“我信上帝、全能的父、创造天地的主。”五种声音絮絮叨叨地念出这些话。

莉比这会儿大概走不了，因为嬷嬷的眼睛闭上了，被碍事头饰遮住的脸俯在交叉的双手上。没有人注意观察安娜，所以莉比尽量不碍事地走过去坐在墙边的一个矮凳上，这样能看得清女孩。

念叨的内容换成了《天主经》，“求你宽恕我们的罪过，”——此处他们不约而同地捶打胸口，把莉比吓了一跳——“如同我们宽恕别人一样。”

她想，他们现在大概会站起身，互道晚安。但没有，众人忽然念起了《万福玛利亚》，然后一个接着一个的祈祷文。这太荒唐了，莉比一整晚都要困在这里吗?

她眨眨眼，润一下疲惫的双眼，凝神关注着安娜和她的父母。他们的身体比较结实，把安娜的身体夹在当中，只要手跟手快速交汇就够了，莉比稍许眯起眼睛，坚决不放过任何碰到安娜殷红嘴唇的东西。

莉比看了看腰间的表，整整一刻钟过去了。在这种种烦人的喧闹声中，这孩子从没摇晃过、从没瘫下来过。她举目扫视了房间片刻，只为了放松眼睛。一个肥大的棉布袋被捆在两个椅子之间，有液体从里面滴到一个盆子里。那会是什么?

接着祈祷文的内容变了：“可怜的、被放逐的夏娃子孙，向您哀呼……”

这一整套的虚文似乎总算告一段落。天主信徒们站起身，把腿搓摸活泛，而且英格兰女人可以走了。

“晚安，妈妈。”安娜说。

“我一会儿进去道晚安，乖囡。”

安娜把修女让进卧室，小心地把她的念珠倒回她的宝贝箱子。

莉比拿起斗篷和包。她没机会跟嬷嬷说话，不知怎的，她不忍心在孩子面前大声说，眼睛一刻都不要离开她，“我们早上见，安娜。”

“晚安，赖特女士。”

她出门左转，从奥唐奈家的小路走到巷子里，往回村方向走。天色还不算很暗，她身后的地平线还有红晕，轻柔的晚风里弥漫着牲畜的气味和炭火的烟味。

莉比坐了那么久，四肢都很酸疼。观察条件不太理想，她十分需要跟麦克布里亚第医生谈谈。但现在太晚了，今晚不可能去找他。

她现在了解到什么了？少之又少。安娜·奥唐奈似乎唯一秘而不宣的事情，是她最常念诵的祈祷文内容。

路前方出现一个人形，肩头扛着一把长枪。莉比紧张起来，她不习惯傍晚在野外走路。

狗先走上前来，嗅嗅莉比的裙子，跟着是那个汉子，略点点头，就走了过去。

一只公鸡急促地叫起来，奶牛们从一个牛棚里挤出来，主人跟在后面。莉比本以为，农夫们应该在白天放养牲畜，夜晚把它们关好（安全起见），而不是正好相反。她真搞不懂这个地方。

第二章

观察

她可能得的是一种癔症，但她无比真挚。

莉比只觉双肩一沉。照这么说，这面相柔和的孩子就不是敌人了。她不是什么铁石心肠的罪人，只是一个沉溺在某种白日幻梦中的女孩，只是一个需要护士帮助的病人。

在她的梦中，男人们一如既往地在讨要烟叶。他们营养不良、邋里邋遢、头发凌乱，残肢的脓液从吊带里渗出来，流进垫枕里，但他们的要求只是一点填烟斗的料。莉比跑过时，男人们把手伸向她。土耳其的雪从破碎的窗户里卷进来，一扇门没完没了地砰砰、砰砰作响——

“赖特女士！”

“在。”

“四点一刻了，你要叫早的。”

这里是酒鬼杂货铺楼上的房间，在爱尔兰的“死亡中心点”，边捶门边说话的人准是玛吉·赖安。

莉比清清喉咙，“好的。”

她一穿好衣服，就拿出《护理手册》，让它随意翻开，把手指放在一段随机的文字上，就像莉比和妹妹在无聊的星期天用《圣经》玩的算命游戏似的。“女性”，她读道，经常比更强势的男性更“谨小慎微”，这使得她们免于“粗心出错”。

但昨天莉比操尽了心，还是没能揭穿骗局，不是吗？修女一整夜都在那儿，她解开谜团了吗？莉比不太相信。哼，她才不肯上一个十一岁的孩子的当呢。今天她必须更加“谨小慎微”，证明自己配得上这本书的赠言。书上是南丁格尔小姐的漂亮笔迹：赠赖特女士，谨致问候。

天还黑着。莉比只能借着弦月的微光，沿着村里唯一的街道走，然后右转走入小巷，经过东倒西歪、长满青苔的墓碑。还好，她骨子里并不迷信。

没有月光的话，她根本找不准通向奥唐奈家农场的模糊小路，因为这些房子看着都大同小异。

四点三刻，她叩响了门。

没有反应。

莉比不想使劲捶门，生怕吵到人。在她的右边，牛棚的门里透出光线。啊，女人们一定在挤奶。一段曲调：有人在对奶牛唱歌吗？这次不是圣歌，但是那种凄凉的民谣，唱得莉比浑身不自在。

但她眼中闪着天之光芒，
她对我来说太过完美，
有位天使宣称她属于自己，
已带她从里湖远走高飞。

莉比推了推房子的前门，上半扇门开了。

空无一人的厨房里，炉火正旺，屋角一阵骚动。老鼠？在斯库塔里的锻炼，已经让莉比对有害动物无动于衷。她摸到门闩，打开下半扇门。她穿过房间，弯腰向餐具柜装了木栅的下半截里看去。

她看到一只鸡溜圆的眼珠。十多只鸡，跟在领头的那只后面，开始小声地抱怨起来。把它们关起来防狐狸，莉比猜想。

她发现一颗新下的蛋。她想到，也许安娜·奥唐奈在夜里把蛋液吸掉，然后把蛋壳吃下去，不留痕迹。

莉比后退时，差点被一样白色物件绊倒。是一个碟子，边缘从柜子底下突出来。用人怎么这么粗心？莉比捡起来时，手上溅到了汁液，弄湿了她的袖口。她啧了一声，拿着碟子走到桌边。

此时莉比才恍然大悟。她舔了舔湿手，确凿无疑的牛奶浓香。所以这出完美骗局竟如此简单？这孩子没必要搜寻鸡蛋，因为那儿留了一盘牛奶，她可以像狗一样在黑暗中舔食。

莉比感到意兴阑珊，并无太大成就感。揭发这种事，几乎不需要专业的护士。看来，莉比这项奇特任务已经完成，太阳一出来，她就能乘上“欢乐马车”，在赶回火车站的路上了。

门被蹭开，她手忙脚乱，仿佛是她有东西藏着掖着，“奥唐奈太太。”

爱尔兰女人错把责怪当成了问候，“早上好啊，赖特女士，但愿你小睡了一会儿。”

莉比举着湿淋淋的碟子，她这会儿注意到，它有两处缺口，“这家里有人在餐具柜下面私藏了牛奶。”

罗莎琳·奥唐奈干裂的嘴唇咧着，一副似笑非笑的模样。她后面的基蒂吃力地扛着两个桶，肩膀一歪。

莉比怒火中烧，“我只能揣测，你女儿一直溜出来喝牛奶。”

“那你就揣测过头了，我家安娜才没有溜到哪儿去。说真的，咱们这儿，有哪个农户家里晚上不留一碟牛奶？”

“给小人儿的，”基蒂说，“不然他们会生气、会嚷嚷。”

“你以为我会相信，这牛奶是给小仙子的？”

罗莎琳·奥唐奈叉着骨头粗大的手臂，“信不信由你吧。放点儿牛奶在外面，起码没坏处。”

莉比的脑子飞快地转着。女主人和用人都太愚昧，这也许就是牛奶放在餐具柜下的原因。但这不意味着，这四个月来，安娜·奥唐奈每晚不会喝掉给小仙子们的这碟牛奶。

基蒂弯腰打开餐具柜，“你们快给我出来。草地里不是有很多鼻涕虫吗？”她用裙子把鸡群往门口赶。

卧室门开了，修女往外看着，她一向的低语声：“有事吗？”

莉比的脸突然很烫。她没去看桌上的碟子，这个误会没必要赘述，“晚上怎么样？”

“很安静，感谢上帝。”

意思是，嬷嬷没抓到孩子偷吃。莉比寻思，她这位共事的护士能帮到一点忙吗？或者，她只不过是个碍事的？

这会儿，奥唐奈太太把铁壶从火炉上吊下来，基蒂拿着扫帚，开始把母鸡们的绿色秽物从餐具柜里掸出来，扫到门口。

修女又消失在卧室里，让门半掩着。

莉比正在解斗篷，马拉奇·奥唐奈抱着一摞草皮从院子里进了屋，“赖特女士。”

“奥唐奈先生。”

他把草皮扔在火炉边，就转身又准备出去。

她想起来，问他：“不知道这附近有台秤吗？”

“没有。”

“那你怎么称牲畜的重量？”

他抓了抓发紫的鼻子，“目测吧，我想。”

里屋传来类似小孩的声音。

“她自己已经起来了？”孩子她爸问，脸上有了亮色。

奥唐奈太太贴着他走过去，进去看女儿，正好嬷嬷拿着书包走出来。

莉比要去跟着她妈，但她爸举起手，“你还有……呃，一个问题。”

“是吗？”

“关于墙的，基蒂说你在打听。”

为了防止护士换班发生空当，莉比早就应该守在孩子身边了。但她不可能话说到一半就走开，“墙，怎样呢？”

“那里有一些，呃，一些牛粪，跟泥浆和在一起，然后用石南和毛发增加黏性。”马拉奇·奥唐奈说。

“毛发，真的吗？”莉比的目光溜向卧室。这个表面老实巴交的汉子，会是一个幌子吗？也许他老婆在跑进去之前，已经从饭锅里挖出了点东西藏在手里了？

“还有血，再加一点脱脂奶。”他补充道。

莉比朝他瞪眼睛。血和脱脂奶，好像是哪个原始部落在祭坛上泼洒的东西。

她终于走进卧室，看见罗莎琳·奥唐奈坐在窄小的床边，安娜跪在她母亲身边。时间足够这孩子吞下去几块烙饼了。莉比对自己要跟农夫聊完天的荒唐礼节感到自责。也怪嬷嬷溜得那么快，想想莉比昨晚可是一直坐到整个《玫瑰经》念完，修女今天早上就不能多待一分钟？还有，她应该向莉比这个更资深的护士详细交代一下夜班的情况。

安娜的声音不大但清晰，不像是刚吞咽过食物，“我的爱人是我的，我也是他的；他住在我身体里，我住在他身体里。”

老妈没有祷告，只是跟着点头，像一个阳台上的爱慕者。

“奥唐奈太太。”莉比说。

罗莎琳·奥唐奈把手指放在她干燥的嘴唇上。

“你不能待在这里，夫人。”莉比说道。

安娜的脸像紧闭的花蕾，没有一丝听见声音的迹象。

罗莎琳·奥唐奈像老鹰那样把头歪在一边，“我就不能跟安娜说声早安？”

“这样不行，”莉比念叨着，“不能没有护士在场。你不可以在我们前面跑进她房间，也不能碰她房间的家具。”

爱尔兰女人倔强地站起身，“有哪个当妈的不急着跟自家宝贝儿一起做点祷告呢？”

“你早晚当然可以问候她。这是为了你们自己好，你和奥唐奈先生。你们希望证明自己没耍任何花招，不是吗？”

奥唐奈太太出门时回头说：“九点吃早饭。”

几乎还有四个小时。莉比感觉腹中空空，农家的习惯不一样，她猜想。不过她早上在酒鬼杂货铺应该问赖安家的姑娘要点吃的，拿一片面包也好。

莉比和妹妹上学时老是饿肚子。大家觉得，粗茶淡饭对女孩特别有益，因为它能保持消化道健康、磨炼性格。莉比不觉得自己缺乏自制力，但觉得饥饿会让人莫名其妙地分神，让人一心想着食物。所以，长大后，她总是尽可能不误三餐。

此时，安娜画了十字，从跪姿站起身，“早上好，赖特女士。”

昨天早上开始就没吃东西，莉比想。即便这孩子在修女换班或者刚才跟她妈在一起时设法偷吃或偷喝了点东西，也没有多少。

“早上好，安娜。你夜里怎么样？”她拿出记事本。

“我已经睡过了，休息好了。”安娜引用道，又画了十字，然后拽掉睡帽，“我已经起来了，因为天主已经保护了我。”

“很好。”莉比说，有点好笑。她注意到睡帽里面有几缕落发。

女孩解开睡衣，脱下来，把袖子系在腰间。她瘦削的肩膀和肥厚的掌腕、窄小的胸部和鼓胀的肚子，有种奇怪的失调感。她从盆里捧水、泼洗身子，“求你使你的脸光照仆人。”她屏声静气地念着，然后打着冷战，用布擦干身体。

莉比从床下拉出尿壶，是干净的，“你用过这个没有，孩子？”

安娜点头。

“嬷嬷拿它怎么着了？”

“给基蒂到外头倒掉了。”

证据就这么没了。莉比真有必要叮嘱那个蠢修女一句。

*排尿，未测量。*她在记事本里写道。

安娜把睡衣重新拉到肩膀上面。她打湿那块小布头，手伸到麻布裙底轻柔地擦洗一条腿，重心靠在另一条腿上。她扶着梳妆台站稳。她穿的衬裙、内裤、裙子和长袜都是昨天的。

莉比一般会坚持一日一换，但她觉得，在这么穷的家里讲究不起。她至少可以给床铺透透气。她把床单和毯子挂在踏板上，然后开始给女孩检查。

8月9日，星期二，早晨5点23分

饮水：1茶匙。

心跳：每分钟95次。

呼吸频率：每分钟16次。

体温凉。

估计体温是很难的，它取决于护士的手指比她触摸到的病人腋窝暖还是凉。

“请伸出舌头。”莉比受过培训，她总能注意舌苔的情况，尽管她会被追问这能说明当事人的健康情况如何。安娜的舌头是红色的，舌根处异样地平滑，没有通常那些细微突起。

莉比把听诊器放在安娜肚脐上，听到微弱的一声咕噜，不过有可能是空气跟水混合的原因，这不能证明肚子有食物。消化腔声响，她写道，原因不明。

她一定要问问麦克布里亚第医生有关小腿和手部肿胀的事情。她觉得，可以认为，由饮食限制引起的这些症状其实是好事，因为它们迟早会逼得让这丫头放弃这种离奇的伪装。

莉比重新铺好床，把床单绷紧。南丁格尔小姐常说，把病人体内的废气经过通风消除，跟洗刷铺盖一样要紧，也更容易做到。

在第二天，护士和被看护人有些按部就班的意味。她们读书（莉比看《一年四季》里德伐日太太[①]的恶毒行径看得入了迷），聊了会儿天，

① 德伐日太太，狄更斯名作《双城记》里的人物，《双城记》于1859年在他主编的文学周刊《一年四季》创刊号上开始连载。

安娜每小时都有几次会轻声念叨莉比猜想的桃乐丝祈祷文。孩子这样做，是要在每次肚子饿得抽搐时，坚定自己的意志力吗？

过了几个小时，莉比带她出去做保健散步。她们只在院子里散步，因为天色变了。她评价安娜走路姿势不稳，孩子说她就是这么走路的。即使在一个撒谎精出了名的国度里，安娜恐怕也是出类拔萃的。不过她确实很淡定自若，她走路时唱着圣歌，像士兵一样。

“你喜欢谜语吗？”莉比问她。

“我都没听说过。”

“我的天。”莉比记得儿时的谜语，比课堂上要背的书记得都清楚，“这个怎么样：这世上没有任何一个国度，但我能一而再地周游四方，无论白天还是黑夜，人们不会、也不能看见我。我是什么？”

安娜有些困惑，莉比复述了一遍。

“人们不会，也不能看见我。”安娜说，“这话是说我没有，我不存在，还是没人看得到我？”

“后者。”莉比说。

“一个透明人，”安娜说，“周游世界……”

“或者是透明的东西。”莉比插话道。

孩子展开眉头，“是风？”

“很棒，你悟性很好。”

“再说一个，求你了。”安娜又说。

“嗯，我想想。土地是白色的，”莉比开始说道。

“种子是黑色的，只有聪明的读书人，才能帮我揭开谜底。”

“纸，上面有墨迹！”

“机灵鬼。”

“因为说了‘读书人’。”

“你应该回去上学。”莉比告诉她。

安娜眨眨眼，扭头看一头牛吃草，“我在家挺好。”

“你是个很聪明的姑娘。”这夸奖的话说出来更像是指责。

云层越堆越低，莉比赶忙和安娜一起走回那个闷不透风的房子里。不过后来雨并没有下下来，她后悔两人没在外面多待一会儿。

基蒂总算端来了莉比的早餐——两个鸡蛋和一杯牛奶。

这一次她实在太饿，顾不上良心不安，吃鸡蛋吃得太快，牙齿硌到了蛋壳碎屑。鸡蛋里有沙子，一股泥炭味，毫无疑问是在炭灰里烤熟的。

这孩子怎么能受得了，不单是这么饿，还要这么无聊？其他人类用三餐划分一天的时间，作为犒劳和休闲，是生物钟发出的呼唤。对于安娜来说，在观察期间，每一天都过得像一个永无休止的时刻。

孩子喝了一口水，像是在喝醇酒佳酿。

“水有什么特别的？”莉比问。

安娜看着很不解。

莉比举起牛奶杯，“水和这个有什么区别？”

安娜迟疑道：“水里没有物质。”

“牛奶里除了水和奶牛吃草产生的精华之外，也没有其他物质。”

安娜摇头，似笑非笑。

基蒂进来收餐盘时，莉比撇开了这个话题。她观察着这孩子，她在一张手帕的角落处绣一朵花。她俯首做着针线活，像小姑娘使出吃奶力气似的，只伸出舌尖。

十点刚过，前门就传来第一下叩门声。莉比隐隐听见有人在交谈，接着罗莎琳·奥唐奈敲了卧室的门，目光绕开护士，“你有客人了，乖囡。有五六个，当中有人是从美国远道而来的呢。”

孩子点点头，似乎是为了取悦她母亲，而不是自己。

这位高个子爱尔兰女人让莉比恶心，搞得好像自己是陪某个年轻小姐参加首场舞会的监护人似的。“继续这样有人来访，不太合适。”莉比告诉她。

“为什么？”罗莎琳·奥唐奈问。

“观察的条件需要有规律和平静。”

当妈的扭头朝好屋子看去，“他们像是体面人。”

“如果不能检查他们身上会带什么东西……”

“什么样的东西？”

“这个嘛，食物。”莉比说，“恕我直言。”

“咱们家里自然是有吃的东西的，不用谁从大西洋那头千辛万苦地背来。安娜一口都没吃过，你到现在还没看到证据吗？”

莉比直视女人圆睁的双眼，“我的工作是，不但要确保没人递给这孩子任何东西，还要确保没有东西藏在她之后能找到的地方。”

奥唐奈太太抿紧双唇，“客人已经在咱们家里了，既然来了，也来不及再把人家请走了，这会很伤人的。”

莉比只好把卧室的门给甩上，背靠在上面。

过了很久，她决定让步，等有机会跟麦克布里亚第谈谈。输掉一仗，打赢战争。

她把安娜领到好屋子里，在她坐的椅子后站定。

来客中，有一位来自西边港口利默里克的先生和他的妻子、姻亲以及他们的熟人，从美国波士顿来的母女俩。年长的美国女人自报家门，说她们两人是通灵者，“我们相信死者可以与我们对话。”

安娜不动声色地点点头。

“你的事情，亲爱的，我们觉得是对上天意志的绝妙佐证。”女士靠上去，想捏孩子的手指。

“请不要碰触。”莉比说道，那位访客忙撤回身。

奥唐奈太太把头探进门里，要给他们送茶水。莉比确信，这女人是在挑衅她。不要有食物，她不出声地说。

有一位先生在盘问安娜上一次吃饭的日期。

“四月七号。”安娜告诉他。

“那是你的十一岁生日吗？”

“是的，先生。”

“那你觉得自己怎么能坚持这么久呢？”

莉比以为安娜会耸耸肩，或者说自己不知道，但是她低声说了一个词，听起来像“妈妈”。

“大点声，小姑娘。”年长的爱尔兰女人说。

“我靠天赐的‘吗哪’[1]生活。”安娜说，简单明了，就像在说，我靠我爸的农田生活。

莉比闭眼片刻，为女孩感到羞耻。

“她说什么？”

“天赐的‘吗哪’。”年轻的通灵者向年长者复述道。

“真神奇。”

这会儿访客开始掏出礼物，来自波士顿的玩具，叫作留影盘，安娜有这种东西吗？

“我没有玩具。”她告诉他们。

他们很喜欢这话和她那讨喜的郑重语气。利默里克的先生教她拧盘片两端的线绳，以此转动盘片，这样两面的画就重合成了一个画。

“现在鸟在笼子里了。”安娜惊叹道。

“啊哈！”他叫着，“幻觉而已。”

盘片慢慢停下来，空的笼子留在了背面，而正面的鸟在自由飞翔。

他老婆拿出一样更奇妙的东西：一颗胡桃在安娜手中绽开，冒出一个揉皱的球，然后舒展成一对精美轻薄的黄手套。“鸡皮的，”女士抚摸着手套说道，“我小时候很流行，只有利默里克才生产。我保存这双五十年了，都没撕破过。”

“哎，他们说是鸡皮罢了。”先生嘀咕着，“不过我怀疑这皮子是早产的小牛身上的。”

---

① 吗哪（Manna），根据《圣经》记载：这是古代以色列人出埃及时，在40年的旷野生活中，上帝赐给他们的神奇食物。

莉比想象着那副画面，不禁皱起眉头。

安娜貌似不懂这话，她戴上手套，把胖手指一一套进去。手套对她来说太长，但差不了多少。

“保佑你，我的孩子，保佑你。”手套的原主人、那位女士喃喃道。

用完茶，莉比直截了当地说，安娜需要休息了。

“你能先跟我们祷告一小会儿吗？”安娜看向莉比，她只得点头。

“童贞母亲，温柔恭礼，”女孩开始念。

“选我吧，选我为你孕育圣子。可怜我，可怜我的心意，千辛万苦才找到你。”

“太美了！”

年长的妇人想留下些顺势滋补丸。

“不用，谢谢。”安娜说。

“哎，一定要留着。舌下含化不算吃东西。”

“不用，谢谢。”

他们离开时，莉比听着硬币掉进钱箱的叮当声。周济穷人，真的吗？

罗莎琳·奥唐奈正在把一个罐子从没精打采的炉火心里钩出来，把盖子上的草灰拍掉。她手上垫着抹布，揭开盖子，拿出一块圆面包，上面刻着一个十字。

此地一切皆与宗教有关，莉比想。另外，她也逐渐明白，为什么自己的餐食都有股炭味了。要是她待满两个星期，会吃下去好大一把沼泥。想到这个，她的嘴巴里一阵泛酸。“以后不允许有来客上门了。”她告诉那个当妈的。

安娜靠在半扇门上，看一行人钻进马车。

罗莎琳·奥唐奈直起身，抖抖裙子，“热情好客是爱尔兰人的神圣义务，赖特女士。只要有人敲门，我们就必须开门迎客，款待他们吃喝、住宿，哪怕厨房地上已经睡满了人。”她手臂一挥，像是囊括了一大群看不见的客人。

热情好客你个大头鬼！不管这女人是不是幕后黑手，她都很享受这种虚荣，有一种在这个国家的所有困苦母亲中独树一帜的感觉。

“这跟接济穷人不是一回事。”莉比跟她说。

“不管富人、穷人，我们在上帝眼里都是一样的。”

这种故作虔诚的口气激怒了莉比，“这些人都是看客。你女儿似乎不吃饭也能生存，他们就急着来看稀奇了，他们都愿意花钱买这个优待。”

这会儿，安娜在转她的留影盘，它正泛着亮光。

奥唐奈太太咬着嘴唇，“要是亲眼所见能触动他们去做些施舍，这有什么错？”

孩子走向她的母亲，然后把礼物递给她。

“啊，这些当然都是你的，乖囡。”

安娜摇头，“那天有个女的留下的金十字架，萨迪厄斯先生不是说能给穷人筹到不少钱吗？”

“可这些只是玩具。”她妈说，“噢，那个壳子里的手套，我想大概能卖点钱……”她把胡桃在掌心转着，然后攥起手，“不过，留着那个转的玩意儿吧。这有什么坏处？除非赖特女士觉得不妥。”

莉比沉默不语。

她在安娜前面踱进卧室，又把所有平面检查了一遍——地板、宝贝箱子、梳妆台和床铺。

“你不高兴吗？”安娜问，指间转动着留影盘。

“对你的玩具？不，没有。”安娜的情况那么阴暗、复杂，她倒是如此孩子气。

“那么，是对来客吗？”

“嗯，他们不会关心你的安危。”

厨房的铃铛响起来，安娜又跪下了。难怪这孩子的小腿有瘀青。祷告声弥漫在空中，时间流逝着。像是被关在了修道院，莉比想。

“共同的耶稣，我主保佑，阿门。”安娜颤颤巍巍地站起来。

“你们必须多久念一次《三钟经》？”

“只有中午。”孩子说，“早晚六点也念就更好了，但妈妈、爸爸和基蒂都太忙了。”

昨天莉比冒失地告诉女佣，晚餐可以等会儿再说。这次她往外头冲基蒂喊，她想吃点东西。

基蒂端来一些现做的奶油干酪，显然这就是那两把椅子间的袋子里滴下来的白色汁液。面包还是热的，但麦麸过多，莉比不太喜欢吃。她提醒自己，现在是饥荒时节，这一家等着秋天新土豆的收成，面粉罐子肯定快要见底了。

虽说现在她已经习惯在安娜面前吃饭了，她依然觉得自己像是鼻子拱在饲料槽里的母猪，“你妈妈的奶酪好吃得要上天了。”莉比只是在夸张，做做样子，奶酪没那么好吃。

“没有食物能好吃到上天。”孩子嘴角上扬，好像是被逗乐了，倒没觉得被冒犯。

今天上午莉比开始看一本叫《亚当·比德》[1]的小说，孩子又做了些针线活。一点，当修女敲门时，她吓了一跳，差点忘记自己的轮班结束了。

“你看，嬷嬷。”安娜转动着留影盘说道。

修女的眼珠比往常更突出了，“这玩意儿挺好！”

莉比可以看出，她们两位护士这次也不能单独谈谈，“我到现在没发现任何异常，”她在修女的头饰边耳语道，“你呢？”

“没什么。”嬷嬷说。

---

① 《亚当·比德》（*Adam Bede*）是英国女小说家乔治·艾略特的第一部长篇小说，出版于1859年，极受欢迎。

“你能把排泄物详细记下来吗？按茶匙数算。”莉比举起木茶匙，“或者几分之一茶匙，因为没有秤。”

嬷嬷点点头，似乎并没意识到，她倒掉昨夜的尿液，已经毁掉了迄今为止唯一的证据。

“我已经跟奥唐奈太太说过了，没人监督，不能有身体接触。”莉比低语道，“可以允许起床、睡前各一次拥抱。安娜出这屋时，他们谁都不能进来。”

又点头，修女就像殡仪馆雇来的聋哑送葬人一样。天知道她是怎么值的夜班，大概是闭目养神、捻着念珠吧？麦克布里亚第选人时，为什么不能派人去请两个南丁格尔的护士来呢？共事护士的水平达不到莉比本人的高标准——就是南丁格尔小姐本人的标准——整套流程就有缺陷。如果对一个机灵孩子缺乏应有的警惕，整个观察工作耗费的精力和金钱可能就会打了水漂。莉比至今仍然没抓到这丫头耍心机的证据。当然，除了那个天大的谎言——不吃东西能生存的说辞外。

天赐的“吗哪”，这才是她真正想问问修女的事情。

今天下午有点热，莉比脱掉斗篷，把它搭在臂弯里，在肮脏的小巷中小心前行。路上坑坑洼洼，蓝天的倒影支离破碎，都是昨夜的雨惹的祸。她拽了拽领口，嫌弃自己的制服又厚又扎人。

到了酒鬼杂货铺楼上的房间，莉比脱掉围裙。她不想待在房间里，一刻也受不了，她已经给自己关了半天禁闭了。她不累，就是很焦躁。

到了楼下，两个汉子正从一个过道里把一个形状一看便知的东西搬出来。莉比有些畏缩。

“不好意思，”玛吉·赖安说，“他们一会儿工夫就能把它搬走了。”

莉比看着两人抬着光板棺材绕过柜台。

“我爸也是搞丧仪的，”姑娘提了一句，“要是出租那两辆双轮马车也算的话。”

这么说，如有需要，窗外那辆马车可以代替灵车。赖安家兼顾的生意让莉比倒胃口，“安静的地方，这里是。”

“艰苦时期前，我们的人数有现在的双倍多呢。”等棺材出去、门关上后，玛吉说。

我们，是说这村子里的人，还是整个郡里的？或者，也许是整个爱尔兰？艰难时期，她猜想是指十年或十五年前那场可怕的土豆大歉收[1]。莉比努力地回忆具体情况，但不知怎的，她记得的旧新闻，只有一闪而过、字体冷峻的头条标题。

莉比年轻时从不认真看报纸，只会扫几眼。她成为赖特太太的那一年，每天早上都会叠好《泰晤士报》，放在丈夫的餐盘旁。然后，她二十五岁时发觉自己孑然一身，碰巧读到一篇文章，报道了数千名士兵负了枪伤或是染上霍乱，却无人照料。《泰晤士报》宣布，有关方面已为此项善事筹款七千英镑，一位南丁格尔小姐将率一群英格兰妇女奔赴克里米亚担当护理工作。那个！莉比当时想，我觉得我能做那个。

自从第一次见面，南丁格尔小姐就不断地让她受到惊吓。那位小姐的所有话语都像发自神圣讲坛一样振聋发聩。不要找借口，她告诉新人们，刻苦工作，不要推三阻四。你能完全弥补缺口吗？在纷纷扰扰之中，尽自己的责任，不要怨天尤人，不要灰心丧气，我们的战斗值得奋斗。

“我坐车来的时候，看到很多女人独自带着孩子。”莉比记起了那些要饭的，跟玛吉·赖安说。

“很多男人只在这个时节出去，到九月回来，他们去你们那儿收割。”玛吉说，她用大拇指往东方指，莉比想她指的是英格兰，“但大多数年轻人一心想去美国，而且一去不回。”她挤了挤下巴，似乎在祝他们一路好走，那些不想在这个岛屿的“死亡中心点”安身立命的年轻

① 土豆大歉收，是指1845年至1852年间的爱尔兰大饥荒，是由致病疫霉造成的土豆广泛失收。由于土豆是当时爱尔兰人的主要粮食来源，加上许多社会与经济的因素，土豆失收严重地打击了贫苦农民的生计，饥荒、瘟疫及移民等因素使得爱尔兰人口锐减了近四分之一。

人们。从面孔看，玛吉自己也不超过二十岁。

“你不想去吗？”莉比问。

“老话说，金窝银窝，不如自家的土窝。”这话有点酸。

莉比好像闻到一股尸臭从刚才放棺材的过道里传来，不过也许是心理作用。她推开前门，像是要去赴约。她暂时还不想去找麦克布里亚第医生，所以她往右转，沿着街道往阿斯隆的方向走，因为左转会通往奥唐奈家的小屋。这是莉比两天前刚坐车走过的路。

经过几间店铺和人家，不久就看到田地，地里种着不可或缺的土豆和另一种根菜。莉比选了一条向左的小巷，走到一片林地。她发现，树叶的形状类似橡树，但树枝比英格兰的橡树更挺直。树篱是尖顶的金雀花灌木，她闻着黄色小花的芬芳。有一些枯萎的粉色花朵，安娜·奥唐奈肯定叫得出花名。莉比想认出一些在林间啁啾的鸟儿，但她唯一能肯定的是麻鸦发出的低沉叫声，像是看不见的船舰发出的浓雾号角。

在一块田的后面立着一棵树，摇摆的枝条有些怪异。莉比沿着田边的犁沟谨慎前行，靴子早已泥泞不堪，她不懂自己为什么要这样小心费神。树比看上去要远得多，到了栽培地带的终点，还要走过好一片空地，越过一段日晒雨淋下裂开的石灰岩地面表层。莉比走近那棵树，发现是一棵山楂树，红色的嫩枝映衬着有光泽的树叶，但从淡红枝干上垂下的一条条苔藓是什么？

不，不是苔藓。羊毛？

莉比差点跌进岩石裂缝中的一片小水池里。水上几厘米处，两只碧蓝的蜻蜓黏在一起。这是一汪泉水吗？水池边缘长着类似狸藻的植物。她突然渴得厉害，但当她蹲下时，蜻蜓不见了，水像炭泥般黑。她用手掌掬起一些水，发觉它有一股怪味，像是给木材防腐的木榴油，她按捺下口渴，把水又泼掉。

从她头顶的山楂树枝垂下的不是羊毛，是人造的什么东西，条状的。真稀奇。丝带？围巾？它们被扎在树上太久了，已经发灰、发绿了。

一个小时后，她向红脸房东打听了方向，找到了麦克布里亚第医生。她还想请人清洁自己的烂泥靴子，但赖安用浓厚的爱尔兰腔说，这会儿没人得空。于是她要来布头、上光剂和刷子，自己擦了鞋。

医生的家位于往阿斯隆的路上某处、一个小巷的顶头，是一栋结实的大房子。一位跟主人一般老朽的女佣把她领进了书房。

麦克布里亚第忙摘掉眼镜，站了起来。

虚荣吗？她寻思。

“下午好，赖特女士。你怎么样？”

恼火，莉比想说，郁闷、阻碍重重。

“你有急事要报告吗？”

“急事？不见得是。”

“那么，没有作假的迹象？”

“没发现确实的证据，”莉比纠正他，“不过我以为，你早就该去你的病人那儿自己看个究竟了。”

他瘪塌的脸颊有些泛红，“噢，你放心，我心里一直想着小安娜。”

莉比故意等着。

“我对这次观察很在意，觉得自己最好不要在场。你看，为了支持奥唐奈家和他们的说辞，一般都会假设我不太中立，其实我并没有对安娜的事情下任何定论。”医生说，“但我很不希望今后有人指手画脚，说我对你们的发现施加了影响。”

莉比轻叹了一口气。第一次面谈时，麦克布里亚第就该解释清楚的。那她的报告要从何谈起呢？“安娜的体温似乎比较低，尤其是手脚。”

“有点意思，我猜……”

“什么？”

“我还没想清楚。”麦克布里亚第摩挲着下巴。

“她的皮肤不太好，”莉比继续道，“指甲和头发都不好。”这像是美容杂志上的琐碎内容，“而且她全身长了层细茸毛。但我最担心的是，她两腿浮肿，脸和手也是，但小腿最严重，她只能穿她哥哥的旧靴子。”

“嗯，是的，安娜患水肿有些日子了，很奇怪。不过，她没有疼痛的症状。”

“她只是没有喊疼。”莉比指出。

医生点头，像是这样就让他安心了，“洋地黄能有效治疗体液潴留，但她自然不会口服任何东西；还可以停止饮水……”

“还要限制她喝水？”莉比突然提高声音，“目前看来，她一天只喝几茶匙水。”

麦克布里亚第医生捻着络腮胡，“或许，我可以用器具给她的腿消肿。”

他的意思是放血？水蛭吸血法吗？莉比怪自己对这个老古董多嘴了。

“但那本身也有风险。算了，还是再等等，观察一下比较安全。”

莉比仍旧心神不定。话说回来，这丫头是骗人精。如果安娜糟蹋自己的健康，除了她自己或者教唆她这么做的人之外，还能怪谁？莉比心想。

麦克布里亚第站了起来，像是在宣告他们的会谈已经结束。

“还有，”她匆忙补充道，“房子的状况很不符合科学要求。我没办法给孩子测量体重，屋里也没有灯提供充足的照明。我们出去散步时，其他人很容易从厨房进入安娜的房间。你要是不发话，奥唐奈太太都不同意我把看客拒之门外。被众人瞻仰已经很丢脸了，更要紧的是，这样我们对她的观察就不可能十分严密。能不能拜托你说一下，要谢绝访客呢？”

“很好，可以。”麦克布里亚第用一块布擦了钢笔，拿出一页白纸，在胸前口袋里摸索着。

“当然，要是怕损失金钱，那当妈的也许不乐意回绝那帮人。”

老先生眨了眨黏糊的眼睛，继续掏着口袋，“噢，不过那些捐款都进了萨迪厄斯先生给奥唐奈夫妻的赈济箱。夫人，要是你觉得他们会揩油，那是你不了解这些人。”

莉比抿嘴，“你是在找眼镜吗？”她指着躺在纸堆里的眼镜。

“啊，很好。”他把眼镜架推到耳朵上，开始写字，“可否请教，你对安娜有何其他发现？”

其他？“你是说情绪？”

“或许是性格。”

莉比有点迷茫，彻头彻尾的骗人精。她肯定是。难道不是吗？但在两个星期结束前，莉比不该就此事产生任何看法。所以她说：“大致冷静。南丁格尔小姐曾经形容为‘累积型气质’，逐渐加深印象的那种。”

听到那个名字，麦克布里亚第喜不自禁，搞得莉比都后悔提它了。他在便条上签了字，叠好递过去。然后他又扯掉眼镜，用发抖的手指把纸条叠成一半，“我相当羡慕你的位置，赖特女士。身为女人，可以毫无拘束地接近她，住得那么亲密无间……”

他现在是在套话，莉比完全有权不再理他。然而，要是不跟这个人搞好关系，她在那个人家将一事无成。

“目前据我看来，安娜营养不良，”她告诉他，“但确实不像要饿死的样子。”

“不出我所料！妙极了的一桩稀罕事。”

老家伙误解了她，他故意对显而易见的结论视而不见——那孩子有办法吃到东西。

“最新一期的《电讯报》上登了一封精彩的来信。”麦克布里亚第在桌上的纸堆里乱翻，但并没有找到他要的东西，“它提到了一些以前的事例，说禁食的姑娘不靠食物就能活下来。确切来说，似乎如此。”他自我纠正道，“在英国和国外有好几百年了。”

莉比从没听说过这种现象。

“作者的言下之意，她们可能……这个，说得不好听点，是重新吸收了她们的经血，靠她们自身的产物生存。”

奇谈怪论！那孩子才十一岁啊，“照我看，安娜还没到青春期，实际上还早得很。”

“噢。”麦克布里亚第看上去很失落。

“医生，如果完全没有摄入营养，你不觉得她早就该奄奄一息了吗？你在土豆疫病时期肯定见过不少饿坏了的病人，比我见过的多多了吧？”她补充道，像是在恭维他的经验。

麦克布里亚第摇头，“我当时碰巧还在英格兰的格洛斯特郡。我五年前才继承了这个房子，发现租不出去，所以决定回来这里行医。”

所以这老头可能从没见过饥民们皮包骨头的身板，也就没有参照标准。

“假设我要留在了英格兰，”他嘀咕着，“就根本没机会见识到安娜·奥唐奈了！我得承认，我认为她是一种罕见的、也许是全新的生物，可能会给全人类带来希望的人。”

这人疯了吗？

“每年，科学家都会在世界各地的角落发现貌似无法解释的现象。如果生命有可能不靠食物而延续……哎呀，这就能结束无意义的战争，杜绝冲突了。”

对全世界的专制者而言，这多么省事，莉比想，所有人都遵旨行事，不吃东西地活着——简直是胡说八道！“说真的，这怎么可能，先生？”

麦克布里亚第耸了耸头屑点点的肩膀，“对于伟大的医师而言，也许没有什么不可能。”

莉比过了会儿才理解，他说的是上帝。老是上帝——那才是世界的真正专制者。

她不打算提安娜关于靠天赐“吗哪”生存的说辞了，因为麦克布里亚第会把它当成自己疯狂想法的证明，“没有食物，我们会死。”

他举起一根手指，微微颤抖着，“迄今为止，赖特女士，迄今为止，我们会死。”

她看得一清二楚，这是一个老家伙可悲的妄念。

莉比当晚九点到达小屋时，听到《玫瑰经》的低声念诵：“圣母玛利亚，上帝之母，请从现在直到我们临死的那一刻为我们祈祷，阿门。”她进了门，坐在凳子上等。这群人一边捻着念珠，一边像婴儿一样牙牙学语。嬷嬷抬头，目光注视着小女孩。她是在注意安娜还是安娜念诵的祈祷文？莉比看着安娜的嘴唇不断形成单词，毫无感情：从现在直到我们临死的那一刻，阿门。她轮流注视着孩子的爸妈和穷亲戚，寻思着，他们当中会是谁图谋今晚躲过她的审视。

结束后，修女又一次没跟莉比交谈就走了。

罗莎琳·奥唐奈用一个小钉耙把炭灰聚拢成一个圈，放下三块新鲜草皮，摆成车轮里的辐条形状，然后跪坐在脚跟上画着十字。新鲜草皮着火后，她从一个桶里舀了灰抖落在火苗上，把火苗压下去。

莉比内心茫然，感到时间也可以灰飞烟灭。这些阴暗的小屋中自古以来从未改变过，也永远不会改变，“暗夜漆黑，我远离家园。”

罗莎琳·奥唐奈跟在孩子和护士后面，一言不发地走进卧室。她现在不愿意跟这个英格兰女人说话了吗？她有意背过身去，弯腰把瘦小的女孩拥在怀里。莉比听到了亲热的呢喃。她看到安娜的手垂在两侧，手里是空的。

女人直起身，说：“祝你夜里睡得香，乖囡，一夜都是好梦。上帝的天使、我亲爱的守护人，上帝的爱令我在此与你不离不弃。”她的额头又低了下去，差点碰到女孩的额头，“今夜一直守在我身边，将我照亮、将我守护、将我节制、将我指引。”

“阿门。”女孩一起说了结束语，“晚安，妈妈。”

“晚安，乖囡。”

“晚安，奥唐奈太太。”莉比插话，“我跟麦克布里亚第谈过了，他捎来话说，不要再有访客上门。”她从口袋里掏出便条。

“那好吧。”女人说着，看都没看就把它塞进了围裙里。

女佣端着一个没罩子的油灯进来放下。她擦了根火柴，点燃灯芯，然后画了十字，“这样可以了，夫人。”

“谢谢，基蒂。”莉比说。油灯是个老式玩意儿，出火口像是锥形玻璃烟囱里的叉形杆子，灯光倒是透亮的。她闻了闻，“不是鲸油？”

“这是燃烧液。”

“什么？”

“我也说不上来。”

神秘燃烧液闻着像松节油，也许混了酒精，“是易燃物吗？”

“什么物？”

“容易着火吗？”

女佣用力挥手，“当然，看啊。”

基蒂误会了，莉比担心的是火灾危险。在观察期间，这东西一定要小心看管。

灾难之时，我们一定要做清道夫。她回想起南丁格尔小姐的名言。在斯库塔里，护士们不得不在储藏间里翻找漂白粉、鸦片酊、毯子、袜子、柴火、面粉、除虱梳……她们找不到或是说服不了供应商提供的东西，只能就地取材——撕开床单当三角带，往麻袋里填东西当小型床垫……逼不得已，就能想出权宜之计。

“这是罐子，还有灯芯剪。”基蒂又说，“那个伙计说，过六个小时把它熄火，剪掉烧焦的地方，加满燃烧液，再点亮灯芯。”她大打哈欠，回到厨房。

莉比翻到新的一页，拿起金属铅笔。

8月9日，星期二，晚上9点27分

心跳：每分钟93次。

呼吸频率：每分钟14次。

舌头：没有变化。

这是她的第一个晚班。她从来不介意在这种时间上班，宁静的气氛让人安心。她用手掌最后一次摸索了床单，寻找藏匿的干粮已经成为惯例。

她看了看白灰墙，想起混在里面的粪便、毛发、血液和脱脂奶。这种墙面怎么干净得了？莉比想象着，安娜像那些吃了大把泥土的倔强娃娃一样，在墙上吸吮着，企图补充一丝营养。可不对啊，那样的话，这孩子的嘴一定会脏的。而且，安娜现在一直都有人陪同，蜡烛、女孩自己的衣服、书里的纸页、她自己的皮肤碎屑，她没机会偷嚼任何一样东西。

安娜跪在床边，双手合十，最后轻诵那个桃乐丝祈祷文，结束了祷告。她画了十字，爬到床上，盖上灰毯，把头窝在轻薄的垫枕里。

“你没有其他枕头？”莉比问。

安娜脸上浮起一丝笑意，“我去年生病前，一个枕头都没有。”

“基蒂。”莉比在门口喊道。奥唐奈夫妇已经不见了，但女佣正在长靠椅底板上垫旧铺盖，“能给安娜再拿一个枕头来吗？”

“拿我的吧。”女佣说着，递来一个臃肿的棉布团。

“不，不——”

“拿去吧，我不太在意，我就是这么容易睡过去。”

“什么事，基蒂？”罗莎琳·奥唐奈的声音从外间传来。

“她想给孩子再要一个枕头。”

老妈推开面粉袋做的帘子，“安娜在咳嗽吗？”

“一点都没有，”莉比说，“我只是想知道有没有多余的枕头。”

“把两个都拿去。”罗莎琳·奥唐奈拎着自己的枕头，穿着睡衣光着脚从地板上走过来，把枕头叠在女佣的枕头上，“乖囡，你好吗？”她把头探进卧室问道。

“我很好，妈妈。”安娜说。

“一个就够了。”莉比说着，拿了基蒂的枕头。

奥唐奈太太闻了闻，“油灯的气味没让你觉得恶心吧，亲爱的？还是把眼睛给刺疼了？”

“没有，妈妈。”

奥唐奈太太在大肆表示着关心，搞得好像狠心护士硬是要亮得晃眼的灯光，把她的孩子给伤着了。

门总算关上了，“你肯定累了。”她跟安娜说。

良久之后，“我不知道。”

“你今晚可能很难睡着，因为你不习惯油灯。你想看书吗？或者我给你读点什么？”

没反应。

莉比走近那姑娘，发现她已经睡着了，雪白的面颊圆润如桃。

“天赐的‘吗哪’。”简直是屁话！“吗哪”究竟是什么东西？某种面包吗？是那些晦涩情节中的一个，出自《圣经》而不是《福音书》，莉比不记得了，《旧约全书》吗？

她在安娜的宝贝箱里能找到的书籍只有《诗篇》。莉比翻阅着，留意着不弄乱那些小卡片。据她所见，根本没有提到“吗哪”，但一段话引起了她的注意——

陌生的孩子向我撒了谎，奇怪的孩子已经消失，偏离了他们的道路。

这到底什么意思？当然，安娜就是个奇怪的孩子。当她决定向全世界撒谎时，她就已经偏离了少女生活的正常轨道。

莉比突然悟到，该问的问题不是一个孩子如何能行骗，而是为什么？

是的，孩子会撒点小谎，但肯定只有天性反常的人才会编出这么奇特的故事。安娜对谋财一点也不感兴趣。孩子都渴望关注，甚至想出名，但代价是腹中空空、浑身疼痛、终日为了如何咬牙坚持而忧心？

除非安娜行骗是迫不得已，除非奥唐奈夫妇策划了这么个可怕的阴谋硬要她照做，好让他们从纷至沓来的访客身上捞到好处。但安娜看着不像被强迫的样子，有种安然的坚定、克制内敛的气息，这在一个如此年幼的孩子身上很不寻常。

圣卡的细节精美，有一些的边缘雕饰类似金银蕾丝，还有异国风情的名字让人眼花缭乱。圣阿洛依修斯·贡扎加、锡耶纳的圣凯瑟琳、圣菲利普·内里、苏格兰的玛格丽特、匈牙利的伊丽莎白[1]……像是一套身穿民族服装的玩偶，一整套《耶稣受难图》——被脱去衣服的基督。谁想出来的馊主意，让一个孩子，还是一个很敏感的孩子留着这种直白的图片？

一张卡片上画着一个小女孩，她坐在船里，头上有一只鸽子：Le Divin Pilote（神圣的领航者[2]）。这个标题的意思是说基督在无形之中引领着她的船？也许领航者是那只鸽子，圣灵不是经常以鸟类的形象出现吗？要么是莉比看画中人长着孩童似的身量和长发，就以为那是个女孩，其实却是耶稣？

下一张，一位紫衣女子，莉比猜这是圣母玛利亚，女子领着一群绵羊在大理石围成的水池边饮水。大俗大雅的奇妙结合。下一张卡片中，同一个女子正在给一个肚子滚圆的绵羊包扎绷带。那样肯定是扎不紧的，莉比从专业角度想着。

① 这些是各民族的基督教圣徒。

② 神圣的领航者即指基督。

Mes brebis ne perissent jamais et personne ne les ravira de ma main.

她努力想读懂那些法语——她的什么东西永不会死去，没有人可以从她手里抢走并蹂躏它们？

安娜动了一下，头从两个枕头上滑落，偏倚在肩膀上。

莉比飞快地把卡片塞进书里，但安娜接着睡了，像所有孩子熟睡的样子，纯洁无瑕。莉比提醒自己，脸廓洁白并不能证明她的清白，连大人睡觉也可以显得很无辜。“粉饰的坟墓”，那不是《圣经》称呼伪君子的说法吗？

莉比由此想到一样东西——那个圣母与圣子的瓷像。她从小箱子里的书旁边拿出那个烛台。安娜可能会在这个乳白色小塑像里搞什么花样？莉比晃了晃，没声音。里面是空心管，开口在底座。她往上一直透视到圣母模糊的头部，想看看有没有一小坨营养丰富的食物。她把鼻子凑到烛台上，没闻到什么。她用一根手指摸索着，感觉到有东西，但她指甲短，不太够得到。是小纸包吗？

包里有剪刀，莉比把剪刀刃从塑像粗糙的里面伸进去挖。其实她需要个钩子，她更用力地抠着——

她低声惊呼，整件东西裂成两半。在她手里，瓷圣子从瓷圣母身上脱离开来。

费了很大劲，却收获甚微，那个纸包从隐藏处掉了出来。莉比打开纸包，只看到一绺头发，浅黑色，但没安娜的发色深。发黄的包纸很明显是随手从一份叫《自由民杂志》的报章上撕下来的，日期是去年接近年末的时候。

她把孩子的一样宝贝弄坏了，却一无所获，就像是笨手笨脚的新手第一次值班。莉比把两个碎瓷块放回箱子，把头发纸包塞在当中。

真扫兴。

安娜还在睡，莉比没有其他地方可看，没有其他事情可做，只能瞪着这丫头看，像信徒崇拜偶像一样。即便这孩子有办法偶尔偷吃一口，怎么够抵御饥饿感？她醒着的时候，为什么没有受到饥饿的折磨？

莉比把硬背藤椅转了转，让它正对着床。她挺直胸膛坐下，翻阅着《一年四季》杂志，读了一篇长文，文中报道，在克里米亚表现得特别英勇的男人被授予维多利亚十字勋章。她看看表：十点四十九分。没必要按按钮知道时刻，但她还是按了，只是为了感觉一下大拇指上沉闷的震动，十下，开始时又快又强烈，逐渐变慢变弱。

她按摩了眼睛，定睛注视着女孩。“你能不能少管我一会儿？”但她不是在看管安娜，也不是为了她免受伤害而看护她，只是观察她。

安娜好像睡得不太安稳，蜷缩在毯子里，像一团羊齿蕨。她是冷吗？没有多余的毯子了，莉比本应该乘基蒂还没睡时问她要的。莉比把一条格子披肩盖在孩子身上，安娜像在祷告似的嘀咕着，但不证明她醒了。为防万一，莉比没说话。南丁格尔小姐从不允许她们叫醒病人，因为人体振动效应可能导致严重的后果。

油灯的灯芯剪了两次，燃烧液添了一次。午夜过后，她似乎听见女孩的父母在隔壁房间的火炉旁说了一会儿话。在优化密谋方案？还是像平常人一样，只是在睡觉间歇漫无目的地闲聊几句？没听出基蒂的声音，大概是太疲劳，睡得毫无知觉。

早上五点，修女来敲卧室门时，安娜呼吸长而平稳，睡得很熟。

“嬷嬷。”莉比顾不了自己两腿僵硬，忙站起来，抓住机会说，“天赐‘吗哪’，”她低语，“那是这孩子自称的生存来源，她昨天直接在我面前告诉了一个来客。”

修女点头。她是在应答莉比的话，还是承认此事有可能？

安娜动了动，翻了个身。莉比屏住呼吸，确定孩子还睡着。“在《圣经》里，”她继续说道，“我想你也许知道出处？”

嬷嬷皱起额头，“是在《出埃及记》里，我想是。”

“嗯？”

“以色列人横跨沙漠、逃离迫害者的追捕时，‘吗哪’每天都会从天而降，喂养他们。”修女说着，从包里拿出一本黑色书，在微微泛光的薄纸间翻页。

“这‘吗哪’到底是什么东西呢？”莉比问道。

“先等我找到。”嬷嬷盯着一页看，然后翻到前一页，再翻到前一页，“找到了——‘清晨，营地四周地上有露珠。当它覆盖了地面时，在旷野中显得很小，用杵去捣它，它变得像地上的白霜。’”

“它是一种冷冻的液体？”

修女没理会她的插话，“‘以色列人看到它，互相说：吗努！意思是问这是什么！他们不知道那是什么。摩西告诉他们：这是面包，是主给你们的食物。’”

“那是一粒粮食？”莉比问，“根本不是露珠？”

“等等。”嬷嬷的手指在书页上迟缓地往下移，“‘它像是芫荽子，白色的，味道仿佛搀蜜的面粉。’”

莉比觉得这很单纯，傻得天真：一个孩子从地上拾起甜味食品的梦想，就像在树林里找到姜饼屋，“还有吗？”

“‘于是以色列人食用它长达四十年之久。’”修女读道，然后合上了《圣经》。

所以，安娜·奥唐奈认为自己是靠一种天降露珠种子面粉存活着。

“吗努”意思是“这是什么”？莉比有种强烈的欲望，想靠近这女人说：承认了吧，嬷嬷，这不都是些瞎话？

修女的大眼睛温和地看向她，似乎看穿了她的心思。

还是别问的好，已经够糟糕了，监督的医生认为安娜是什么新神奇物种的肇始。

想到麦克布里亚第，莉比寻思，他找了个修女，是不是指望着，起码其中一个护士会认同超自然神力的说法。

罗莎琳·奥唐奈站在门口。

“你女儿还没醒。”莉比说。

面孔消失了。

“请一定要记下所有液体的量，”莉比告诉嬷嬷，“摄入和排出，一滴不能漏。”

“当然，赖特女士。”

“昨天你当班时，安娜喝了多少水？”

“三茶匙，”修女说，“尿液有一茶匙。”

莉比把这个在记事本上补上。她想道，自己明明比奥唐奈夫妇出身更好，却在记录他们家女儿的排泄物。这是护理工作的矛盾。得要提醒自己尽管要干脏活，尽管护士的名声仍广为人所不齿，但护士是一个高尚的职业。

“哦，麦克布里亚第医生给了我们新的指示。”莉比拿出她用墨水拟写的告示，“把这个贴在前门，可以吗？”

“请勿敲门。不得打扰奥唐奈一家。感谢大家的关心。”

莉比在半小时前才加上第三句话，以免前两句话显得过于无礼。

“还有，这盏油灯从现在开始要整晚都点着。基蒂会告诉你怎么用。”

修女点头。

气氛有点小小的尴尬，莉比打开小箱子，指了指弄坏的烛台，“这恐怕被摔坏了，能请你代我向安娜道歉吗？”

嬷嬷紧抿着嘴唇，把圣母和圣子又拼凑在一起。

莉比拿起斗篷和包。

她哆嗦着走在回村里的路上，后背有些抽搐。她想，这是饿出来的。自从昨天上晚班前在旅舍吃了晚餐后，她没吃过一口东西。她的意识有些模糊，她觉得累了。现在是星期三的早上，而她从星期一以来就没有睡过。

到十点时，莉比又醒了。杂货铺里声音嘈杂，很难合眼。她担心基蒂忘了贴告示，要么她的女主人已经撕掉了。奥唐奈夫妇有没有放访客进来把他们的钱箱装满？还是用宗教的繁文缛节让嬷嬷分心，趁机给安娜吃肥香肠呢？莉比在一半时间里保持严格监视，却不太相信另一位护士履行同一职责的能力，这毫无意义。为了完成任务，她其实情愿两周都待在孩子卧室里。

迈克尔·赖安正领着两个小伙子把一些桶拖进地窖。他回过头咳嗽着，咳嗽声像纸板撕开的声音。他说早饭太晚了，他闺女去烫床单了，赖特女士只好等到中午了。

莉比在房间里坐着看《护理笔记》，不去管肚子的抗议声。

祷告的钟声在街上鸣响，莉比看了看表，已经正午过两分了。

到了迷你餐厅，她看见一个红发男子一边吃着一块排骨，一边在记事本上写字，很像她那本，但他写得飞快而潦草。他忽地起立，“你不是这附近的人，夫人。”

不可能是因为莉比的穿着，她已经换了制服，穿了身朴素的绿衣。因为她的举止？

男子年轻几岁，身高与她相仿，带有爱尔兰人确定无疑的乳白肤色、花哨鬈发，还有口音，但听得出很有教养，“威廉·伯恩，《爱尔兰时报》的。”

噢，那位摄影师提到的“蹩脚作家”。莉比握了他伸来的手，“赖特女士。”

“在中部地区看景点吗？”

“这儿有景点吗？”她本不想如此冷嘲热讽。

伯恩呵呵一笑，“这个，那就得看你对古代石圈、环形堡垒或者圆形古墓有多着迷了。”

“我不熟悉第二种和第三种。”

他苦笑，“不同种类的石圈吧，我猜。”

“这附近的景点都是石头围成圈的？”

“目前暂时有一个例外，”威廉·伯恩说，“一位神奇的禁食者。我不认为是重要新闻，但编辑觉得是八月的好料。不过，我的母马在马林加城外跌在坑里伤着了，我只好照顾了它两晚上，给它养好伤。现在我到了，倒被那家人拒之门外！”

莉比不禁有一丝尴尬。不过说真的，再多宣扬此事，只会火上浇油。报纸记者的好奇打听，只能让观察工作受阻，而且会惊扰安娜，“你不会再雇匹马？”

“要是我扔下波莉，我怕他们不会给它吃热糊糊，而会一枪崩了它。”

她想象着这个男人蜷缩在马厩里的景象，笑了。

“我吃了神童家的闭门羹，这才是真正的惨剧。”伯恩抱怨着，“我已经拍电报向报社发了一段挖苦的文字，现在我只能凭空编一整篇报道，给今晚的邮车寄走了。”

“为什么要挖苦？”

“哦，要是他们连门都不让我进，就说明他们的诚信有问题，不是吗？难道怕让我一眼看穿他们家的‘小神人’吗？”

她斜眼看向他的笔记。

“所以一如既往，我还是要仰仗贵人。”伯恩说，“介意我给你念几句吗，赖特女士？”

她猝不及防，但想不到拒绝的理由。

伯恩朗读时，声音变得很欢快，“此前关于该奇事的情况概述也许并非毫无意义——等等，等等——事情是这样的……”

好奇者纷至沓来，见识这一个似乎不受自然规律控制的神奇生物。人们担心，邀请医院护士来检验安娜·奥唐奈超乎寻常的禁食能力，只会让人对这一不经之谈深信不疑。必须要说，人类的迷信是如此毫无底线，尤其是当它遇上迂腐无知时。但是“如若世人愿意受骗，那就让他们受骗”。这话是我主那个年代的佩特罗尼乌斯所言，在我们这个时代也同样是警世箴言。

“很有说服力。”莉比沉默片刻后说道。

“哪里。不过我总要交份稿子，才不枉从都柏林来一趟。”

玛吉·赖安刚好进来，给伯恩添麦芽酒。“排骨很可口。”他告诉她。

“哎哟，”她有些不屑地说，“饿了吃什么都香。”

“我想要块排骨。”莉比说。

“它们都给吃光了，夫人。有羊肉。”

她别无选择，只能同意吃羊肉。她埋头看起《亚当·比德》，以便威廉·伯恩识趣地离开。

莉比想在值班开始前遛遛，走进了酒鬼杂货铺后的一条蜿蜒的巷道。走过几个小屋后，小巷就淹没在开阔的沼泽地里。她恼火地啧了几声，找条直路散步，要求很过分吗？

她试图一直在地势比较高、看着比较干、长满紫色欧石南的地里走。她眼角的余光看到有东西在动，野兔？有一些坑里满是热巧克力似的东西，还有些坑里的污水泛着光。莉比怕弄湿靴子，在蘑菇形状的土堆上跳来跳去，路越来越难走了。

那是一小朵兰花吗？也许她可以摘给安娜。她踏上一片翠绿的平地去摘花，感到脚下青苔打滑时，为时已晚。

莉比一头摔了出去，脸朝下栽进烂泥中，发出一声哀号。她跪着起来，身上已经湿透了。她提起裙子，放下一只脚，脚却陷进了泥潭里。

她像掉进陷阱的动物，爬着、扒着挣扎出来，气喘吁吁。

莉比踉踉跄跄地沿着巷子往回走，很庆幸酒鬼杂货铺离街边就一点路，不用这副模样还非要走过整个村子。

她的房东在门口扬起浓密的眉毛。

“你们的泥塘很惊险，赖安先生。”她的裙子滴着泥水，“很多人淹死在里头吗？”

他哼了一声，引起一阵咳嗽，“除非他们脑子糊涂，”他消停后说，“要么就是酒喝多了，赶上晚上没月亮。”

莉比擦干身子，换上备用的制服，已经五点过一分了。她尽快往奥唐奈家走去。要不是难为情，她就跑着去了。她那么坚持高水准，值班却迟到了二十分钟……

到了小屋，她跟嬷嬷道歉。

“没事，我也没地方去。”修女说着，拿好自己的东西。

“你好，赖特女士。”安娜正在用米白色羊毛线织一双厚袜子，抬头说道，“要么，你今天告诉我你的受洗名？”

莉比等嬷嬷关门离开，然后说：“我会跟你讲个谜语。”

“好的。”

“我从小处看世界，”莉比念道，“我总是不安分，游走不停歇。我不吃东西，凭借我的力量，就能收获万众的食粮。我是什么？”

孩子默默思索着，然后她绽开笑容，“太阳。”

“很好。”

这个下午，莉比觉得很漫长。不是夜晚的宁静和绵长，是没完没了的干扰。前门一有敲门声，她就得准备应对；门口一阵响亮的对话，罗莎琳·奥唐奈就会闯进安娜房间宣布，遵照麦克布里亚第医生的命令，她不得不回绝了十来位或是五六位重要人物。有人从法国甚至从海角远道而来，在科克、都柏林或是贝尔法斯特听说了安娜，乘了火车和马车特地赶来，就为了在离开这个国家前见上她一面。他们一定要让奥唐奈太太转交一束花和一些陶冶情操的书籍，转达他们热情祝福，以及连看这位神奇的小姑娘一眼都不行的遗憾。

安娜听着这些汇报，就跟她缝补一样淡定。她跟普通女孩一样度过一天——阅读、做针线活、把客人的花插在长罐中——除了不吃东西，没什么区别。

看样子不像是吃了。莉比告诉自己，接着为自己竟有片刻相信了这个谎言感到恼火。但这是真的，这丫头在莉比的监视下没吃到一粒粮食。即便星期一夜里修女打了瞌睡，安娜乘机吃了几口，现在已经是星期三下午了，安娜整整三天没吃一顿饭。她在瞒天过海，但瞒得很辛苦。

厨房不时传来女佣的挥动和捶打声，她在使用一个老式搅拌桶，低声絮絮地哼着。“那是圣歌吗？”莉比问孩子。

安娜摇摇头，“基蒂必须要把黄油吸引出来。”她微微哼出曲调——

快来黄油快来，
快来黄油快来，
彼得在门口瞧，
盼着黄油蛋糕。

莉比想着昨天与麦克布里亚第不甚满意的会面以及他关于经血的奇谈怪论，“我想，你还没有来潮吧，是吗，孩子？”她压低嗓音问，“你的月事？”看安娜似乎不太明白，她又补充说，“你出过血吗？”

“有几次。”安娜表情明快地说。

“是吗？”莉比惊讶道。

“我嘴里。”

“噢。不，我不是那个意思。”一个农家女孩是否真的如此天真，不知道女人发育的事实，却可以如此工于心计，欺骗了世人？

安娜主动把手指伸进嘴里摩擦牙龈，然后拿了出来，指尖殷红。

莉比很惭愧自己检查得不够细心，没及早发现她牙龈肿痛，“嘴巴张开一会儿可以吗？”没错，皮肤组织有些松软，有一片片紫瘢。她捏住一颗门牙摇了摇，牙齿有些松动？

“再给你猜一个谜。”为了活跃气氛，她说。

一群白绵羊，
住在红山丘。
来来又去去，
如今静停留。

“牙齿。”安娜叫道。

“很不错。”接着，她没忘记要严肃点，“安娜，我觉得你的病征是远洋航行的典型症状。”

女孩歪着头听着，像是在听故事。

“这是营养不良的后果。”莉比告诉她。

“我很好。”安娜说。

“从我专业的眼光看，你一点都不好，你可能是在严重地伤害自己。”

孩子笑而不语。

莉比一阵愤懑，一个原本健康的女孩，却投入这可怕的游戏中……

就在这时，基蒂端来了护士晚饭的餐盘，从厨房带进来好大一阵烟气。莉比咳嗽着，给自己扇风，“这么暖和的天，火非要烧得这么旺吗？”

“烟能烘干茅草屋顶、保护木料。”女佣指着低矮的屋顶说，“要是咱们把火给熄了，这房子指定要塌掉。”

莉比懒得反驳这种谬论，这个家伙有哪一点不是用迷信的黑暗视角看待生活的？

护士的晚餐有三条名叫拟鲤的小鱼，是男主人在湖里捕到的。味道没什么特别，不过起码不是燕麦，换了口味。莉比把细鱼骨吐出来，放在盘子边上。

时间流逝着，在莉比的小说里，海蒂·索雷尔把自己的孩子抛弃在地里，良心驱使她回去找孩子，但为时已晚。

安娜喝了两茶匙的水，排出一茶匙的尿液。到目前为止，还没发现有用的证据。小窗玻璃上流淌的雨水已经停了，莉比本想出去散步，但担心更多的求见者随时都会出现在巷子里，追随这位神奇的儿童。

安娜从书中抽出圣卡，对每一张呢喃着悄悄话。

“对你的烛台，我很抱歉。”她开口道，“我不应该那么粗心，或者一开始就不该把它从你的箱子里拿出来。”

“我原谅你。”安娜说。

莉比不记得有人这样跟她说过，这么正经，“可你很喜欢它。它不是纪念你受坚信礼的礼物吗？”

姑娘抚摸着瓷像原先连接处的裂缝，“最好不要对事物过于迷恋。”

这种清心寡欲的口吻让莉比不寒而栗。孩子的天性，难道不是予取予求、对一切生活乐趣都充满渴望吗？她记得《玫瑰经》里的文字：“可怜的、被放逐的夏娃子孙。”只要是能找到的风吹落果，他们都吃。

安娜拿起那一小包头发，把它塞回圣母像里。发色不算很深，不是她自己的。难道是朋友的？还是她哥哥的？是了，帕特去美国前，安娜可能会问他要一绺头发。

“新教徒都祷告些什么？”孩子问。

这问题让莉比有些吃惊，她振作精神，想就教会传统的相似之处给个温和的答案。不过，她说道："我小时候家里信圣公会[1]，但我不再去教堂了，也不祷告了。"

安娜睁大眼睛，"'比美食更喜乐。'"她引用道。

"什么意思？"

"'祷告使人喜乐，甚于美食。'"

"我小时候试过，但从没觉得有多大用处。"莉比为自己的坦白感到难堪，又觉得可笑。

"可怜的赖特女士，"安娜喃喃道，"你为什么不愿把名字告诉我呢？"

"为什么说可怜？"莉比反问。

"因为，要是从不跟天父、圣母或天主对话，你的灵魂一定很孤独。"

前门一阵骚动，一个男人的声音在喊着，盖过了罗莎琳·奥唐奈的声音。只听了几个字，莉比就听出他是一位英格兰绅士，而且很生气。跟着是前门关上的声音。

女孩在看她选的一本书《灵魂的花园》[2]，眼皮抬都没抬。

基蒂进来查点油灯是否足够过夜，"我自己不喜欢这些玩意儿，"她说，"要是突然来阵风，会弄得满屋子都是烟灰。而且我听人说，万一燃烧液着了火，夜里能把一家子烧成了灰。"

"照这么看，那盏灯的玻璃罩子一定很脏。"莉比说，"所以你要留心，把这盏灯好好擦擦。"

"好吧。"基蒂说着，打了一个大哈欠。

半小时后，那个恼怒的男人又回来了。一分钟后，他闯入了安娜的房间，后面跟着罗莎琳·奥唐奈。宽大而突起的前额，下面是银色的长发，他向莉比自我介绍，他是斯坦迪什医生，是都柏林一间医院的内科主任。

---

① 圣公会就是英国国教，由英国君主担任教会最高首脑，是基督新教三大主流教派之一。

② 《灵魂的花园》（*The Garden of the Soul*），这是一本基督教徒的精神修炼指南。

“麦克布里亚第医生说，我们能不能破个例，让斯坦迪什医生进来，他是最为重要的客人。”罗莎琳·奥唐奈说。

“我可不喜欢浪费自己的时间，我纯粹出于工作上的礼貌，才来给一个孩子做检查，却为了获得许可，非要在这些污秽的巷子里来回奔波。”他抱怨道，淡蓝色的眼睛紧紧地盯着安娜。

她看起来有些不安。

“要喝杯茶吗，医生？”奥唐奈太太问。

“不必了，谢谢。”回答简短生硬，于是她退了出去，关上门。

斯坦迪什医生闻闻空气，“这个房间上次是什么时候做过熏蒸消毒，护士？”

“窗外的新鲜空气，先生……”

“做一下，”他说，“用漂白粉或是氯化锌。但首先，麻烦你把孩子的衣服脱掉。”

“我已经给她做了完整测量，你可以看看记录。”

他挥手拒绝了莉比的记事本，坚持让她把安娜脱得一丝不挂。

孩子哆嗦着站在编织地毯上，双手垂在身体两侧，露着突起的肩胛和手肘、肿胀的小腿和肚子。莉比扭头不看。什么样的绅士会把一个十一岁的小女孩剥光，像是钩子上吊着的光板肉鹅一样？

斯坦迪什用冰冷的仪器在安娜身上指指戳戳、叩来叩去，连珠炮似的发出指令，“舌头再伸长些。”他把手指往她的喉咙里伸得太深，她作呕了，“这样会不会疼？”他按压着她的肋骨之间问道，“那样子呢？这里怎么样？”

安娜一直在摇头，但莉比不相信她。

“你能再弯腰弯深点吗？吸口气，保持住。”医生说，“咳一下。再来一次。响点。你上次排便是什么时候？”

“我不记得了。”安娜低声说。

他检查着她畸形的双腿，“这样疼不疼？”

安娜微微耸耸肩。

“回答我。”

“这个词不合适。”

“好，那你想用哪个词？”

“嗡嗡响。”

“嗡嗡响？”

“像是嗡嗡的声音。”

斯坦迪什哼了一声，抬起她一只浮肿的脚，用指甲刮她的脚底。

嗡嗡响？莉比试图想象肿胀的感觉：所有细胞都紧绷绷地，仿佛随时要崩裂。那感觉是像一个高频振动，整个身体像是拉满的弓弦吗？

最终，斯坦迪什让孩子穿上衣服，把仪器塞进包里，“跟我猜的一样，纯粹是种癔症。”他对着莉比发表结论。

莉比有些不解，这孩子不像她遇到的任何癔病患者：没有痉挛、晕厥、麻痹或惊厥，没有呆滞的凝视，也没有大哭大笑。但斯坦迪什说得如此肯定。毕竟，有什么举动比自称无须吃饭更荒谬呢？

“我以前有夜食病人，”他补充说，“这个病人也没什么特别之处，只不过她被纵容得太过，把自己饿得半死。”

饿得半死。所以这位医生认为安娜晚上偷吃东西，但是远不及需要？是更接近饿死，还是更接近健康？莉比晕乎乎地想着，这孩子的生命之杯是半空还是半满？

安娜把内裤在腰间系紧，对这些话无动于衷。

“我的处方很简单，”斯坦迪什说，“一夸脱葛根粉泡牛奶，一天三次。”

莉比瞪着他，然后说出明摆着的事实，“她不会用嘴吃任何东西。”

“那给她硬灌下去啊，护士！”

安娜微微一颤。

“斯坦迪什医生！”莉比抗议，她知道精神病院和监狱的工作人员经常诉诸强力，但在这里？

“如果我的病人再次拒绝吃饭，我的护士会按照常规使用橡皮管，上面或者下面。”

莉比马上就明白了他说“下面”的意思。她走上前，站在他和安娜当中，“我没有这样的权限。除非麦克布里亚第医生，还有她父母同意……”

“麦克布里亚第已经把自己变成爱尔兰国内外的笑柄了。”

莉比并不反对这话，“但用这么没必要的粗暴手段……”

“没必要？”他不以为然，“看看她的样子——疮疤、多毛、浮肿得吓人。”

都柏林的医生走后，房间里有种紧张的沉默。莉比听到他在厨房里冲着奥唐奈夫妇吼着什么话，然后阔步走出门，走向马车。

她以为安娜会哭，但这孩子只是比往常更加细心谨慎地调整着细瘦的袖口。

斯坦迪什有着多年的，不，几十年的研究和实践经验，这是莉比欠缺的，没有女人可以做到。在他的医院里，他经历了成千上万、情况各异的病人。安娜多毛、粗糙的皮肤，鼓胀的身体本身不是大毛病，但他说这些意味着她很危险，对吗？莉比有种冲动，想抱住孩子。

当然，她克制住了。她想起在斯库塔里时一位长雀斑的护士抱怨，她们都不能听从内心的指引，比如，花一刻钟的时间，坐在将死之人身边说些宽慰的话语。南丁格尔小姐鼻子喷出怒火，“如果可能的话，你觉得什么东西可以宽慰那个人？是一个垫残肢的枕头吧？所以不要听从你的内心，听从我。”

“什么是熏蒸消毒？”安娜问。

莉比眨了眨眼，“通过焚烧一定的消毒物质，可以净化空气。南丁格尔小姐，我的老师不太相信这个。”她两步走到安娜床边，抚平床单，把所有边线弄平直。

“为什么不相信？”

“因为它才是要从室内去除的有害物质，不单单是它的气味。”莉比说，“南丁格尔小姐对它还开了一个玩笑。”

“我喜欢玩笑。”安娜说。

“嗯，她说熏蒸消毒法对医疗至关重要，因为它们的气味难闻至极，逼得你打开窗户。”

安娜微微一笑，“你的老师总开玩笑吗？”

“我记得的就这一个。”

“这屋里的有害物质是什么？”安娜四处打量，好像生怕有妖怪会跳出来扑向她。

“对你有害的只有这种禁食。”莉比的话在这安静的房间中掷地有声，“你的身体需要营养。”

女孩摇摇头，“不需要凡间的食物。”

“每个人的身体……”

“我的不用。”

“安娜·奥唐奈！”莉比的怒火一泻而出，她不能再回避唯一要紧的话题，“你听到医生说的话了，饿得半死。”

“他看错了。”安娜说。

“不，是你看错了。喏，假如你看到一片培根，你就没任何感觉？”

安娜小小的额头起了皱纹。

“没有把它塞到嘴里嚼一嚼的冲动吗？你十一年来不都那么做？”

“不再有了。”安娜说。

“为什么？有什么变了？”

停顿良久，莉比以为这孩子忘了她的问题时，安娜说：“那好像是个马蹄。”

“马蹄？”

“培根好像变成了马蹄、木头或者石头。”她解释着，“石头没什么问题，但你不会去嚼它，对吗？”

莉比瞪着她看。

“你的晚饭，夫人。”基蒂喊道。她端着一个餐盘走进来，“啪”的一声把它放在床上。

当天晚上，莉比推开酒鬼杂货铺的门时手在抖，与斯坦迪什医生的碰面依然让她心烦意乱。

今晚没有饮酒作乐的农夫。莉比快走到楼梯时，一个身影挡在吧台入口，“你没有告诉我你的真实身份，赖特护士。”

蹩脚作家。莉比暗自叫苦，“你还在这儿，是……伯克先生，对吗？”

“伯恩，”他纠正她，“威廉·伯恩。”

假装记错姓名，准保让人很不爽，“晚上好，伯恩先生。”她走上楼梯。

“我才从玛吉·赖安那里听说，你就是禁止我进那房子的人。”

莉比转身，“我了解自己的职责，先生。这其中包括保护我监护的人不受外界的侵扰，所谓外界包括，也许特指写爆料文章的潦倒文人。”

伯恩走到近前，“难道你不觉得，她为了吸引这些人的注意，自诩为大自然的怪物，这跟弄虚作假的斐济美人鱼有什么两样？”

“她只是个小姑娘。”

威廉·伯恩手中的蜡烛照亮了他红棕色的头发，“我警告你，夫人，我会去她窗外安营扎寨。我会学猴子蹦跶，把鼻子贴在窗玻璃上，做尽鬼脸，直到那孩子求我进来。”

“你不会的。”

“你有什么办法阻止我？”

莉比叹气，“我自己会回答你的问题，这行了吧？”

年轻人抿起嘴，“所有问题？”

“当然不是。”

他冷笑，“那我的回答是不。”

“那你就随便蹦跶吧，”莉比跟他说，“我会拉上窗帘。”她又走了两节楼梯，然后补充道，“你惹是生非、干扰观察工作的进程，除了搞坏你自己和报社的名声，没有任何好处。还有，毫无疑问，你会惹怒委员会所有成员。”

这家伙的笑声回荡在整个低矮的房间里，“你见过你的雇主了吗？他们并不是火药味很浓的愤怒名人。江湖郎中、神甫、旅馆老板还有几个狐朋狗友，这就是你所谓委员会的所有成员。”

“我还是那句话，”莉比说，“你骚扰奥唐奈家，还不如从我这儿得到的消息多。”

伯恩的浅色眼睛打量着她，“那好吧。”

“明天下午，可以吗？”

“就现在，赖特护士。”他挥着一只大手，示意她下楼。

“都快十点了。”莉比反对道。

“要是下次发信时我没寄点实质性的内容，我的编辑就要扒了我的皮。拜托！”他的声音几近孩子气。

莉比想速战速决，于是又下了楼，在桌边坐下。她冲着他那墨迹斑斑的笔记本点点头，“你现在知道些什么，大文豪？”

伯恩边翻笔记边挤眉弄眼地笑，“今天被拒之门外的访客同伴们五花八门的看法：一位曼彻斯特来的信仰治疗师想用按手礼治疗这丫头，一位德国水疗师提议在背脊敷冰块，一个女的建议给这丫头用营养油洗澡，通过毛孔和指甲根部能渗透一些进去。还有一个男的跟我保证，他在波士顿的亲戚在磁疗上收效显著。”

莉比翻了翻白眼。

“哎，你们逼得我不得不滥竽充数。”伯恩说着，拧开笔帽，“那你们为啥搞得那么神秘？你在帮奥唐奈家隐瞒些什么？”

“你这样的聪明人应该明白，恰恰相反，”莉比告诉他，“观察工作的开展要尽可能严谨，让任何正在实施的骗局都无所遁形。不应该有任何事情干扰我们在两周内观察这个女孩的一举一动，确保没有食物进她的嘴。”

他停止记录，靠在椅背上，“这种试验相当残酷啊，不是吗？”

莉比皱眉。

“我们要先假定，从春天开始，这小姑娘就想方设法地偷藏了吃食，是吗？”

这村子里尽是头脑发热的人，她倒觉得他干脆的大实话让人舒心。她点点头。

“不过，如果你的观察工作做得十分到位，那就是说，安娜·奥唐奈现在已经有三天没吃东西了。”

莉比咽了咽口水，“我认为目前还不太到位，我怀疑，在与我共事的护士值班期间……”

“如果你错了呢？”伯恩问道，“如果你的细心让阴谋不能得逞，不管它是什么阴谋吧，总之这丫头越来越饿了，怎么办？”

“这项观察工作是为安娜·奥唐奈自己好，”她告诉他，“是为了让她从谎言的圈套中解脱出来。”安娜当然是渴望做回一个普通孩子的。

“用饿着她的办法？”这家伙的思路跟莉比一样有条理，而且更犀利。

“如果是这样，他们会坦白的——父母中的一方或双方、女佣，不管幕后黑手是谁吧。特别是，由于我已经断了他们勒索来客钱财的途径，这就没有额外好处了。”

伯恩的眉毛竖起来，“坦白、承担责任，然后任人拉去见官，被控告诈骗？”

莉比还没想明白此事的罪责，“好吧。一个肚子很饿的孩子，她自己迟早会放弃并且坦白的。”

但当她这么说时，凛然意识到，自己早就不这么想了。安娜毫无饥饿感。莉比猛地站起来，“我必须要睡了，伯恩先生。”

他把鬈发往后撸，“要是你真没什么要隐瞒的，那就让我进去亲眼见见这姑娘，就十分钟，我会在下一篇报道里夸夸你。”

“我不喜欢你的讨价还价，先生。”

这次他放她走了。

回到房间，莉比努力想入睡。这些八小时的值班严重搅乱了身体的自然节律。她从床垫的凹陷处坐起身，把枕头拍平整。

此时，坐在黑暗中，她第一次想到，要是这姑娘没有撒谎呢？她思忖良久，撇开所有事实，撇去营养和代谢等因素的考量，理解患者的状况，是真正护理的开始。南丁格尔小姐是这么教她的。问题是，这姑娘相信自己的说法吗？

答案一清二楚。安娜·奥唐奈的信念犹如灯塔一样，由内而外地照射着。她可能得的是一种癔症，但她无比真挚。

莉比只觉双肩一沉。照这么说，这面相柔和的孩子就不是敌人了。她不是什么铁石心肠的罪人，只是一个沉溺在某种白日幻梦中的女孩，只是一个需要护士帮助的病人。

第三章

禁　食

在睡梦中，她一次次来到圣卡上画的恐怖悬崖底下，就是那幅画，顶上有一个若隐若现的十字架，下面有一颗跳动的巨大红心。莉比不想一直在岩石表面凿出的阶梯上攀登，但她别无选择。她的腿在下面紧张、颤抖，无论爬了多少节台阶，似乎永远无法靠近崖顶。

星期四早上五点，借着气味浓重的油灯光线，她观察着睡觉中的安娜·奥唐奈。

“那就再见了，赖特女士。”身后的嬷嬷低语道。

“再见。”她没有回头看修女离开。

枕头上的面孔，像是掉落的果实。莉比发现，安娜的眼窝今天早上更肿了，大概是整晚都平躺的缘故，一边的脸颊被枕头褶皱压出一道红印。这个身体像是一张白纸，记录了发生的一切。

莉比拉过一把椅子坐下（南丁格尔小姐开始时总会纠正学员挨着床边坐的习惯），从近在咫尺的距离盯着安娜圆鼓鼓的脸蛋、上下起伏的胸腔和肚子。

原来如此。这姑娘是真心相信自己能不吃东西活着。这意味着，一定有人一直或是最近以前　直在给安娜喂食，而她不知为何忘记喂食的事实了？或者她从没意识到。喂食会是在安娜某种意识不清状态下进行的吗？或者只是在她睡觉时？酣睡的孩子吞食东西不会被噎着吗？当然，梦游者会在夜里起来做各种事情：走很长的路，甚至会犯下强奸和谋杀。比较而言，喝杯牛奶算是简单的了。也许，当安娜醒来时，只会觉得饱足，就好像被喂了天赐甘霖似的。

但这不能说明为什么这孩子在白天对食物也不感兴趣。更有甚者，尽管有困扰她的诸多症状，她还是坚信自己无须吸收营养也活得很健康。

这大概可以称为妄想症、躁狂症，莉比揣测，她精神出了问题，像是童话故事里中了魔咒的公主。怎样能让安娜回归正常生活呢？不会是王子。来自天涯海角的灵丹妙药？猛击一下，拍出她喉咙里的一块毒苹果？不，她需要的东西如呼吸空气般简单——理性。要是此时此刻，莉比把这姑娘晃醒，要她“放理智点”呢！

莉比觉得，这就是疯魔的特点之一——拒绝承认自己疯魔。

更何况，儿童能称得上头脑清醒吗？莉比觉得自己对儿童的经验不足。他们刚出生时就是流着口水的小傻瓜，最终会成长为大人。但在中途哪一个时刻，他们能算得上是具有理智的人？七岁算是开始懂道理的年龄，但莉比对七岁孩子的印象还是满嘴胡话。孩子生来就是要玩耍的。当然，可以让他们做事，但在闲暇时他们会非常认真地玩着异想天开的游戏，就像精神病患者对待自己的幻觉一样认真。

但……安娜已经十一岁了，跟七岁很不一样了。莉比反驳自己，其他十一岁的孩子知道自己吃没吃饭，能区分假想和现实。安娜·奥唐奈身上有一种截然不同、很不对劲的东西。

她还熟睡着。被小小窗玻璃框住的地平线上，如水的金光正在涌出。莉比觉得，斯坦迪什医生对安娜的判断也许是正确的，但当然很不像话。一想到要用管子吓唬一个纤弱的孩子，把食物泵进她的身体，从上面或下面……

为了打消这些念头，莉比拿起《护理笔记》。她注意到自己第一次读时在页边画出的一句话：*她不得谈论八卦和闲事，除了有权发问者之外，她不应该回答关于病人的问题。*

威廉·伯恩有这种权利吗？莉比昨天在餐厅跟他说话时不该那么坦白，也许根本不该说。

她惊得站起身，因为孩子正在直视着她，“早上好，安娜。”话说得太快，像是承认心里有鬼。

“早上好，随便你叫啥名字。”

这很无礼，但莉比笑了，“告诉你也没关系，我叫伊丽莎白。”这名字勾起的回忆让人不舒服，莉比十一个月的丈夫是最后叫这个名字的人。

“早上好，伊丽莎白女士。”

完了，这听着完全像另一个女人，“没人这么叫我。”

“那他们怎么叫你？”安娜撑着手肘起身问道。

莉比已经后悔自己告诉了她名字，不过她在爱尔兰也待不久，所以有什么要紧？“你可以叫赖特女士，或者护士，或者夫人。你睡得好吗？”

女孩用力坐起来，“我已经睡过了，休息好了。”她说，“那你家里人叫你什么？”

莉比惊讶于这种从《圣经》引用到家常谈话的迅速切换，“他们都不在了。”理论上这是事实，她的妹妹即使活着也联系不到了。

安娜瞪大眼睛。

莉比记得，小时候，亲人似乎是山脉般必不可少、无法逃避的存在。人们无法想象，随着岁月推移，自己可能会渐渐变得了无牵挂。

“可在你小时候，”安娜说，“你是伊莱扎、艾尔希还是艾菲？”

莉比一笑置之，“干吗，这是那个侏儒怪[①]的故事吗？”

“什么？”

“一个小丑怪，他……”

但这会儿罗莎琳·奥唐奈急急忙忙地进来，没跟护士打声招呼，就去问候她女儿，宽阔的后背仿佛肉盾似的扑在孩子面前，乌黑的脑袋垂在小脑瓜上方，宠溺的话语，肯定是盖尔语。

---

① 侏儒怪（Rumpelstiltskin）是《格林童话》里的一个矮人，他要王后猜出他的古怪名字，才能不带走她的第一个孩子。这里是莉比在打趣安娜乱猜名字。

像是大歌剧里的片段，这让莉比浑身不舒服。

她想，当一个母亲家里只剩一个孩子时，母爱会都灌注在那个孩子身上。帕特和安娜还有过其他兄弟姐妹吗？夭折或是胎死腹中？即便如此，莉比还是不喜欢罗莎琳·奥唐奈一天两次闯进来表演舐犊情深。

这会儿安娜跪在她身旁，双手紧握、双目紧闭，“我在思想、言语和行为上犯下莫大的罪过，因为我的过错、我最严重的过错。”随着每声“过错”，孩子用攥着的拳头捶着胸口。

“阿门。”奥唐奈太太念着。

莉比盘算着眼前将至的漫长上午。即使不让进，房子周围大概也会被不死心的访客团团围住，那样莉比就不得不让女孩待在别人看不见的地方。

“安娜，”当妈的一回厨房，莉比就说，“我们出去晨间散步怎么样？”

“天还没亮呢。”女孩听着有些兴奋。

莉比还没给安娜测心跳，不过这等会儿再说，“有何不可？穿上衣服，披上斗篷。”

女孩画了个十字，一边把睡衣从头上脱下来，一边轻声念着桃乐丝祈祷文。她的肩胛上有一处青褐色瘢痕，那是新的瘀伤吗？莉比把它记了下来。

厨房里，罗莎琳·奥唐奈说，天色还有些暗，她们会踩到牛粪或是扭伤脚踝的。

“我会打起十分的精神，照顾好你女儿。”莉比说着，推开半扇门。

她踏出门，安娜跟在后面，鸡咯咯地叫着散开，湿润的微风很是怡人。

这次她们从房子后面出发，走在一条隐约的田间小径上。安娜走得慢吞吞，时走时停，对所有事情都要发表意见。云雀在地上时从来都不见踪影，只有直冲上高空歌唱时才能看到，是不是很有趣？远处的那座山，被她唤作“自己的鲸鱼”。

在平坦的旷野上，莉比没看到山。安娜大概是指那个低矮的山冈，在村子北面。毫无疑问，“死亡中心点”的居民觉得地面上每个隆起都是一座山峰。

安娜有时幻想自己真能看到风的样子，那伊丽莎白女士有没有想过这个？

“没有，”莉比说，“还有，叫我赖特女士……”

“或者护士，或者夫人。”安娜嘻嘻笑着说，浮肿的手伸向了一只在附近飞舞的褐色蝴蝶，却视而不见，“那朵云是不是很像一头海豹？”

莉比眯着眼睛看了看，“你从来没见过真海豹，我觉得。”

“图画里是真的。”

孩子当然会喜欢云朵，它形状不定，或者确切地说，是千变万化、精彩纷呈。这小姑娘稚嫩的心思总是毫无章法，难怪她会走火入魔，受困于终生无须食欲的虚幻想象。

树篱泛着光泽，“什么东西，是最宽广的水域，”莉比突然问，“又是可以渡过的安全之地？”

“这是谜语吗？”

“当然了，我小时候听到过的。”

“嗯，最宽广的水域。”安娜说。

“你想象它像海一样，对吗？错啦。”

“我在图片里看过海。”在这个小岛上长大，可连它的边缘都还没到过，“不过，我亲眼看到过很好的河流。”

“哦，是吗？”莉比说。

“塔拉莫尔河，”安娜骄傲地说，“还有布罗斯纳河，我们去马林加的集市那一次。”

莉比想起来，那是威廉·伯恩的马摔瘸的那个中部小城的名字。她寻思着，他今天会不会还驻留在她房间前通道对面的房间，企图打听到安娜事件的更多爆料，或者他发自现场的讽刺性报道对《爱尔兰时报》已经足够了，“我谜语里的水域都不像是最宽的河流。想象一下地上覆盖的水，越过它不会有危险。”

安娜绞尽脑汁，最终摇摇头。

“露水。”莉比说。

“露水啊！我应该知道的。”

“它太不起眼，没人会记得。”她想到“吗哪”的故事，“营地四周地上有露珠，它覆盖了地面。”

“再说一个。”

“我一时想不起其他的了。”莉比说。

女孩默默地走了会儿，几乎是一瘸一拐。莉比很想抓住她的胳膊，帮她走过一片崎岖的地面，但不行。只能观察，她提醒自己。

前方有个人，莉比以为是马拉奇·奥唐奈，但接近时发现是个驼背的老汉。他从地上挖出黑色的长方块，堆成一堆。烧火的泥炭，她猜。

“上帝保佑你工作顺利。”安娜对他喊道。

他点头致意。他铁锹的形状莉比以前从没见到过，锋刃处弯成了翼形。

“那又是你必须念的一个祷告吗？”

“保佑他的工作？”安娜点头，“否则他会受伤。”

“怎么，因为你忽略他而受伤吗？”莉比嘲笑道。

安娜神情困惑，“不，他用脚铲没准儿会切掉一只脚趾。”

噢，一种平安咒。

这会儿女孩正用气声唱歌——

我主，在你伤口深处，

我得到躲藏与荫庇，
因此我永远不会，
永远不会离开你。

莉比觉得，这激昂的曲调和病态的歌词格格不入，一想到像蛆一样深藏在伤口里……

“那是麦克布里亚第医生。”安娜说。

老头正从小屋向他们疾步走来，衣领歪斜着。昨晚以来，他一定是焦虑得六神无主了。莉比断定，斯坦迪什医生在坐车回都柏林之前，会当面把他指责一通。

他冲莉比行了脱帽礼，“你母亲告诉我你们在外面透气，安娜。看到你脸上粉扑扑的，我很高兴啊。”

因为散步的缘故，孩子脸上是通红的。

“大体还算健康吧？”麦克布里亚第压低声音，可安娜就站在那里。

南丁格尔小姐非常反对在病人面前耳语聊天，“你在我们前面走吧，”莉比对安娜提议道，“要不你去摘点鲜花，装饰你的房间？”

孩子顺从了，不过莉比的目光还是不离她。附近没准儿有莓果，甚至有没熟的坚果……如果安娜不知道夜里被喂食，那她白天塞儿口吃的，自己会不会也一样意识不到？

“我不知道怎么回答你的问题，医生。”

他用手杖戳了戳松软的地面。

两人都没有提斯坦迪什。莉比本想听麦克布里亚第承认他的同行对安娜的看法——饿得半死，尽管这两位对安娜现今状况的原因和未来的风险各执一词。不过她不敢提及斯坦迪什的诊断，因为继之而来的是开出强迫给食的处方。

“她的呼吸还健康？”麦克布里亚第问。

莉比点头。

“心音、心跳也好的？”

“是。”她承认。

“没有呕吐、腹泻？”

“我不太能想象，不吃东西的人会那样。”

老头的泪眼亮了起来，“这么说你相信她没有……”

莉比打断他，“我的意思是，营养摄取不足，不会导致任何一种排泄。安娜没有排过便，排尿也很少。”她说，“对我来说，这说明她吃了点食物，但不足以产生废料。”她是否该提一下自己关于安娜夜间被喂食却不自知的看法？莉比迟疑了，突然间觉得，这听起来跟老头的理论一样不可思议。

麦克布里亚第含糊地点点头，目光又溜向安娜，她正俯身在深草丛间的一株灌木上，“你难道不觉得，她睡眠不错、心情愉快、说话有力吗？”

“她总是很冷。”莉比说。

“啊哈！”麦克布里亚第说，“我对此有个推测。”他声音里满是欣慰，仿佛即将震惊整个科学界。

她没有请求他说出想法，而是继续施压，“你难道不觉得，她的眼睛开始有些凸出了吗？她皮肤上还有不少瘀青和硬皮，还有牙龈出血。我在想，也许是坏血病，或者甚至是糙皮病。当然她的样子像贫血……”

“好心的赖特女士。”麦克布里亚第用力支撑在手杖上，杖尖钻进草地，“我们这是要开始超越职权范围吗？”他的口气像是溺爱的父亲在责备孩子。

“不好意思，医生您是说？”

“把这些谜团交给专业的人解决吧。”

莉比特别想知道，麦克布里亚第的医术是在哪里学的，学得有多精。还有，他是在十九世纪还是十八世纪学的。

“你的工作很简单，观察即可。”

但这种任务丝毫不简单。莉比现在发觉了，但她三天前并不知道。

她扭头四顾，直到发现安娜在嗅着某种花朵的香气。她加快步伐，医生跟在她脚后，直到追上孩子。

他提高嗓门跟安娜说话，“你跟赖特女士相处得怎么样？”

“很好。”她跟他说。

这孩子只是在客气吗？莉比只记得她对安娜猜疑和急躁的那些时刻。

“她在教我猜谜。”女孩又说。

“她在那儿！”从一辆停在奥唐奈家门口的超载马车里传来一声尖叫，有几个乘客在招手。

莉比不愿意看到谄媚的奉承和冒犯的提问，“我必须要带她进去了。”她抓起安娜的胳膊，大步往小屋走回去。

“求你……”

“不行，安娜，你不能跟他们说话。我们有规矩，就得坚持遵守。”她催促女孩快走，直接穿过田地一角。安娜绊了一跤，她穿的一只大靴子侧翻在地。

“你伤着没有？”

安娜默默摇头。

莉比拉着她继续走，走到房子边上。为什么都没个后门？她们穿过一群来客，他们正跟罗莎琳·奥唐奈争吵，后者手臂上沾满了面粉。

“她来了，小神人儿！”一个男人喊道。

一个女人挤到近前，“乖孩子，哪怕让我抓住你的裙边都好……”

莉比用肩膀插进来，挡住孩子。等她在背后甩上门，才发现安娜在大口喘气。

这姑娘身体虚弱，莉比提醒自己，所以难怪如此。什么样的糊涂护士会用力勉强地拽她走？南丁格尔小姐不知道该怎么怪罪她呢。

“你不舒服吗，乖囡？”罗莎琳·奥唐奈询问道。

安娜瘫坐在最近的板凳上。

“就是有点累，我觉得。”莉比说。

老妈夸张地把手擦干净，在火炉上把一块毛巾烘暖，然后轻轻围在安娜脖子上。

莉比本想先摸摸那块布，确定里面没藏可食用的东西。但她于心不忍，孩子的手冷得发紫。莉比把她搀到壁炉边的一把高背椅上，用自己的手搓着她肿胀的手指。她动作很轻，生怕弄伤它们。

在靠后窗的桌子上，奥唐奈太太重新开始拍打燕麦饼塑形。莉比注意到门边的凳子空着，“我看保险箱没了。”

“我们请科科伦家的一个小伙子把它送到萨迪厄斯先生那儿了，还有那个核桃里的小手套。”基蒂自告奋勇地说。

“每分钱都会去帮衬、安抚穷人。”罗莎琳·奥唐奈朝着护士发表议论，“想想看，安娜，你可是在积德行善啊。”

这女人是这个阴谋的一手策划者，而不仅仅是与人共谋，莉比几乎可以肯定了。总有一天，莉比会找到为这丫头提供给养所用的伎俩，那时候，这位老妈可就沾不到任何光了。更严重的是，骗子嘴脸暴露。莉比移开目光，不显露自己的敌意。

在壁炉台上，离她的脸几寸远处，安娜的新相片立在全家合影的旁边。女孩在两张照片里的样子差不多，一样匀称的四肢、一样不食人间烟火的神情。时间仿佛在安娜身上停滞了，她仿佛被保存在了玻璃镜框里。

此时莉比突然发现，真正奇怪的是她哥哥。帕特的相貌与妹妹相仿，只不过男孩的头发从右边分开。但他的目光有些不对劲，嘴唇泛黑，像是抹了口红。他往后倚在他强悍的母亲身上，像是一个年纪小得多的孩子或是醉醺醺的公子哥。《圣经》里那句话怎么说的？*奇怪的孩子已经消失。*[①]

---

① 出自《诗篇》第17篇，原文Strange children have faded away，是说外邦子民见到大卫便惊慌失色，这里用双关语（strange兼具陌生、奇怪等意思，fade也兼具消失、衰弱等意思）形容照片上帕特奇怪的样子。后文将多次引用。

“你肯定很想念儿子。”她回头说道。

“我当然想了。”罗莎琳·奥唐奈叹息着说。这会儿她正在切一些老的欧洲萝卜，一只骨感的大手挥着菜刀。

安娜展开双手，在炉火上取暖，像一把雅致的扇子。基蒂扫了地，刀刃发出一阵急促声响。

“唉，也罢，常言道，上帝都算好了，负担越沉重，内心越坚强。”当妈的又说道。

自我安慰罢了，莉比想，“你们很久没他的消息了吗？”

菜刀停住了，罗莎琳·奥唐奈直愣愣地看着她。

莉比后悔自己多嘴问了这一句。

一声吸气，抑或抽泣，“他从上头看我们。”

什么，这么说，帕特·奥唐奈在新世界混得不错喽？混得太好，都懒得给自己的老家写信了？

“从天堂里。”这是基蒂的声音。

莉比瞠目结舌。

“那是去年十一月，他死的时候。”

她急忙抬手捂住嘴。

“他还不到十五岁呢。”女佣补充说。

“哎，奥唐奈太太，我冒失了，请多多包涵。我没想到……”她指着相片，上面那个男孩似乎在轻蔑地看着莉比或者是讪笑？她意识到，这照片不是在他生前拍的，而是在死后。

安娜往后靠在椅子里，似乎对火苗着了迷，对这一切充耳不闻。

罗莎琳·奥唐奈没有被触怒，倒是满意地笑着，“你看着他像活的吧，夫人？嗯，这就不错了。”

抵在他母亲腿上。嘴唇变黑，尸体腐败的第一个迹象。当家人在等候照相师时，奥唐奈家这个男孩在这厨房里躺了整整一天，或是两天、三天吗？

罗莎琳·奥唐奈凑上来，近得让莉比退开一步。她抚摸着玻璃，“他的眼睛画工不错，是不是？”

有人在照片里他闭着的眼睑上画了眼白和瞳仁，正因为如此，他的眼神才如此闪亮，像鳄鱼眼一样凶狠。

马拉奇·奥唐奈走进来，跺掉靴子上的泥土。他老婆用盖尔语问候他，然后改成英语，“你听听呀，你都没听到过这档子事。”

莉比不寒而栗，这个女人有种从惨事中找乐子的本事。

“赖特女士以为帕特还在世呢！”

“可怜的帕特。”马拉奇说着，平和地点点头。

“是眼睛把她完全给蒙住了。”罗莎琳·奥唐奈用指尖触摸玻璃，“钱花得太值了。”

安娜的胳膊无力地搭在腿上，眼中映着火光。莉比很想换个话题。

“他的胃，大概，那是他的死因。”马拉奇·奥唐奈喃喃道。

“是的，可怜的帕特。”老妈说。

“给他拿了晚饭，一点都没动。”男人似乎在跟莉比说话，她只得点头。“他先是这儿疼，接着又那儿疼，懂吗？”马拉奇·奥唐奈在他自己的肚脐周围戳着，然后移到右边的小腹，“直到肿得像个球。”她以前没听他说得如此流利，“到了早上，他缓和了些，所以我们觉得，还是不用麻烦麦克布里亚第医生了。”

莉比又点头。这位老爸，是在向她、一个南丁格尔的护士征求意见吗？求得她的谅解吗？

“但帕特自己觉得很虚弱、很冷，”罗莎琳·奥唐奈说，“我们把家里所有的毯子都盖在他床上，还让他妹妹躺在他边上，给他暖身子。”

莉比打了个冷战，不仅仅因为事情本身，而是当着一个敏感女孩的面复述这件事。

“他有点喘，说着胡话，像是在做梦……”

“早饭前就走了，可怜的帕特。”马拉奇·奥唐奈说，“都来不及请神甫来。”他摇着头，像要赶走一只苍蝇。

“好人不长命。”罗莎琳·奥唐奈叹道。

“我很抱歉。”莉比回头看相片，这样就不必看到这对父母。但她不忍心看那双画上去闪亮的假眼睛，所以她拉起安娜依旧冰冷的手，回到卧室。

她的目光落在宝贝箱上，塑像里略浅的头发，那一定是哥哥的了。

安娜的沉默让莉比不安。竟然对一个孩子做这种事，把她当热水瓶似的放在一个濒死的男孩身边，“你肯定很想念帕特。”

女孩的脸扭曲着，“不是为这个。不过，我当然很想他，但是不为这个。”她走近莉比，耳语道：“妈妈和爸爸觉得，他到了天堂。”

莉比点头。

“我们不能肯定。绝不能绝望，但绝不要自以为是。它们是亵渎圣灵的两大不可饶恕的过错。”安娜说，“如果帕特在炼狱，我不知道他要受多久的罪。”

“唉，安娜。”莉比说，“你自己这么苦恼没有必要，他只是个小男孩啊。”

“他病得那么快，而且没及时得到赦免。”泪水滴落在她的衣领上。

啊，忏悔。天主教徒对它的效力多么坚信，以为能抹除一切罪孽。“即便这样，帕特才十四岁，他要做什么事，才能进天堂呢？”

安娜大放悲声，莉比勉强听出她的话：“我们必须得到净化，才能进去。”

“很好，你哥哥会被净化的。”莉比的口气实际得可笑，像是保姆在放洗澡水。

“受火烤，只能受火烤！”

“唉，孩子……”安慰是一种陌生的语言，坦白讲莉比不愿意学。她难为情地安抚着女孩的肩膀，摸到骨节。

“不要把这个写进你的文章。”莉比吃着某种炖菜，说道。一点半，她值班回来进门时，威廉·伯恩正在赖安店里的小餐厅吃他那一份。

“继续说。”

莉比认为这是默认，她压低声音：“安娜·奥唐奈在悼念她唯一的哥哥，他在九个月前死于一种消化系统疾病。”

伯恩点点头，用面包皮在盘子里揩着。

莉比有些愠怒，“你不相信这足以导致一个孩子精神崩溃？”

他耸耸肩，“可以说，我们整个国家都在悼念，赖特女士。闹了七年的饥荒和瘟疫，有哪一家不是支离破碎的？”

“七年？”

“1845年土豆大歉收，直到1852年才真正恢复过来。”他告诉她。

这场土豆疫病真的持续了那么久？莉比小心地从嘴里拿出一块骨头。是兔子肉，她想。“即使这样，安娜能知道什么国家困难？她可能觉得自己是唯一失去哥哥的女孩。”那句圣歌在她脑子里盘旋着：我永远不会、永远不会离开你。“也许她不明白为什么是他，而不是她自己被带走，以此来折磨自己。”

“那么，她好像情绪低落？”

“间或地，”莉比含糊地说，“但有时恰恰相反，由于一种秘密的乐趣而高兴。”

“说起秘密，你没抓到她暗地里藏吃的东西吧？”

莉比摇头，“我已经接受了一个观点，即安娜真心认为自己能不吃东西活下去。”她有所迟疑，但她必须要让别人听听自己的理论，“我想到，他们家有人可能利用了这孩子的幻觉状态，在她睡觉时给她喂食。”

“哎呀，得了吧！”威廉·伯恩撩开脸上的红色鬈发。

“这很有可能。”

“这有可能吗？”

“伯恩先生，要是安娜是个谎话精，她比我碰到过的最厉害的还厉害十倍。我觉得她是真心相信。”

他像是很有感觉地晃着头，拿起铅笔，“我能在下一篇稿子里报道这个吗？”

“不能！这只是个人推测，不是事实。”

铅笔在他指间摆动，“我可以说这是她护士的专业意见。”

在惊慌之中，她感到一丝快意，觉得伯恩拿她很当回事，“在下周星期天向委员会汇报前，我不应该就此事发表任何意见。”

他丢下铅笔，“如果我一个字都不能用，那干吗吊我胃口？”

“我道歉，”莉比说，“这话题可以到此为止。”

他苦笑，“你遇到过稍许与这类似的病人吗，赖特女士？”

“我做私人护理时，遇到过似是而非的病例，健康的人假装病情很严重。但安娜的情况相反，一个营养不良的孩子，坚信自己活力四射。”

“嗯，不过，应该把怀疑自己生病的人说成装病吗？”

莉比感到羞愧，好像自己嘲讽了曾经的雇主。

“意识会迷惑身体，”他指出，“想到痒，就会感到痒。还有打哈欠……”他停住话头，捂嘴打哈欠。

“这个嘛，但是……”莉比不得不停住，因为她也在打哈欠。

伯恩笑起来，“我猜想，一个受过训练的大脑可以指挥身体不靠食物继续运行，至少能坚持一段时间，这是在可能范围内的。”他低声说着，眼神放空。

等等！莉比第一次跟伯恩见面时，他骂安娜是骗子；第二次，他抱怨莉比让她没机会进食。现在，他却对莉比“睡时喂食”的看法冷嘲热讽，暗示那些神奇的说辞可能最终是对的？

“在印度，”伯恩补充道，“苦行僧宣称可以蛰伏的事情，也不是没人听说过。”

“苦行僧？”莉比复述道。

“苦行僧，是圣僧。”他纠正道，“韦德上校以前是给旁遮普总督办事的，他告诉我，他看到过拉合尔的圣僧被挖出来。在地下四十天，不吃不喝、没有光线、空气稀薄，这家伙出来后神气活现的。”

莉比哼了声。

伯恩耸耸肩，“我只是要告诉你，这位久经沙场的老兵坚信不疑地对着我喋喋不休，有那么一小会儿，我几乎也信以为真了。”

“你这么个愤世嫉俗的报界人士也会信？”

“我是吗？我如实报道腐败现象。”伯恩说，“我这样是愤世嫉俗吗？”

“不好意思，”莉比说，“我言过其实了。”

“报界人士的通病。”他的笑容像是游移不定的鱼。他表示自己受到了委屈，只是为了打击莉比？“那么，安娜·奥唐奈会是个爱尔兰版的小个子女‘瑜伽行者’[①]吗？”

“你要是认识她，就不会开这种玩笑。”莉比脱口而出。

年轻人站了起来，“我会立刻接受这个邀请。”

“不、不。”莉比又被他将了一军，“谢绝访客的规定很严格。”

“那么请问，那位从都柏林来的医生怎么就能进了？”

“那个无赖！”

威廉·伯恩猛然又坐回座位，有些好笑，“有个无赖让他进去的？”

“斯坦迪什就是无赖。”莉比说，“这些都要保密好吗？”

他把记事本倒扣，叹了口气。

“他建议我用管子给她强迫喂食。”

伯恩皱眉。

“麦克布里亚第医生执意允许他进来的，”莉比补充说，“但下不

① 瑜伽行者，是指靠瑜伽修行的人。

为例。”

“所以你会挺身而出喽，伊丽莎白·赖特，你会赶走所有恶人？”

伯恩怎么知道她的名字?

“我觉得你挺喜欢那姑娘，对吗？”

“这是我的工作。”莉比火冒三丈，“你的问题很不恰当。”

“问问题是我的工作，所有问题。”

她狠狠地看他一眼，“你怎么还赖在这里不走，伯恩先生？”

“不得不说，同是异乡人，你真是有办法让人如沐春风啊。”他靠回椅背。

“我是说，这件事为什么值得你一门心思地候上这么多天？”

“问得好！”威廉·伯恩说，“星期一出发前，我对编辑直言不讳地说，我在都柏林街上就能找到一群小饿鬼，干吗要大老远地赶去沼泽地区？”

“那他说什么？”莉比说。

“跟我猜的一样，一只迷途的羔羊[①]，威廉。”

她努力回想这话的出处。

“新闻调查内容必须要狭窄，”他告诉她，“太多的合适目标会分散读者的注意力，他们就没有精力去怜悯任何人了。”

她点头，“护士也一样。我们似乎会自然而然地更关心个人，而不是群体。”

他的一条赤褐色眉毛微微挑起。

“这正因为如此，南小……指导我的女士不允许我们坐在特定的病人旁边为其阅读，诸如此类。”莉比解释说，“她说这会导致情感依赖。”

“调情、亲热，诸如此类？”

她抑制住脸红，“我们没工夫浪费时间。她告诉我们，做需要做的

---

① 出自《马太福音》第18章和《路加福音》第15章，耶稣说一个人有100只羊，失去了其中一只，要找到那只迷途的羊，比拥有另外99只没有迷途的羊还要欢喜。

事，然后继续前进。”

“当然，南丁格尔小姐现在自己也是病人了。”伯恩说。

她的脸色一沉。当然，现在南丁格尔小姐没有公开发表言论或露面，但莉比以为，她正低调地进行着医院改革的事业。

“抱歉，”他趴到桌上说，“你还没听说。”

莉比努力平静下来。

“那么，她有大家说得那么了不起吗？”

“更了不起。”莉比说，“现在还是，不管她生不生病。”

管它浪费不浪费，她推开剩下的炖菜，站了起来。

“你来不及要走吗？”威廉·伯恩说。

莉比有意地回答着，假装以为他说的是离开爱尔兰中部，而不是这间狭窄的餐厅，“嗯，有时确实是的，好像世界的这个角落还没有走进十九世纪。”

他笑了。

“给小仙子的牛奶、防火防涝的蜡盘、不食烟火的女孩……还有什么是爱尔兰人不信的？”

“除了小仙子，”伯恩说，“我们的国人对神甫编的瞎话，大多照单全收。”

这么说，他也是个天主教徒，这让莉比多少有些意外。

他示意她靠近，她只稍稍往前倾。“所以我会在萨迪厄斯先生身上赌一把。”他低语道，“奥唐奈家的闺女也许是诚心的，而且在睡觉时不知不觉地被人喂食，但操纵她的人又如何呢？”

莉比如同胸口上一记猛击，她怎么没想到这个？神甫确实太巧言令色、太春风满面了。

等等。她直起身，理清思路，客观思考，“萨迪厄斯先生声称，他一开始就敦促安娜吃东西。”

“敦促，仅此而已？”伯恩反问，“她是他的教区信徒，而且是狂热的虔诚信徒。他可以命令她跪着爬上一座山。不，我觉得这位教士从一开始就是幕后指使。”

“动机是什么？”

伯恩的两只手互搓着。

“访客的捐款都捐给了需要的人。”莉比迟疑地说。

“这意味着，给了教会。”

她的脑海一阵搅动，简直太有道理了。

“要是萨迪厄斯先生和他的委员会设法让公众相信安娜是个神人，把这个乏味的村子当成朝圣地，那好处就滚滚而来了，这位禁食的姑娘就是他们造神龛的摇钱树。”

“可他怎么有办法在夜里喂食？”

伯恩挥手，对这细节按下不谈，“他肯定跟女佣或是奥唐奈夫妇有勾结，你怀疑谁？”

她反对，“我实在不能发表私人……”

“啊，接着说吧，你知我知。你自星期一以来，在那家里日夜都待过。”

莉比犹豫了一下，说得十分小声：“罗莎琳·奥唐奈。”

伯恩毫不意外地点头，“母亲的力量。谁说的，孩子所说的上帝就是母亲？”

她从没听说过这个。

他拿起铅笔，敲敲笔记本，“放心，没有证据，这事我一个字都不能写，不然会被告诽谤。”

“当然不能写。”莉比心惊肉跳地说着。

“要是你能让我跟这孩子见五分钟，我保准能套出事实。”

“这不可能。”

“好吧。”伯恩的声音又回归他惯常的低沉，“那你自己套套她的话？”

莉比不想当他的包打听。

“不管怎样，多谢作陪，赖特女士。”

快三点了，莉比下一个轮班九点开始。她想透透气，但外面淅淅沥沥地下着雨。她更想睡一觉，所以她上了楼，脱掉靴子。

如果土豆歉收的灾年真的持续了七年，那七年前困难时期才结束，这个十一岁的孩子势必是生于饥年，并在饥饿中断奶、成长，这必然会塑造人的性格。安娜的每一寸肌体都在俭省需求，学会了少吃将就。不爱闹、也不贪吃，这是罗莎琳・奥唐奈对女儿的称赞。从不吵着要零食吃，每当安娜说自己饱了、谢谢时，一定是得到了爱抚；每在盘子里留下一块粮食，就能赚到一个微笑。

但这并不能说明，为什么其他爱尔兰的孩子想吃饭，而安娜不想吃。整个千疮百孔的国家熬过了饥荒，侥幸活下来的人又都开始好好吃饭了。

莉比猜测，安娜的特别之处源自她的母亲，像那个传说里自卖自夸的老妈向世人吹嘘，自己的女儿有点石成金的本事。罗莎琳・奥唐奈是不是发觉了幼女的节食能力，就设想了一个借此坐收渔利的法子？

她一动不动地躺着闭目养神，光线透过了眼睑。她昨晚被斯坦迪什医生的行径气得青筋暴突，睡得很差，现在本该是够累的了。但是疲惫不等于睡得着，正如需要食物不等于喜欢食物一样。一如往常，这又让她想到了安娜。

当傍晚的余晖在村中街道上逐渐褪去时，莉比右转，沿着通往奥唐奈家的小巷走去。在坟墓的上方，一弯上弦月正在升起。她想着那个在棺材里的男孩帕特。九个月，也许腐烂了还不到一半。稻草人穿的是他的棕色裤子吗？

莉比制作的房门告示被淋出一道道雨痕。

看来，今晚没念《玫瑰经》。马拉奇・奥唐奈在火炉边抽烟斗，基蒂在把母鸡赶进餐具柜里。

“你家女主人出去了？”莉比问她。

“今儿是她的妇女联谊会。”基蒂说。

“什么？”

“B.V.M.的祈祷活动。”女佣追赶着一只拒不从命的母鸡。

莉比抖抖潮湿的斗篷，想出来了，B.V.M.也就是圣母玛利亚。

不知为何，在这一家人中，她更相信这个女佣。“基蒂，”她柔声问道，“请问，你见到你表妹吃的最后一顿饭，你还记得吗？”

“当然记得，她生日前一天。”基蒂深弯着腰，关上餐具柜。她说了一个词，听着像蒸鸡[①]。

“蒸鸡？”

“她是说圣体。”马拉奇·奥唐奈扭头说。

莉比想象着安娜张开嘴接住一小片面饼，罗马天主教徒认为那是他们上帝的分身。

“她的第一次圣餐礼。”基蒂插嘴道。

“知道吗？她要的最后一餐不是凡间食物，”她父亲说，“而是我主的圣体，比方说，以面饼的形式。”

农夫今晚话很多，莉比好奇他滴酒不沾的事是真是假。安娜的最后一餐，像是被判死刑的囚犯。她试图把谈话从宗教的繁文缛节拉回正题，“请问，那之前，安娜吃东西有没有呛到过？有没有吃过变质的食物？”

“这厨房里绝不会有变质的东西。”基蒂不快地说。

马拉奇·奥唐奈又盯着火苗。在无辜和有罪之间，有一个灰色地带，如果这个男人一直相信宝贝闺女，直到发现骗局主谋是他老婆或他们的神甫，或者两人合谋，但此时，安娜已经声名远播，他也无力干涉了？

① 原文中莉比把Host（圣体）听成了toast（吐司），为体现原文的谐音效果，这里译文处理为“蒸鸡”。

一阵风吹来，卧室门开了，嬷嬷已经穿好斗篷等着了。“她已经睡得很熟了。”修女耳语道。

莉比坐着看安娜眼皮颤动，几个小时过去，因为下午欠了睡眠，莉比感到睡意浓重。但这是老生常谈的斗争，像任何护士一样，她知道，如果不厌其烦地跟自己对话，就可以战胜困意。

身体一定要有些保障，毋庸置疑，不是睡眠，就是食物。如果无法获取，那就得有某种刺激物。莉比放下披肩和垫脚的热砖头，在房间中来回走着，每个方向三步。

她突然意识到，威廉·伯恩一定是在调查她，他知道她的全名、她的老师……

莉比对他有什么了解？只不过是知道他为一个她没看过的报纸撰稿。伯恩说他的国人对神职人员亦步亦趋，由此看来，他像是一个天主教徒，但抱有相当怀疑的态度。如此直言不讳、虚张声势，却只透露了关于萨迪厄斯先生的理论——这只是个大胆的猜测，现在莉比想来丝毫站不住脚。神甫自从星期一早上就没来过小屋，她怎么能向安娜发问：是萨迪厄斯先生把这种瞎话塞到你脑袋里的吗？

她开始数安娜沉睡中呼吸的次数，一分钟十九次。但在安娜清醒时，呼吸次数自然会不一样，节奏也会不太规律。

坛子里在煮什么东西，芜菁？整晚都在慢炖着，整个屋子里充满着粉糯的香气。这已经够让莉比感到饥饿，虽说她在赖安店里已经饱餐了一顿晚饭。

是什么促使她回头往床上看？

晶莹的黑色眸子与她的目光相遇。

“你醒了多久了？”

安娜微微耸肩。

“你需要什么吗，尿壶？水？”

“不用，谢谢，赖特女士。”

安娜措辞有些怪，太客气，几近生硬。

“你哪里疼吗？”

“我不觉得。”

“怎么了？”莉比靠近些，俯身在床上。

“没事。”安娜轻声说。

莉比冒险一试，“你一点都不饿吗？是炖芜菁的香气把你弄醒的吗？”

安娜脸上浮起微微的、几近怜悯的笑容。

莉比的肚子在叫。饥饿是让所有人每天早上醒来的共同原因，身体像是一个婴儿，在躁动着、叫唤着：喂我。但安娜·奥唐奈的身体不会这样，再也不会了。歇斯底里、精神失常、疯疯癫癫，这些词不适合她。她完全就像一个不需要吃饭的小女孩。

莉比透过裙子用力掐腿，让自己清醒一点。要是安娜以为自己是女王的五个女儿之一，那她就是了吗？她也许不觉得饿，但是饥饿依然在侵蚀着她的身体、发肤。

“我能帮你什么吗？”她问，“让你更舒服些？”

“我的脚。”

“它们怎么了？”

“脚麻木了。”安娜说。

毯子下的细小脚趾摸上去冰冷的，“来，下床一会儿，活活血。”女孩照做了，动作缓慢僵硬。莉比搀着她在屋里走，“左，右，像士兵那样走。”

安娜勉强在地上踱步，她看向打开的窗户，“今夜星星很多。”

“只要看得见，星星一直很多的。”莉比告诉她，并指出了北斗星、北极星、仙后座。

“你都认得它们？”安娜问。

“哦，我只认得我们的星座。”

“我们的星座是哪些？”

“我是说，那些从北半球容易看见的星座。”女孩冷得直哆嗦，莉比又扶她上了床。她的暖脚砖整晚都放在火炉里烤，因为包在毛巾里，热量还很足，她把暖砖塞到孩子脚下。

“那是你的。”女孩说。

“我不需要，夏天晚上不冷。你感觉到热度了吗？”

“还没有，但肯定会的。”

莉比低头凝视着她小小的身躯，躺得笔直，像是坟墓上的十字军雕像。

“再睡会儿吧，快点。”

安娜点头，但她的眼睛还睁着，低声念诵着桃乐丝祈祷文。她常念这个，莉比都不太注意到了。然后她唱了些圣歌，声音不太大，不会吵醒全家人——

暗夜漆黑，
我远离家园，
请指引我前行。

然后安静了很长一段时间，莉比以为这孩子可能睡着了但没合上眼，但安娜说：“跟我说说那个小矮人。”

“哪个小矮人？”

“那个侏儒？”

“噢，侏儒怪啊。”她刚才正好想到那个故事，这姑娘看出她的心思了吗？

她马上开始讲故事，只为消磨时间。必须回想故事细节时，她才意识到这个传说很诡异。因为母亲的吹嘘，女孩承担了无法完成的任务——点石成金。帮助她的侏儒怪看似好意但残忍地提议：要是她能猜到侏儒怪的古怪名字，就最终让她保住第一个宝宝……

故事讲完后，安娜静静地躺了一会儿。莉比觉得，这孩子有可能会把这传说当真，她对所有超自然神力的展现都深信不疑吗？

“背题。”

“背什么题？”莉比问。

“贝缇，是你家里人以前叫你的名字吗？”

她轻笑，“又问这种傻话。”

“他们平常不可能叫你伊丽莎白。贝特西？贝蒂？贝茜？”

“都不是。”

“但它是从伊丽莎白来的，不是吗？”安娜问，“不会是其他名字吧，比如简？”

“那就是骗人了。”莉比赞同。

现在除了叫她赖特女士，不会有人再叫她其他名字了。在人见人爱的日子里，莉比曾经是她的昵称；当她还有个家的时候，她的家人这么叫她，在她的父母去世前，在妹妹说莉比对她而言已经死了之前。

她去碰安娜搁在灰毯上的手，肿胀的手指也是冰冷的，她用毯子盖好，“有人晚上陪你，你高兴吗？”

女孩表情木然。

“不会孤单，我是这个意思。”莉比尴尬地说。

“可我不孤单。”安娜说。

“这个嘛，不是现在。”观察工作开始后就不会了。

“我从不孤单。”

“对。”莉比表示同意，两个狱卒轮流值班，一直守着她。

“我一睡着，他就会进来找我。”

发青的眼皮已经颤动着合上了，所以莉比没有问“他”是谁，答案显而易见。

安娜的呼吸又变得深沉了。这孩子每天夜里都会梦到她的救世主吗？他化身的形象是长发男子、带着光环的男孩还是婴儿？他带来了什么样的安慰？带来了什么样的远胜人间美味的“佳肴”？

盯着沉睡的人看非常催眠，莉比的眼皮又开始发沉。她站起来左右转头，舒缓颈部。

为了找点事做，她翻看了女孩的宝贝箱。她小心地打开《效法基督》，生怕把圣卡弄乱。“我们一旦心如止水，而且胸中不再纠结，”她读着一页的开始，“就应该能够尝到神圣的事物。”

这些话让她气得发抖，谁会教一个孩子“心如止水”？安娜那些深信不疑的疯狂念头，有多少是受到这些书的影响或者受到卡片上那些光鲜图片的影响？那么多的植物：脸朝阳光的向日葵，或是栖息于树冠上的耶稣，树底下人潮涌动。他有时被描绘成新郎，有时是兄弟。一张卡上展现出在悬崖表面凿出的一条陡峭阶梯，顶上是一颗落日般若隐若现的心脏，以及一个十字架。

下一张更诡异：圣凯瑟琳的神秘婚姻[①]。一位美丽的年轻女子似乎正在从一个坐在母亲膝上的婴儿手里接受一枚婚戒。最让莉比不安的一张图片展示了一个在宽十字形木筏上漂流的小女孩，她挺直身子酣睡着，对周围上涨的汹涌波浪一无所知。图片上面写着：Je voguerai en paix sous la garde de Marie。*“玛利亚守护着我，可我是谁？我又身在何处？”*莉比这才注意到，在云端有一个忧伤女子的脸庞，正注视着小女孩。

她合上书，把它放回去。然后又想再看一下，找找安娜放置每张卡有没有根据、有没有标出重要段落。“因为主发现船只已空，他在彼处赐予祝福。”莉比寻思着，到底是什么空了？食物？思想？个人？下一页上，“你愿意施与我天赐食物和天使食粮来食用。”几页之后，“当你将自己的躯体赐予我们作为食物，这飨宴多么令人愉悦和快慰！”

可想而知，一个孩子会被这种华丽的辞藻误导。如果这些是安娜

① 这是指基督教关于圣凯瑟琳和婴儿耶稣婚配的说法，这种“婚姻”是一种纯粹精神奉献的符号。

仅有的书，而她自从犯了百日咳后就辍学在家，在没有正确指导的情况下反复琢磨这些书……莉比突然想起来，医院的一个护士有个表弟，他越来越相信，在《每日电讯报》里的逗号和句号里，潜藏着给他的密码信息。

她读下去，“只有你是我的肉食和酒水，我的挚爱。”当然，有些孩子不明白其中的寓意。她记得上学时有个女孩性格冷漠、不爱闲聊，她学业优异，却对日常事务一窍不通。安娜不像是这一类的，但是，把诗意文字的表面意思当真，不叫愚蠢还能叫什么？莉比又想把这孩子摇醒了：耶稣不是真的肉食啊，笨蛋！

不，不是笨蛋。安娜天资聪颖，只是误入歧途了。

莉比看表，已经快早上五点了。基蒂探头进来，看着床上的孩子，莉比觉得，那神情近乎慈爱。

这会是内疚的体现吗？女佣知道给女孩喂食的伎俩（它在四天前戛然而止）吗？

莉比突然想到，也许安娜是基蒂唯一在世的表妹了，奥唐奈夫妇从来没有提到过其他亲戚。

“基蒂！”外间棚屋里传来罗莎琳·奥唐奈恼怒的叫喊。

“来了。”女佣匆忙走开。

几分钟后，嬷嬷到了。从昨天早上开始，莉比还没机会跟修女说过话。她匆匆浏览了彼此的记录。莉比越发觉得，从这些数字中几乎没有发现，安娜的尿量总是少于她喝下的少量开水，但记录精确的测量数据让她有种可控的感觉。

“嬷嬷，”她问，“你知道这孩子的哥哥死了？”

“上帝保佑他安息。”修女点着头说。

为什么没人告诉莉比？或者确切地说，为什么她一直以来都搞错状况了？她压低声音接着说：“我觉得，有人在这姑娘睡觉时给她喂食。”

修女的眉毛陡然耸起，消失在白麻帽带之中，“你看到什么了，赖特女士？”

“没看到。”莉比承认。她现在表述出来后，这话倒变得可笑了。但她继续说着，声音极低，离修女的头很近，“只是，用了这种花招，安娜坚信自己没吃东西的事就说得通了。都柏林来的那位医生说她‘饿得半死’‘夜里偷吃’，我也想到，要是其他人往安娜嘴里灌食物呢？应该是发生在……”

她按下话头，因为门开了，罗莎琳·奥唐奈大步走进来叫醒她的女儿。

莉比在尚未褪去的黑暗中走回村子，一轮像被咬过的胖月亮低挂在地平线上。安娜昨夜说的某些话在莉比脑中挥之不去，“我一睡着，他就进来找我。”奇怪的表达，一个孩子会对睡觉时发生的事有什么了解？或许，安娜根本不是指基督，而是一个通常的他，一个男的——马拉奇·奥唐奈？萨迪厄斯先生？在她昏睡状态下把流食灌进她嘴里的那个人。

在摇摇晃晃地爬上杂货铺楼上那张床前，她想起去求店里的姑娘给她留点早饭。

她九点醒来，只睡了个囫囵觉，还是迷迷糊糊的，头脑不够清醒。玛吉·赖安给她上了冷的煎饼，直接在余火上烤过的，因为有些许酥脆，莉比猜测。她心想，这些爱尔兰人是憎恨食物吗？

没有威廉·伯恩在的迹象，他是回都柏林了吗？莉比不想去打听。

她今天散步更远了些，顾不上雨拍打着伞，她只想待在外面。田间有几头郁郁寡欢的奶牛，莉比往北走向唯一的高地，一条长的山脊，一头很厚实、一头很尖，这就是安娜说的“鲸鱼”？土壤状况越来越差，她穿过几片荒地，打定主意这次不让自己摔倒，变成落汤鸡。她不时把伞尖朝下，戳戳地面、试试软硬，沿着一片宽宽的带状莎草走了一会儿。听见脚下有水流声让她很紧张，大概是一股暗流，这整片地域难道是蜂窝结构的吗？

一只弯喙的鸟大摇大摆地经过莉比，开始尖声抱怨起来。湿漉漉的地面上，几簇零星的白色植物摇曳着。莉比弯腰去看，是一种奇怪的苔藓，原来它长着角，像是些迷你的鹿。

地上一个大坑里传来声音，她小心地走过去往里看，只见坑里一半都是黄水，有个男人在齐胸口深的水里，手肘弯曲，紧勾着一个有些简陋的梯子。

“等着。”莉比叫道。

他愣愣地看着她。

“我尽快找人来帮忙。”她告诉他。

“我没事，夫人。”

“可……”她指着汹涌的水流。

“只是休息一会儿。”

莉比又误会了，她的脸滚烫。

此时，他全身使劲，用另一个手臂攀住梯子，“你就是那位护士。”

“没错。”

“在英格兰没人挖草皮吗？”

这时她才发现挂在梯子上的翼形铲，“我所在的地方没有人挖。”她很想走开，但不由自主地问了个问题，“你为什么要下那么深？”

“噢，上头的货色不好。”他指指坑的边缘，“只有苔藓，给牲口做草窝或是敷在伤口上，就这些用处。”

莉比想象不出在哪个战场上，她会束手无策到把这种腐烂物质抹在伤口上。

“要找到烧火的草皮，必须挖下去一两人那么深。”

“真有趣。”莉比想说得诚恳些，但这话听着更像赴宴的傻女人。

“你迷路了吗，夫人？”

“完全没有，不过是做做保健、活动一下。”她生怕挖草皮的不知道那个词，就又补充说。

他点头，“你口袋里有一片面包吗？”

她往后退，有点窘。这家伙是要饭的吗？“我没带。我也没带钱。”

“哦，钱没用。你出门散步时，要用点面包赶走另一群家伙。”

“另一群家伙？”

“小家伙。”他说。

又是小仙子那套瞎话。莉比转身要走。

“你要到绿色道路上去？”

“我不知道那是什么意思。”

“你保准快到了。”割草皮的汉子冲她身后点头。

莉比往那个方向看去，惊讶地发现了一条小道。“谢谢，”她说，“再见。”

往前不远处，在沼泽地当中，豁然出现了一条铺着碎石的正经小道。也许是从下一个村子通到这里，而最后一段路，可以直接通向奥唐奈家村子的路还没建好。这条“绿色道路”并没有什么特别绿的东西，但这名字有点盼头。

莉比迈着轻快的步伐出发，走在柔软的路边，不时可以见到盛开的花朵。

半小时后，她变得气急败坏。路毫无道理地沿着矮坡蜿蜒向上，然后又向下，最后似乎丧失了信心，自行掉转方向，地面开始断裂。所谓的道路逐渐终结，一如起头时那么随意，铺路的石头淹没在荒草之中。

这些爱尔兰人真是乌合之众，既不勤奋又不勤俭、既没志气又没运气，对过往的天灾人祸念念不忘。他们的道路没有去处，他们的树上挂着腐烂的布头，也许他们已经无药可救。

莉比跺着脚原路返回，雨水斜打进伞下，浸湿了她的衣服。她一心想跟那个让她走冤枉路的家伙理论一下，但当她到那个泥坑时，里面只剩下水了。莫非她把它跟其他坑混淆了？在这个地面的大豁口旁，草皮挂在雨中的晾晒架上。

当她于一点抵达小屋时，萨迪厄斯先生坐在好屋子里喝着茶，盘子上放着一块抹了黄油的司康饼。

莉比气不打一处来，但她告诉自己，他不算是访客，因为他是教区神父，而且是委员会的一员。至少嬷嬷正坐在安娜旁边。她朝莉比点点头，继续定睛看着女孩。

“我亲爱的孩子，”神甫说，“这无所谓上还是下。”

“那么，在哪里呢？”安娜问，“它是在上下漂流吗？”

“炼狱不应该被看成一个确切的地方，正如给净化灵魂分配的时间一样。”

“可是，一次是多久呢，萨迪厄斯先生？我知道，每条天罪要七年，因为它们触犯了圣神七恩[1]，但我不知道帕特犯了几条罪，所以我算不出来。”

神甫叹了口气，没有反驳孩子的话。

这种算数的空话及胡话令莉比厌恶。受害于宗教狂热的是安娜，还是一整个国家？

萨迪厄斯先生放下茶杯。出于本能的怀疑，莉比注意看他的盘子有无碎屑掉出。要是真的有，她倒不觉得安娜真会把它藏在手心咽下去。

“也许，用时间这个词不恰当。”他说，“这更是一个过程，而不仅是一个固定的时期。在万能上帝的永恒之爱中，是没有时间可言的。”

“可帕特还没到天堂跟上帝在一起。”

“我们无从得知，孩子。”

“他是我哥哥，我差不多可以肯定，他还在火里。”

---

① 圣神七恩（the seven gifts of the Holy Ghost），指天主教中圣神赐予的七种美德，即敬畏、孝爱、聪敏、刚毅、超见、明达和上智。

莉比为女孩心疼。他们只有兄妹两个，肯定是相互支撑着度过最艰苦的日子的。

“安娜，”神甫反对道，“那些在炼狱的人固然不得祈祷，但我们可以为他们祈祷，为了替他们赎罪、弥补过失，就像是在他们的火上泼水。”

“唉，可我已经做了，萨迪厄斯先生。”安娜跟他保证，“我已经为圣洁灵魂做了诺维娜祷告，每个月九天，做了九个月；我在坟地念了圣格特鲁德的祈祷文，读了《圣经》，敬了圣体，祈祷众圣徒求情……”

他举手止住她，“很好，已经有六项赎罪行动了。”

“可我觉得，这些水还不够浇灭帕特的火，一半都不够。”

莉比几乎可怜起使劲摆手的神甫了。

“别把它想成是真正的火，”他尽力说服安娜，“还不如说是灵魂愧对上帝的痛苦感觉。可以说，是它的自我惩罚。”

孩子发出一声刺耳的呜咽。

“好啦，我主不是说过不要害怕吗？”

安娜微微点头。

“那就不要苦恼了，把帕特交给我们的天父吧。”

一颗泪珠从安娜脸上滚下，但被她擦掉了。

“哎，上帝喜欢她这个甜心宝贝儿。”站在门口的罗莎琳·奥唐奈在莉比背后说，基蒂在她身边走来走去。

亲眼目睹这一幕，莉比猛地有些不安。这可能是她妈和傀儡大师专门为自己演的一出好戏吗？

萨迪厄斯先生一伸头，差点碰到安娜的头。他伸手去握安娜的手。嬷嬷摇头，微微一动。他点头，只把自己的双手握在一起，“我们要祷告吗，安娜？”

“好的，为帕特祷告。”她双手合十，“我爱你到死，最宝贵的十字架啊，用耶稣——我的救世主的柔软、娇贵、可敬的躯体去装饰，被他宝贵的鲜血泼洒和沾染。我爱你到死，我的上帝啊，因怜爱我等而被钉上十字架。”

这就是桃乐丝祈祷文！“爱你到死”还有“去装饰”，不是“桃乐丝”[①]——这就是莉比这四天一直听到的。

因揭开谜团而短暂满足之后，她觉得很乏味。不过又是一个祈祷文，有什么特别或是隐私的？

“好，关于我来这儿的原因，安娜，”萨迪厄斯先生说，“我们之前谈过你不想吃饭的事。”

神甫这是当着英格兰女人的面，企图为自己开脱所有责任吗？那现在就让她吃那块圆润的司康饼吧。莉比在心里催促他。

安娜说了些话，声音很低。

“说响一点，亲爱的。”

“我不是不想吃，萨迪厄斯先生，”她说，“我只是不吃。”

莉比注视着那一双认真的、肿胀的眼睛，不，不管她周围有怎样的阴谋暗算，这姑娘是极为真挚的。

“上帝看得到你的内心，”萨迪厄斯先生说，“而且他被你的良善意愿打动了。让我们祈祷，你会获得进食的恩典。”

进食的恩典！好像这是什么神奇的力量，每一条狗、哪怕每一只毛毛虫都与生俱来拥有似的。

“求主赐予判断力，这样你就会知道，你要吃饭是否顺应他的意愿。”

是否？莉比几乎要失声喊出来，这家伙在跟这孩子玩什么黑心的花招？

两个人一起默默地祷告了几分钟，然后似乎就这样了，萨迪厄斯先生祝福了奥唐奈夫妇，收拾自己的东西，然后离开了。

莉比把安娜领回卧室，她想不到该说什么，没有办法既能破除妄想

① 原文I adore thee（我崇拜你）被莉比听成了Dorathy（桃乐丝），为体现原文谐音效果，译文处理为“我爱你到死”。

的迷思，又不伤害这孩子的信仰。她打开《亚当·比德》一书，埋头看女凶手的故事，可艾略特先生[①]的说教变得越来越乏味。

过了一会儿，马拉奇进来问候他女儿，“咦，这些都是啥？”

安娜给他介绍了罐里的花草：纳茜菜、沼泽豆、十字叶石南花、紫色沼草、捕虫堇。

他的老婆探头进来，没看护士，“一整个上午，客人一伙接一伙地来打门。”

“我遇到一群自称来朝圣的人，”马拉奇·奥唐奈说，“最后只好把他们逐出院子。”

“他们跟我求你的一口吐沫，安娜，”他老婆说，“要么是你指头上一点油星儿，抹在里头一个人脖子上的痛处。”

这种细节让莉比很是恶心。她本来可以是首先认可宗教情感能使人崇高的人，还有比南丁格尔小姐更好的例子吗？但在懦弱的人格中，它的影响可以变得令人作呕。

当天下午不再有人敲门，也许是雨下个不停，让好奇者望而却步。自从与神甫见面后，安娜似乎噤声了。她坐着，把一本赞美诗集摊在腿上。

三点三刻，基蒂端来莉比的餐盘。卷心菜、芜菁还有少不了的燕麦饼，莉比饿了，她像吃美味珍馐似的大吃特吃。燕麦饼这次有点焦黑，里面是夹生的，她勉强吞了下去。莉比吃了一半才想到安娜，她在不到一米外低声念诵着什么，莉比仍觉得是那个桃乐丝祈祷文，有点反胃。

莉比在斯库塔里认识的一个护士曾在密西西比的一个种植园度过一段时间，她说，最可怕的事情是人会不再注意奴隶身上的颈圈和锁链，人可以习惯任何事情。

现在，莉比瞪着餐盘，想象着一个孩子连盘中餐的味道都不去想，更别提从盘子里吃一口食物了。她试图用超然的心态看待那些蔬菜，仿

① 《亚当·比德》作者乔治·艾略特原名玛丽·安·伊万斯，乔治是她借用情人的名字取的笔名，因此这里作者故意称其艾略特先生。

佛它们在相框里。现在，这只是一张油腻餐盘的图片，归根结底，一个人是不会伸出舌头去舔纸上的图像的。她加上一层玻璃，然后再加一个框、一片玻璃，把这东西封装起来。不是用来吃的，她心里说，就像马蹄铁、木头或石头一样。

但莉比没有这孩子的本事，卷心菜似是故人，热腾腾的香味在向她诉说，她把它叉起来送进嘴里。

安娜在看雨，脸几乎贴着污秽的窗户。

南丁格尔小姐极力主张病人晒太阳的重要性，莉比记得，就像植物一样，没有阳光就会枯萎。这让她联想到麦克布里亚第和他靠光照生存的奇谈怪论。

六点以后，天空终于放晴，莉比提议去散步。

这一次，她的步伐很慢，不想让女孩过分劳累。她们小心翼翼地穿过院子，靴底比较滑。“要是天没这么晚，或者你看着更有气力的话，”莉比说，“我们能往那个方向走大半公里呢。”她往西指，“我在那么远的地方看见过一个很奇怪的山楂树，上面扎满了布条。”

安娜点头，“我们圣泉旁的破布树。”

莉比歪着头，“确切地说，那不是我心目中的泉水，只有一个小池子。”她想起那里水的柏油味，也许它略微有点消毒的功效？不过话又说回来，在迷信活动里找一丝科学的萌芽，是毫无意义的，“那些破布是一种供奉吗，请问？”

“它们是用来在水里沾一沾，去擦伤口或痛处的。”安娜说，“过后，你要把破布扎在树上，明白吗？”

“明白了。”莉比说，可她并不明白。

“厄运留在了破布上，你就可以撇下它了。一旦它烂掉，折磨你的病痛也会消除。”

意思是说，那水能治愈百病。莉比猜想。这种事是很狡猾的传说，因为布头腐烂要很久，到时候病人的病几乎都痊愈了。

安娜停下来抚摸一堵墙上一层鲜艳的苔藓，两只鸟在树篱上啄着红加仑果。

莉比摘了一把泛着光泽的圆果子，把它们举到孩子面前，“你记得它们的味道吗？”

“应该记得。”安娜的嘴唇离加仑果只有一只手的距离，但她的嘴唇既没有抿起来，也没有撇开来。

“你嘴里不会生口水吗？”莉比问道，声音中带着引诱。

女孩摇摇头。

“上帝创造了这些莓果，不是吗？”你的上帝，莉比差点说。

“上帝创造了万物。”安娜说。

莉比用牙齿咬了一颗红加仑，汁液在嘴里迅速爆开，差点溅出来。她从没吃过这么迷人的东西。

安娜从那一把中拣了一小颗果球。

莉比的心跳重得都能听到了。就是这一刻吗？这么容易吗？普通的生活，跟这些垂挂的莓果一样唾手可得。她几乎要说，求你了。

但女孩伸出展平的手掌，加仑果在她手心，被胆子最大的鸟俯冲下来衔走了。

回小屋的路上，安娜走得很慢、很吃力，像是在涉水前行。

一个留胡子的高个男人正坐在最佳位置的一个凳子上抽烟。“我一转身，你就把生人放进来了？”莉比低声质问罗莎琳·奥唐奈。

“约翰·弗林肯定不算生人吧。”当妈的没有压低声音，“他在路边有个很不错的农场，而且他晚上不是常来家里给马拉奇送报纸吗？”

“谢绝访客。”莉比引述道。

胡子里冒出来的声音很低沉，“我是付你薪水的那个委员会的成员，赖特女士。”

又一个措手不及，“那对不住了，先生。”

“你要喝点威士忌吗，约翰？”奥唐奈太太去拿火炉边角落里待客用的小瓶子。

“有何不可？安娜，你今天怎么样？”弗林问道，招手让孩子过来。

“很好。”安娜肯定地说，脸色煞白。

“她需要远离这些潮湿的东西。”莉比催促孩子在她前面往卧室走。

那里非常逼仄和阴暗，“天快黑了。”莉比说。

“跟随我的人不会步入黑暗。[①]”安娜引用道，解开袖口。

“你不如现在就穿上睡衣。”

“好吧，伊丽莎白女士，要么大概是伊莱扎？”疲劳让女孩的笑容有些扭曲。

莉比只顾给安娜解纽扣。

“要么是莉齐？我喜欢莉齐。”

“不是莉齐。”

“伊西？伊比？”

“一地鸡皮！”

安娜忍俊不禁，“那我就这么叫你了，一地鸡皮女士。”

“你敢，精灵鬼丫头。”莉比说。奥唐奈夫妇和他们的朋友弗林对这穿墙而来的笑声不感到纳闷？

“我就这么叫。”安娜说。

“莉比。”像一声咳嗽，这个词自己脱口而出，“以前人家叫我莉比。”她已经相当后悔了。

“莉比。”安娜心满意足地点头，说道。

“你呢，你有过小名吗？”

安娜摇摇头。

“也许，你可以叫安妮，哈娜、南希、娜恩……”

---

① 原文Whoever follows me will not walk into darkness，出自《约翰福音》第8章。安娜引用这句话，回应莉比。

“娜恩。”女孩说着，试着念音节。

“你最喜欢娜恩？”

“可她不会是我。”

莉比耸肩，“女人可能会改名，比如，结婚的时候。”

“你结过婚，莉比女士。”

她点头，“我守寡了。”

“你一直很难过吗？”

莉比感到心烦意乱，“我认识我丈夫才不到一年。”这话听起来很冷淡吗？“有时，当大难临头时，我们是无能为力的，只能重新开始。”

“开始什么？”安娜问。

“一切，全新的生活。”

女孩静静地思考着这个说法。

八点左右，罗莎琳·奥唐奈把约翰·弗林留给他们的《爱尔兰时报》拿进来。

上面登了赖利星期一下午拍的照片，但调成了版画，所有线条和阴影都被修得更粗糙。画面效果让莉比烦躁，仿佛她在这拥挤农舍里的日日夜夜被打扮成了警世寓言。她趁安娜没看到，没收了叠好的那一页。“谢谢，奥唐奈太太。”

“下面有一长篇文章。”女人欢喜得发抖。

趁着安娜在梳头发，莉比走到窗边，就着最后一缕光线，浏览了文章。她发现，这是威廉·伯恩的第一篇报道，是星期三早上他对此事内情一无所知时，引用佩特罗尼乌斯的话随意拼凑而成的那篇。她不能否认“迂腐无知”的说法，但那种轻薄的语调让她很不是滋味。

当然，爱尔兰人长期以来特别善于节制。正如爱尔兰谚语所言：觉不可睡好，饭不可吃饱。那些已经抛弃了盖尔语的精明都市人也许需要了解，在我们的古语中，代表星期三的单词意思是“第一次禁食”，而星期五的意思是“第二次禁食”。在这两天里，饿急了的婴儿会被任由哭闹三次，才能喝到奶水。星期四的单词则形成了令人愉快的对比，意思是“禁食日之间的一天”。

那是真的吗？她不相信这个活宝，伯恩知识面挺广，但都用来开玩笑了。

我们的祖先有个传统（在爱尔兰谚语中），是以“绝食抗争”作奸犯科者或欠债不还者，在对方家门口公开挨饿。据说圣帕特里克曾在梅奥与他同名的山上以绝食抗争造物主，并取得显著成效：他令万能的上帝羞愧，因此赋予他在末日审判爱尔兰人的权利。同样，在印度，通过门前绝食进行的抗议太过盛行，以致总督提议对此予以禁止。至于年幼的奥唐奈小姐拒吃早、中、晚饭四个月之久，是否为了表达某种幼稚的不满情绪，记者目前尚无法确定。

莉比想把报纸扔进火里。这家伙还有良心吗？安娜是一个不幸的孩子，不是报纸读者夏日消遣的谈资。

“它怎么说我的，莉比女士？”

她摇头，“不是写你的，安娜。”

她瞄了一眼黑色粗体标记的头版标题，重大事件：大选、摩尔达维亚与瓦拉几亚合并、维拉克鲁兹包围战、夏威夷火山持续喷发。

没用，她对这些事毫不在意。私人护理有令人视野狭窄的后果，这份独特的工作更是变本加厉地把她的世界缩小成一个斗室。

她把报纸叠成紧紧的一条，放在门边的茶盘里。她再次检查了所有平面，倒不是因为她还认为有暗藏地点、认为安娜会在嬷嬷值班时偷偷拿出来吃，她只想做点事情。

孩子穿着睡衣，坐着织同一件米色羊毛的不明衣物。莉比暗想，安娜到底有没有说不出的“不满情绪”呢？

“该上床睡了。”她把枕头拍平整，让女孩的头枕得恰到好处。

水肿未见好转。

牙龈情况类似。

心跳：每分钟98次。

呼吸频率：每分钟17次。

当修女进来换班时，安娜还在睡。莉比乘机说：“五天四夜了，嬷嬷，”她耳语道，“我们没什么发现。”

修女点头，声音更低些，“大概因为，没什么可发现的。”

意思是，安娜确实是个活神仙，单靠祷告的精神食粮就能生机勃勃？这个房子里、这个国家充斥着乌七八糟、神叨叨的玩意儿，让莉比反胃，“我得出的结论是，我们必须加倍警惕。”

修女回看她，那双大眼睛深不可测。这位最终进了慈光会的农妇无疑是心地善良的，大概也自有其聪明之处，要是她能不受东家们规定的限制独立思考就好了。如果她做不到，她有什么实际作用？莉比想起，在斯库塔里，南丁格尔小姐把一位只待了两周的护士遣送回伦敦。她对后者说：在前线，没有用处的人就是会碍事。

莉比有了主意，“我们今晚都留下来怎么样？如果我们当中有人想睡会儿，可以躺在厨房的长椅上。”

“你不相信我，对吗，赖特女士？”

“并非如此，我肯定……”

嬷嬷用柔和的手势制止了她，“你怀疑我在值夜班时打瞌睡。”

莉比感到局促不安，“这是经验的问题。”

“我在都柏林的慈善医院做了十二年的护理工作。”

怎么没人想起来告诉莉比这个？

“在修道院，我们在午夜起床值夜，然后在黎明前再做朝赞课[1]。”

“明白了。”莉比羞愧地说。

“每次我值班结束后，起码会睡几个钟头。”修女温和地说，“有人看见你走遍了整个教区，然后顶着眼袋来上班。”

“你们在吵架吗？”床上传来微弱的声音。

莉比转身与安娜四目相对，“没有。我这就道晚安了，嬷嬷。”她接着说，系斗篷时低着头，“安娜。”

“晚安，莉比女士。”女孩玩味着这个名字，说道。

《玫瑰经》开始了。莉比穿过厨房时，奥唐奈夫妇、约翰·弗林和女佣已经跪了下来，念诵着：“今天，请赐予我们每日的食粮。”

这些人没听见自己说的是什么吗？安娜·奥唐奈每日的食粮呢？

莉比用力推开门，走进外面的黑夜里。

在睡梦中，她一次次来到圣卡上画的恐怖悬崖底下，就是那幅画，顶上有一个若隐若现的十字架，下面有一颗跳动的巨大红心。莉比不想一直在岩石表面凿出的阶梯上攀登，但她别无选择。她的腿在下面紧张、颤抖，无论爬了多少节台阶，似乎永远无法靠近崖顶。

这是星期六早上，她知道。天还没亮，第六天了。

半小时后，在奥唐奈家房门前，莉比用力在脸上挤出些绯红色。她没办法解决眼底的黑影，但要装出一副犀利的神情，这样修女就不会怪她又没休息好。

嬷嬷坐在床边，看着那小胸脯在扭结的毯子下面一起一伏。莉比扬眉，无声地发问。

修女摇头，没新发现。“在中世纪的黑暗时代，”她柔声说，“食欲奇迹般消失的事，也并非闻所未闻。”

① 朝赞课（Lauds）指黎明前的定时祈祷。

莉比忍不住反驳：“一种身体机能的缺失，怎么能叫作奇迹？”

“我的意思是，理论上它没有自然原因。”嬷嬷说。昨夜口角之后，她似乎有心情说话了，“这叫作极度绝食。”

这么说，他们还给它起了个专有名词，好像它跟石头或鞋子一样，也是真东西似的。确实是“黑暗时代”，它还没终结。

“接着说。”莉比告诉修女，口气冷峻又好奇。

“你知道，圣徒们都渴望向圣母看齐，她在婴儿时每天只喝一次奶。据说，他们中有不少人好几年、甚至几十年都不吃东西。”

莉比想起麦克布里亚第在《电讯报》中读到的其他禁食女孩，想起拉合尔的圣僧。每个国家都有超自然生存的离奇传说吗？老上校看见那人被挖出来而把其说得天花乱坠，差点说服了固执的威廉·伯恩。

“话说，圣凯瑟琳，”修女继续说着，像是在聊一个共同的朋友，“她强迫自己咽下一点食物后，会用一小根树枝插进喉咙，把它呕出来。[①]”

“真恶心。”莉比想到苦修者穿的刚毛衬衫和尖刺皮带，还有在街上赤身露体、鞭笞自己的僧人。

嬷嬷披上黑斗篷，“这个嘛，我觉得，为了贬抑肉身、升华精神可以不惜一切。”

莉比还没想到回答，她已经出门了。肉身和精神为什么一定要非此即彼？她本该问修女，我们难道不是两者都有吗？

一片日光在安娜身上慢慢移动，右手、胸脯、左手。十一岁的孩子通常都睡这么久吗？还是因为安娜的身体活动所依赖的养料很少、甚至没有？

此时，罗莎琳·奥唐奈从厨房进来，安娜眨眨眼醒了。女人挡着苍黄的太阳，站在她女儿面前。安娜仰头冲她微笑，但当母亲俯身过来，要用她一贯的拥抱把这姑娘围住时，安娜的反应有些奇怪。她举起手，

① 圣凯瑟琳指锡耶纳的凯瑟琳，这句话意指据说她为了离天主更近，偶尔会忍耐身体的饥饿。

平按在女人宽阔而骨感的胸膛上。

罗莎琳·奥唐奈僵住了。安娜摇摇头，仿佛是在跟她无声地对话。

当妈的把脸埋进手里，然后直起身，飞快地摸了摸女孩的脸。

出去时，罗莎琳·奥唐奈给了莉比一个极为怨毒的眼神，这是她从未见过的。

莉比觉得被冤枉了，她没干什么，这姑娘显然厌倦了她老妈虚伪的示好。不管罗莎琳·奥唐奈是这场骗局的主使，或只是对此睁一只眼闭一只眼，最起码她在女儿遭罪时袖手旁观了。

拒绝母亲的问候，莉比在记事本上记下来，接着又后悔了，因为记录应该仅限于医学事实。

在回村里的路上，莉比推开公墓锈迹斑斑的大门。公墓并不古旧，这出乎她的意料，碑铭没有早于1850年的。她猜想，一定是稀松的地面使得许多墓碑倾塌，潮湿的空气让青苔覆盖了它们。

祈求垂怜。深切追忆、深情怀念。此处安息着……的遗体。为……备受尊敬。追忆他离世的原配妻子。为……的后人而立。同样追忆他的第二任妻子。为……的灵魂祈祷。她万分坚信并期待复活，在对救世主欢欣鼓舞中死去。说真的，谁会欢欣鼓舞地死去？这样措辞的白痴一定从来没有坐在病床边，没有被死者临终的惨叫惊吓过。享年五十六岁、二十三岁、九十二岁、三十九岁。感谢上帝，赐予她胜利……莉比发现几乎每个墓碑上都刻着一小行字母：IHS。她依稀记得，这代表“我受过苦难”（I Have Suffered）。有一片很突兀的坟地，没有墓碑，宽到可以并排放下二十口棺材。

她不寒而栗。就职业而言，莉比应该对死亡习以为常了，但这像是走进了敌人的房间，孩子比大人更让她难受。另有一儿一女。另有三个孩子。另有他们早年夭亡的孩子。卒年两岁。卒年八岁零十个月……她能想象得出那些伤心的父母计算着孩子的月份。

天使看到花朵绽放，
播散了欢喜和热爱，
带她去往美好家园，
在天堂田野里盛开。

唉，这太沉重了。如果地球的土壤配不上上帝最好的种子，为什么要执意将他们种在这里？

正当莉比准备放弃搜索时，她最终发现了男孩的墓地。

帕特里克·玛丽·奥唐奈
1843年12月3日～1858年11月21日
长眠于耶稣怀抱

她凝视着朴素的雕刻字，试图感受着它们之于安娜的意义，之于整个家庭的意义。她想象着一个鲜活的瘦高个男孩，穿着裂口的靴子、泥泞的裤子，有着十四岁生龙活虎的样子。

帕特的坟墓是奥唐奈家唯一的坟墓，这意味着，至少在这个村子里，他曾是为马拉奇延续香火的唯一希望。如果奥唐奈太太在安娜之后还怀过其他孩子，他们都没熬到出生。莉比暂停了对这个女人的厌恶，想着罗莎琳·奥唐奈的遭遇，是什么让她铁了心肠。“七年的饥荒和瘟疫”，诚如伯恩郑重其事所言。一双儿女，忍饥挨饿，才熬过苦日子，又在一夜间失去了快成年的儿子——这种痛苦也许会造成不寻常的变化。或许，罗莎琳并没有格外疼惜自己仅剩的孩子，反而变得心如死灰。是因为这样，她才把安娜包装成诡异的崇拜偶像吗？

一阵轻风吹过教堂墓地，莉比裹紧身上的斗篷，关上吱嘎作响的大门，右转走过教堂。除了屋顶的石制小十字架外，她觉得教堂与附近的民房无甚区别，可圣坛上的萨迪厄斯先生真有势力啊。

到达村里的街道时，太阳又出来了，处处熠熠生辉。这一次，莉比右拐，往马林加方向走去，因为她之前还没走过这条路。她没有胃口，而且暂时不想回赖安家休息。

身后传来马匹的金属碰撞声，骑马人追上莉比时，她才认出了那宽阔的肩膀和红棕色的鬈发。她点点头，以为威廉·伯恩会触帽致意，然后继续策马前行。

“赖特女士，碰到你真高兴啊。”伯恩滚鞍下马。

“我每天都要散步。”她就想到这一句。

“我和波莉也需要遛遛。”

“它的伤养好了吗？”

“很好，它还挺喜欢乡村生活。”他拍拍光滑的马肚子，“你怎么样？偶遇了什么景点吗？”

“没有，一个石头圈都没看到。我刚刚在墓地，”莉比提到，“但那里并无古迹可言。”

“嗯，以前为自己人下葬是违法的，所以年代久些的坟墓应该都在附近镇子上的新教徒墓地里。”他告诉她。

“噢，恕我无知了。”她模糊地记得，直到近年，天主教一直受到压制，但她不了解详情。

“没关系。”伯恩说，“你对这里迷人风景的抵触才更没有道理呢。”

莉比抿嘴，“无边无际、水汪汪的泥潭，那天我摔了个狗啃泥，伯恩先生，我以为我再也爬不出来了呢。”

他咧嘴一笑，“你要防备的只有颤沼，它看着像实心土地，其实像漂浮的海绵。一旦踩上去，就会直接破开土，陷进底下的一潭浑水里。”

她打了个寒战。她发现，只要不聊安娜·奥唐奈，她其实乐于谈论其他话题。

“然后还有移动沼泽，有点像泥石流……”

“我能感觉自己的腿被拉扯。”

“我发誓，”他一手按住心口说，“暴雨之后，整个地表层都会坍塌，数百英亩的泥炭一泻而下，比人跑的速度都快。”

“这纯属想象。”莉比说。

“我以记者的荣誉保证！”

她瞟了一眼，想象着一股褐色的泥浪翻滚着向他们袭来。

“沼泽自有其厉害之处，”伯恩说，“堪称爱尔兰的柔软皮肤。”

“当燃料烧不错，我觉得。”

“烧什么，爱尔兰吗？”

莉比只得付之一笑。

“要是这里先被晒干了，你会一把火把整个地方都烧了吧？”他问道。

“我可没这么说，先生。”

威廉·伯恩坏笑着，“你知道吗？泥炭拥有一种诡异功效，它能在裹住物体的瞬间把它们保存下来。这些沼泽地里挖出过不少宝贝——宝剑、大锅、彩色插图书，更别提偶尔一具保存得相当完好的尸体了。”

莉比不禁皱眉，“你一定很想念都柏林更丰富多彩的生活享受吧，”她说，“你有家人在那里吗？”

“我父母，还有三个兄弟。”伯恩说。

这不是莉比的本意，但她觉得自己得到了答案：这年轻人是单身汉。

“事实上，我干活像条狗。”他告诉她，“我是几个英国报纸的爱尔兰记者，还给《都柏林每日快报》撰写严肃的联合主义文章，为《民族报》报道狂热的芬尼亚主义，为《自由民杂志》描写天主教徒的虔诚事迹……”

“是一条能说会道的狗。”她说，这让他呵呵一笑，“还有为《爱尔兰时报》写什么？”

“温和的观点。”威廉用贵妇似的颤抖音调说，“当然是在课余时间，我在学法律。”

他很风趣，所以他的自我吹嘘尚可忍受。莉比想着昨天晚上她想付之一炬的那篇讽刺性文章。她想，这人只是在尽力尽责地做事，她也是如此。要是不让他见到安娜，除了引经据典的凑趣文字，他还能写些什么？

她这会儿觉得有些热了，解开斗篷，搭在胳膊上，透透风。

“告诉我，”伯恩问，“你会把你看管的小孩带出来散步吗？”

莉比给他一个制止的神情，“这些田地起伏得有些奇怪。”

“它们以前可能是土豆种植床。”他告诉她，“土豆种得排列成行，泥炭堆在它们上面。”

“现在好像都被草覆盖了。”

“嗯，自从艰难时期以来，这里要养活的人口少了，不值得大费周章。”

她想到教堂墓地里那个大坟，“起因不是某种土豆真菌吗？”

“原因比真菌复杂多了。”他说得太过激动，莉比不禁移开一步，“如果地主们没有一直运走粮食、没收牛群、强征地租、收回或烧毁农舍，或者在西敏寺[①]的英国政府没有为了明哲保身而屁都不管、任由爱尔兰人饿死的话，这个国家有一半人都不会死。”伯恩擦掉前额的一处油光。

“但就个人而言，你没有挨饿吧？”为了惩罚他说粗话，她追问道。

他坦然接受，报以苦笑，“店老板的儿子不太会挨饿。”

“那些年，你在都柏林？”

“直到我满十六岁时找到第一份工作，名曰特派记者。”他说道，念出工作名称时语含讥讽，“其实是编辑派我去深入现场，而且要我父

① 西敏寺（威斯敏斯特教大教堂），通称威斯敏斯特修道院（Westminster Abbey，意译为西敏寺），坐落在伦敦泰晤士河北岸。

亲资助，去描述土豆灾荒的后果。我努力保持语气中立，不做任何谴责。但到了第四篇报道时，我觉得——袖手旁观，罪莫大焉。”

莉比注视着伯恩忧虑的脸庞。

他注视着这条窄路的远方，“所以我写道，也许是上帝降下了土豆疫病，但是英国人一手导致了饥荒。”

她大吃一惊，“编辑印了这个吗？”

威廉装出滑稽的嗓音，双眼圆睁，“‘扰乱人心！’他大叫，那时我就逃到了伦敦。”

莉比深吸一口气，“替同一伙英国坏人办事吗？”

他模仿着往心口捅一刀，“你戳人痛处真有一套，赖特女士。是的，不到一个月，我就把天赋和才华用在报道名媛和赛马上了。”

她不再嘲讽，“你尽了力。”

“是的，时间很短，在我十六岁时。然后我就封了口，只顾拿银钱了。”

两人走着，彼此沉默不语，波莉停下嚼一片叶子。莉比拨开面前一条柔韧的树枝，想着圣凯瑟琳把小树枝伸进喉咙。“你还是有信仰的人吗？”一个极为私人的问题，但不知为何，两人一同在这条路上走了这么远，似乎已经用不着客套。

伯恩点头，“很奇怪，我还是。不知为什么，目睹了那么多不幸，我还是没怎么动摇。那么你呢，伊丽莎白·赖特，还是不太信上帝？”

莉比挺直身子。他的口气，仿佛她是什么疯狂女巫在召唤荒野上的魔王，“你凭什么觉得……”

他插话：“你问的问题啊，夫人，真正有信仰的人从来都不会问。”

这人说得有理。“我相信自己看到的。”莉比压低声音说。

“那么，除非亲身体验，你一概不信？”一撇淡红眉毛挑了起来。

“反复尝试、科学。我们只能依赖这些。”

“是守寡让你这样的吗？”

她心口一股血气直冲脑门，“是谁向你透露了我的情况？而且，凭什么总是假定女人的观点是基于个人原因？”

“那么，是克里米亚战争？”

莉比不得不佩服伯恩这一点，他的机智一针见血。“在斯库塔里，”她说，“我问自己，如果造物主不能阻止这些骇人听闻的事情，那他还有什么用？”

“如果他能阻止却不去阻止，那他一定是魔鬼。”

“我从没说过这话。”

“休谟说过这话。”伯恩说。

她没听说过这个名字。

“一位早已作古的哲学家，”他告诉她，“比你还高明的大脑也陷入了同样的困境，这是个难解的谜题。”

仅有的声响，是他们的靴子踩踏干土的声音、波莉轻柔的马蹄声。

“那么，当初是什么促使你奔赴克里米亚的？”

莉比微微一笑，“一篇新闻报道，无巧不成书。”

“拉塞尔，《泰晤士报》的那位？”

“我不知道具体个人……”

“比利·拉塞尔跟我一样，也是都柏林人。”伯恩点头说，“他从前线发来的报道让一切得以改观，人们无法视而不见。”

“那些腐烂的士兵尸体，”莉比说，“而且没有人帮忙……”

“最糟糕的是什么？”

伯恩的率直令她畏缩，但她毫不迟疑地回答：“文书手续。比方说，给士兵一个床位，要拿一张某种颜色的条子，去病区主任批，再去供货商处会签，这样，而且只有这样，军需处才能核发床位。要申请流食、荤食或药品，甚至是急需的鸦片制剂，必须拿着另一种颜色的表格去找医生，说服他抽时间向相关管理员提出物资征用，而且要让另外两位军官会签。到那时候，病人很可能已经咽气了。”

“妈的！”他没有为爆粗道歉。

莉比不记得上次是几时有人这么悉心地听她说话了，“不予保障的物品，顾名思义，是军需处对于无法供给物品的术语。因为这些士兵应该在背包里自带了这些物品：衬衫、餐叉，等等。但有些时候，那些背包根本就没从船上卸下来。”

“官僚主义，”伯恩嘟囔道，“一帮子冷血小人，把责任推得一干二净。”

“我们只有三把勺子，要喂一百个人吃饭。”她告诉他，“传言说在哪个储藏柜里有存货，但我们一直没找到。最后南丁格尔小姐把自己的钱包塞到我手里，派我去市场买了一百把勺子。”

爱尔兰男人莞尔一笑。

片刻之后，莉比也笑了。那一天，她太过匆忙，没来得及细想南丁格尔小姐在所有人当中派她去的原因。与护理技术无关，而与责任心有关。莉比现在才发觉，被选中是多大的荣耀，胜过任何别在胸前的勋章。

他们默默地走着，这会儿离村子非常远了。“我依然信神，也许很傻、很天真。”威廉·伯恩说道，“天地间有更多的事物，霍雷肖[①]……”

“我并不是要暗示……”

“不，我承认，没有抚慰的庇护，我无法面对恐惧。”

“哦，要是能得到的话，我也会接受抚慰。”莉比喃喃道。

他们的脚步声、波莉的马蹄声，还有一只鸟儿在树篱中发出清脆的叫声。

“举凡古今中外，人们不都是在向上帝祈求吗？”伯恩问道，有那么一刻，听着很是自负和天真。

“这只能证明我们需要一个上帝。”莉比说，“难道不就是这种强烈的渴望，才更有可能只是一场梦？”

① 原文为There are more things in heaven and earth, Horatio. 出自莎士比亚名剧《哈姆雷特》。

“唉，这太冷酷。”

她吮着嘴唇。

“那我们死去的亲人呢？”伯恩问，“他们尚未离去的感觉，只是一厢情愿的想法吗？”

仿佛一阵绞痛，回忆攫住了莉比。她怀中的重量，软绵苍白的躯体仍有温度，不再动弹。她泪眼婆娑，踉跄前行，试图避开他。

伯恩追上她，抓住她的手肘，“实在对不起。”

她挣脱开他，用双臂环抱自己。她咬紧牙关，泪水在手臂上的斗篷防油布料上肆意流淌。

“原谅我，说话是我拿手的，”他说，“我应该懂得闭嘴。”

莉比试图微笑，她担心效果有些古怪。她转过身，向村子的方向大步往回走。

伯恩花了一分钟掉转马头，很快就一路小跑地赶上了她。跟这个惹事精，她无须勉强多说一个字。

他一直闭口不言，仿佛为了证明自己懂得如何闭嘴。

“我有点乱了方寸，”莉比最终用嘶哑的声音说，“这件事……让我心烦意乱。”

伯恩只是点头。

“我观察这个女孩，不把眼睛看疼了不罢休。她不吃东西，可她还活着，活得挺好。最近一两天，我几乎……”

“你几乎怎么了？”过了会儿，他问道。

在所有人当中，她偏偏对他，一个记者表明心迹。可天底下还有谁能理解她说这话的代价？“我几乎相信了她的故事。”她说，声音极低，话语被风带走了似的。

第四章

守　夜

安娜长吸了一口气，莉比听见极轻微的咕嘟声。肺里有液体。也就是说，时间所剩无几了。我看见你，在你从前不在、以后也不会在的地点。“请你听我的，好吗？”亲爱的孩子，她差点加了这个话，但那是母亲的语言，莉比必须直言不讳，“你肯定知道自己的情况越来越糟了。”

星期一早上，当莉比在五点前到达时，女人们已经用铁桶拎水在大铜锅里煮了，这是浣洗日。罗莎琳·奥唐奈嘟囔着，有些人坐着没事干真舒服。

这种埋怨挺可笑，但也没错，莉比除了观察安娜无事可做。一周过去了，还有一周。

孩子仍在睡，盖着三条毯子。“早上好。”嬷嬷低语着，给莉比看了她小笔记本上当夜的稀少记录。

做了海绵擦身浴。

饮水2茶匙。

排尿1茶匙。

莉比点头，没再说什么，就让修女走了。

最近两天，她几乎没睡，状态很差，魂不守舍、困惑难解、被迫暂停推断。她的心思仿佛一个蚌壳，被撬出了些微开口。

她研究了一会儿自己的记录。天鹅绒般的白色纸页像是在嘲笑她，那些数字汇集起来，她看不出任何端倪。它们没透露任何秘密，只能说明安娜就是安娜，她独一无二。虚弱、圆脸、骨感、鲜活、怕冷、含笑、瘦小。女孩一如既往地阅读、整理卡片、缝纫、编织、祷告、唱歌，特殊案例、违背常理的例外。奇迹？对这个单词，莉比有着根深蒂固的厌恶，但她还能把这称为什么？

此时，她心神不宁地站着，拿起那件波士顿的玩具。一面是鸣鸟，一面是笼子。但当莉比尽快扭动线绳时，错觉出现了，两个不相干的东西合二为一：一只抖动、鸣叫着的笼中鸟。

“假如这孩子的可信度如此惊人，甚至动摇了你这样意志坚定的女子，”威廉·伯恩星期六时发问道，“为什么不让我见见她？”

唉，莉比知道她被利用是有目的的，记者拿着酬劳来挖掘故事，不惜代价。但事实是，她极度希望听到其他人对女孩的看法。一个莉比信得过的明白人，不是怀抱恶意的斯坦迪什、心存幻想的麦克布里亚第、思想保守的修女、无动于衷的神甫、愚蠢甚或堕落的父母，一个可以告诉莉比她是否在脱离实际的人。

安娜褐色的眼睛睁开了，莉比俯身过去，“你好吗，孩子？”

“好得很，莉比女士。阳光很明亮，一切都泛着斑斓的光晕。”安娜说着，眯着眼看窗户，“我们昨天摘的石南花香味！”

莉比觉得卧室里很潮湿、有股霉味，而且罐子里的紫色花束并没有香味。不过她猜想，孩子的感官很敏锐，尤其是这孩子。

8月13日，星期六，早晨6点17分

自述睡眠不错。

腋下体温仍然较低。

心跳：每分钟101次。

呼吸频率：每分钟18次。

测量数字有升有降，但总的来说在缓慢上升。危险吗？莉比说不好，学会判断病情的人应该是医生。麦克布里亚第星期六下午总算来了一趟，但据修女说，没说什么要紧话。

“你怎么重新开始的？”女孩突然问道。

莉比歪头。

“你守寡以后，‘全新的生活’，你说过。”

她很佩服这女孩可以超脱于自己的心事，而关心莉比的过去，“在东方有一场可怕的战争，我想去救助病患和伤者。”

“你帮到他们了吗？”女孩的眸子明镜般光洁。

有人呕吐、污秽、喷血、渗脓、死去。莉比的病患，那些南丁格尔小姐分配给她的人，有时在她的怀中死去，但更常见的是在她不得不去其他房间搅拌稀粥或是折叠绷带的时候。“我觉得我帮到了其中一些人，多多少少吧。”至少，莉比去了那里，她努力过了，这算多少呢？“我老师说，那里是地狱之国，我们的工作是让它向天堂靠近一些。”

安娜点头。

上午十点莉比才带她出去。在院子里，她们经过基蒂和奥唐奈太太，她们正在一个木盆里挥汗苦干，用一个木制四脚洗衣车搅拌着衣服。

天气很好，是莉比到来后最好的天气，有恰到好处的阳光，如英格兰阳光般明媚。她勾着孩子的胳膊，小心翼翼地迈着步伐。

安娜的走路方式莉比觉得奇怪，她的下巴往前突出。但女孩对一切都表现出兴趣，她嗅着空气，仿佛没有奶牛和鸡的骚臭，而是玫瑰香精的芬芳。她还抚摸她们经过的每一块长满苔藓的岩石。

“你今天怎么了，安娜？”

“没事，我很开心。”

莉比看着她斜视的目光。

“阳光洒满了一切，我几乎能闻到它。”

莉比寻思着，吃得少或不吃能打开毛孔，让感官更敏锐吗？

“我看到我的脚，”安娜说，“但它们好像是属于别人的。”她低头看她哥哥破烂的靴子。

莉比抓紧女孩的胳膊。

小路尽头，在小屋视线不及处，出现了一个身穿黑色夹克的身形，那是威廉·伯恩。他举起帽子，露出鬈发，“赖特女士。”

“啊，我认识这位先生。”莉比假装不经意地说道。她心想，说真的，对这位野心勃勃的新闻人，她有多少了解？假如委员会任一成员听说她安排了这次采访，他们可能会因此把她解雇，“伯恩先生，这是安娜。”

“早上好，安娜。”他握了她的手，莉比看到他盯着她浮肿的手指。

莉比先是不痛不痒地聊着天气，心思却在游移。他们三个要走到哪里，不被发现的可能性最低？她引导他们远离村子，选了一条似乎很少有人走的小路。

威廉发现安娜喜欢花，非常巧合的是，他也喜欢。他为她摘了一枝红茎的山茱萸，上面只剩一朵白花。

“在布道会时，”她告诉他，“我们知道了十字架是山茱萸做成的，所以它的树现在只能长得低矮扭曲，因为它很抱歉。”

为了听到她的话，他含着腰。

“花朵像十字架，看见了吗？花瓣两长两短。”安娜说，“这些褐色的点子是钉子的痕迹，当中是荆棘冠冕。”

“真有意思。”伯恩说。

莉比很欣慰她最终冒险一试。之前，他对奥唐奈事件只能插科打诨，现在他对女孩有了亲身感受。

伯恩告诉安娜，一位波斯国王让军队暂停前进数日，只是为了欣赏一棵梧桐树。他停下来，指着一只跑过的松鸡。它一身姜黄色，在绿草映衬下很是鲜亮。

“比你的头发还红。”安娜笑道。

她把自己学到的一些谜语告诉了伯恩，回头向莉比确认了一两个，但大多数都记得一字不差。

接下来，他考了她鸟声。安娜准确地听出了一只杓鹬悦耳的泣声、一种她叫作田鹬的鸟的振翅声，原来那是沙锥鸟的爱尔兰说法。

“伯恩先生是访客吗，莉比女士？”

莉比听到女孩的问题吃了一惊，摇摇头，“那样就破规矩了。”

“我在这附近就待一小会儿，看看风景。”伯恩告诉女孩。

“跟你的孩子？”

“可惜我没有孩子，到目前为止。”

“你有老婆吗？”

“安娜！”

“没事。”伯恩跟莉比说，然后回头看安娜，“没有，亲爱的。有一次，我差点就要有一个老婆了，但她在最后一刻反悔了。”

莉比转移视线，看着一大片遍布着晶莹水洼的沼泽。

“哦，”安娜同情地说，“也许去了天堂？”

“不，”伯恩说，“我碰巧听说，那姑娘在科克安了家，谢天谢地。”

莉比喜欢他这样。

终于，安娜承认自己有些累了。莉比打量了一下她，试了试她额头的温度。她的身体仍然是冰凉的，阳光和热身活动都无济于事。

“你想在这里稍事休息，好有力气走回去吗？”伯恩问。

“好的，麻烦了。”

他脱下外套，抖了抖下摆，为她在一块平整的大石头上铺开来。

“坐下吧。”莉比说着，蹲下去抚平棕色的衬里，上面还留有他后背的余温。

安娜坐在上面，用一根手指抚摩着缎子布料。

“我会一直看着你。”莉比保证说。

她和伯恩离开孩子，走到一堵断墙边。他们站得很近，莉比能感觉到他衬衫袖口散发出的热气，像水蒸气。

“怎么样？”

“什么怎么样，莉比女士？”他的声音意外地生硬。

“你对她怎么看？”

“她很惹人喜爱。”伯恩说得很轻，她不得不往前靠才听得清。

“是吧？”

“惹人喜爱的短命孩子。”

莉比突然觉得窒息。她回头看向安娜，安娜一身整洁地坐在长夹克边上。

“你是瞎了吗？”伯恩问，语气仍像是说和气话似的柔和，“这姑娘正在你眼前日渐衰弱。”

她几乎口吃，“伯恩先生，怎么，怎么……”

“我觉得正是这个话——你是当局者迷。”

“你怎么能……你为什么这么肯定？”

“我十六岁就开始研究饥荒了。”他用极低的声音吼道。

“安娜没有……她的肚子是圆的。”莉比心虚地辩解。

“饿死的速度，有人快、有人慢。”伯恩说，“慢慢饿死的那种人会浮肿，但那只是水，里面没有东西。”他盯着绿地看，仿佛不忍看到安娜，又仿佛，他宁愿看天底下其他任何东西，也不想看这位英格兰护士，“那种蹒跚的步态、她脸上可怕的绒毛，还有，你最近闻过她的口气吗？”

莉比努力回忆，她没有学过记录这种测量结果。

“我猜，随着身体的自我损耗，口气里会有酸味。”

莉比放眼看去，发现孩子像一片叶子似的瘫软下去。她拔腿就跑。

“我没晕倒。”当威廉·伯恩用夹克裹着她、抱她回家时，她一直坚称，“我只是在休息。”褐色的眼眸如泽地坑洞般的深邃。

莉比一阵恐慌，喉咙发紧，“惹人喜爱的短命孩子。”该死的男人，他说得对。

没见到奥唐奈太太和女佣的身影，她松了口气。洗好的衣服挂在灌木上，夹在小屋和一棵歪脖树间拉起来的一根绳子上。

“让我进去，”伯恩说，“告诉她爹妈，我正好路过，给你搭了一把手。”

“离开这儿。”她急切地跟他说着，把安娜从他怀里拽出来。

等他转身向巷子走去，莉比才把鼻子凑到女孩脸上闻。一股淡淡的、难闻的果酸味。

那天下午，在赖安家屋顶的雨水敲打声中，莉比醒来，感到头昏眼花。在门的底部有一个白色的长方形物体，她看得不太清，以为是光线，勉强下了床，才发现是一张纸。手写的，很仓促，但没有错误。

一次与禁食女孩偶然而短暂的见面，最终使记者有机会对这一争论极为热烈的事件形成了个人见解，了解到她是否对大众进行了或是被利用进行了令人不齿的蒙骗。

首先，必须说，安娜·奥唐奈是一位出色的少女。尽管只在村里的国立小学受过短暂的教育，且受教于一位不得不用修鞋贴补收入的老师，但奥唐奈小姐的谈吐和蔼、镇定、坦诚。除了众所周知的虔诚外，她还表现出对大自然的热爱以及一种同情心，在年纪这么小的孩子身上，实在令人赞叹。正如一位埃及智者五千多年前所言：“智慧之语比之宝石更珍惜，却出自贫穷婢女之口。”

其次，记者有义务揭穿关于安娜·奥唐奈健康的谎言，这位女孩正在日渐衰弱。她的坚韧性格和崇高精神也许蒙蔽了真相，但她步态蹒跚、姿势僵硬、怕冷、手指浮肿、眼窝塌陷，更关键的是，她的口气刺鼻，是公认的饥民体味。所有这些，都证明了她缺乏营养的现状。

★★★★★
全球3,000,000
读者感动推荐
最想与友人分享的
五星好书

【美】克莉丝汀·汉娜　著

《萤火虫小巷》

《再见，萤火虫小巷》

一部描写友谊及人生的史诗巨作
带你检视生命中的勇气、信仰与爱

人生是一段孤独旅程，但我遇见了你。
你不是我，却又像世界上的另一个我。

【美】艾米·托金顿　著

【美】卡罗琳·帕克丝特　著

【美】杰西卡·诺尔　著

《是谁杀了我》

定价：39.80元

在她死后发现的一切，
远比死亡本身更恐惧！

《星星上的人》

定价：36.00元

全球畅销书《巴别塔之犬》
作者卡罗琳·帕克丝特人性治愈力作

《你好，法奈利》

定价：39.80元

我们都在等待生命中的那一刻，不再屈服命运
和内心的恐惧，与自己和解，重获爱与新生。

【英】克莱儿·斯沃特曼　著

【美】珍妮·罗森　著

【美】珍娜·埃文斯·韦尔奇　著

《重返19次人生》

定价：39.80元

如果能够回到过去，
你想回到生命中的哪一刻？

《开心坏了》

定价：49.80元

快乐是深刻的东西，
要慢慢地刻在我们逐渐坚硬的心上。

《恋上冰淇淋》

定价：42.00元

一座关于恋爱与冰淇淋的浪漫之都，
一场爱意萌动的甜蜜之旅。

从她父母声称她开始戒食直至八月八日观察工作启动。在这四个月当中，为了让安娜·奥唐奈生存采取了怎样的秘密手段，对此我们不妄加推测，但可以说——确切地讲，是必须毫不含糊地说，这个孩子现在危在旦夕。应该拉响警钟，恳求守望者警醒。

莉比把这页纸紧紧团起，攥在拳头里。字字真实，针针见血。

在她的记事本里，她记了那么多关于“饿得半死”的症状，为什么就是抗拒着显而易见的结论：女孩正在心甘情愿地忍饥挨饿？是自负吧，莉比觉得，她执拗于自己的判断，高估了自己的见识。还有，她在自己护理过的家庭见识过他们的一意孤行，她现在也一样糟糕。因为莉比喜欢这姑娘，希望她不受伤害，她整个星期就都沉湎在一些假想之中，认为有人在夜间趁她昏睡时喂食，或者有无法解释的身心力量在支撑着女孩。

“让守望者警醒。”

因为歉疚，她本应感激这个男人。那么为什么，想起他英俊的脸庞，莉比只能感受到愤怒？

她从床底拖出尿盆，把晚餐吃的煮火腿呕了出来。

当晚，她到达小屋时，太阳刚好落下，一轮满月升上来，像是一颗肿胀的白色圆球。被今天的雨水浸湿的衣服，依然铺在灌木上。

莉比匆忙经过坐着喝茶的奥唐奈夫妇和基蒂，只打了声招呼。

她看见安娜平躺在床上，修女坐在床边，两个人沉浸在一个故事之中。

“她一百岁了，一直都非常痛苦，”嬷嬷在讲，“她坦白说，她小时候有一次在弥撒时领受了圣餐，但没有及时合上嘴，圣体面饼滑出来，掉到了地上。你知道，她实在羞于告诉别人，所以就把它留在了那里。”

安娜倒吸了一口气。

“那你知道那位神甫他做了什么吗？”

“当圣餐从她嘴里掉出来时吗？”

“不，是这位女人一百岁时，听她忏悔的神甫——他回到原来那个教堂，它已成了一片废墟。”嬷嬷说，“但就在地板断裂的石板中，有一株灌木长得郁郁葱葱。他在树根间搜寻，竟然发现了那片圣体，跟它在将近一个世纪前从小女孩嘴里掉出来时一样崭新。”

安娜发出低声惊叹。

莉比强忍着想抓住嬷嬷的手肘把她拉出房间的冲动。

“他把它带回来，塞到老太婆的舌头上。”嬷嬷说，“于是诅咒解除，她解脱了痛苦。”

安娜忙乱地画着十字，“主啊，请恩许她永远休息，让永恒的光照耀着她，愿她安息。”

她解脱了痛苦，意思是——她死了。只有在爱尔兰，这算是一种幸福的结局。

修女过来，在莉比耳边低语，“整个下午都很兴奋，一首接着一首地唱圣歌。”

“那你觉得这种可怕的传说能安抚她吗？”

嬷嬷的脸沉寂在笔挺的麻布帽边里，“我觉得你不理解我们的故事，夫人。”

她收拾好东西，而莉比在房间里走来走去，故意整理着油灯、燃烧液罐、灯芯剪、水杯、毯子。

“嬷嬷，你愿意跟我们喝杯茶再开始念《玫瑰经》吗？”罗莎琳·奥唐奈从厨房里喊道。

“愿意，我很高兴。”

父母更喜欢修女，这毋庸置疑，孩子无疑也喜欢她。嬷嬷为人平静、和气、亲切。

还没等那位护士关门，莉比就拿出记事本，抬起安娜的手腕。一个惹人喜爱的短命孩子。

“你感觉如何？”

“挺满意的，莉比女士。”

莉比现在能看出来了，她的眼睛凹陷着，只是被肿胀的皮肤组织包围了，“可我说的是你的身体。”

“身子发飘。”女孩沉默良久后说。

晕眩？莉比写道，“还有什么不舒服的吗？”

“身子发飘，我没觉得不舒服。”安娜坚持道。

“那今天还有什么异样的感觉吗？”金属铅笔准备就绪。

安娜俯身向前，像是要透露一个大秘密，“像是铃声，很遥远。”

耳鸣。

心跳：每分钟104次。

呼吸频率：每分钟21次。

此时莉比在寻找她身体衰弱的迹象，女孩的动作更迟缓了，她手脚比一周前更凉、更发青。但她的心跳更快，像是小鸟扑闪翅膀，这解释不通。今晚她的双颊血气滚烫，她的皮肤有几处像肉豆蔻碎粒似的粗糙。她身上有点酸臭味，莉比本想给她用海绵擦身，但怕反而更加冻着她。

“我爱你到死，最宝贵的十字架啊……”安娜仰头盯着天花板，低声念诵桃乐丝祈祷文。

莉比突然没了耐心，“为什么老是念这个？”以为安娜会再次告诉她，这是个“隐私”。

“三十三。”

“请再说一遍？”

“一天三十三次。”安娜说。

莉比脑子犯晕。那就是一小时不止一次了，但要是算上睡眠时间，就意味着醒着的每小时不只两次。她猜想着，如果伯恩在这里，他会问什么，“是萨迪厄斯先生说你必须这么做吗？”

安娜摇头，“那是他的岁数。”

莉比愣了会儿才明白，“基督？”

“他死而复生时的岁数。”

“为什么要专门念这个祈祷文？”

安娜小脸一亮，但眼睛同时湿润了，“为了让帕特脱离炼狱，除非他下地狱了。”话说得断断续续，“在地狱里，火不是用来净化的，是用来折磨的，而且永无尽头。”

“安娜——”

“我不知道我到底能不能救他出来，但我一定要试试。上帝当然能挽救一个人……”她停下了。

门开着，奥唐奈太太站在门口伸出手臂。

“晚安，妈妈。”女孩说。

莉比从这里都能感觉到她母亲的怒火，要么是悲伤，因为被这么个小把戏拒绝了一个晚安拥抱？

女人转过身，带上了门。

对了，是怒火，莉比确定。不只是针对疏远母亲的女孩，还针对亲眼照看女孩的护士。她暗想，安娜是否可能因为老妈把她变成了一种游乐园景点而进行“绝食反抗”。

墙的另一头，《玫瑰经》的领诵与低声唱和声起来了。莉比注意到，今晚安娜没要求参加。这是她的体力开始流逝的又一细微迹象？

孩子侧身蜷缩起来。像是一个婴儿，莉比心想。她为安娜掖好身上的毯子，又加了第四条，因为她仍在发抖。

“赖特女士。”一刻钟之后，嬷嬷又出现在门口。

“还在这里？”莉比问，声音很轻，因为安娜刚刚睡过去。

“能说句话吗？”

这女人是想找碴儿吵架?

嬷嬷走进来，关上门。“那个传说，”她压低嗓音说，“我讲给安娜听的那个古老故事。”

“是。”莉比勉强接话，“如果我的言语有不敬之处，请多包涵。”

修女摇了摇戴着头巾的脑袋，“这是关于忏悔的。”

莉比等她接着说。

嬷嬷的声音极低，但很急迫。这很新奇，她在前几次回答了莉比的提问，有时还挺多话，但从没有像这样主动说话，“你看，故事里的女孩受到惩罚，不是因为掉落了圣体，而是一辈子把她的错误当成秘密不说。”

这是吹毛求疵的神学研究。

“你看，当最终坦白后，她放下了包袱。”嬷嬷低声说着，眼睛瞟向床那边。

莉比惊愕地看她。

嬷嬷曾经说过她相信安娜不靠食物能活吗？没有，她只是不动声色罢了。莉比受到偏见的束缚，把修女当成青涩少女一样，贸然下了定论。她走到离嬷嬷很近的地方，低语道：“你自始至终都知道这是个骗局。”

“并不是‘知道’。”修女喃喃地说着，挥着双手表示反对，然后她扭转身体，离开了房间。

那天晚上，安娜时睡时醒。她转过头，或是翻身蜷缩着，目光呆滞地盯着油灯投在墙上的影子。还有六天，莉比想道。禁食的英语单词是fast，又有快速之意，可这场禁食并不快速，它堪称史上最慢。fast又有牢固之意，比如门被关得很紧、很牢。牢固的东西，意味着是一个堡垒。禁食，就是牢牢地抓住一种虚无，反复地说不、不、不。

“你需要什么吗？”

安娜摇头。

奇怪的孩子已经偏离了道路，正在消失。莉比注视着女孩，眨着干涩的眼睛。

早上五点刚过，当修女回来时，莉比正在等她。她猛然站起身，动作太快，背上一块肌肉发出闷响。两人联手，这可能吗？她几乎当着罗莎琳·奥唐奈的面关上门，拉起修女的衣袖，“听着，嬷嬷。”她几乎不出声地说，“我们必须取消观察工作。”

修女的眉头消失在白色的头饰里。

“你闻过她的口气吗？那是她的胃在自我消耗。因为观察她，我们改变了一些情况，所有情况。这种试验很残酷。”莉比记得伯恩的这个形容，是他们遇到的那天，“我们把她像蝴蝶一样钉牢了。”

修女突起的眼睛发亮，“我们确实接受了这个任务。”

“但你料到过事情会到现在这样吗？”莉比发出嘘声说，“有哪个十一岁的孩子在日益消瘦的同时，还有精力保持微笑？”

“安娜是个很特别的姑娘。但我们得到的指令……”

“对啊，我们不折不扣地遵照了这些指令，就像虐待者一样。”她看着修女听到这个词像被扇了耳光一样，“要是今天我们一起去找麦克布里亚第医生，告诉他这必须停止……”

“但我们只是护士，赖特女士。”

“我学会了这个词的全部含义，”莉比愤然耳语道，“难道你没有？”

修女坐立不安。

“砰”的一声，门开了，是罗莎琳·奥唐奈，“我能跟我孩子问早安吗？”

“她还在……”

但安娜的眼睛睁得很大。她醒了多久了？她听到多少？

“早上好，安娜。”莉比说着，声音有些变。

她看起来很不真实，像是旧羊皮纸上的女孩画像。一早上总是病人最软弱的时候，担心自己有没有能力鼓足精神，再挺过一天。

九点——出于礼节，莉比已经等得够久了，她敲了麦克布里亚第家的门。

“医生出门了。”管家说。

“去哪儿了？”因为疲劳而心力交瘁，措辞无法再礼貌了。

“是奥唐奈家的闺女？她不舒服？”

莉比瞪着女人挺括的花边帽子下愉悦的面孔。安娜从四月起就没吃过一顿好饭，莉比想大叫，她能舒服吗？“我有紧急事情，必须跟他谈。”

“他被请去奥特维·布莱克特爵士床前看诊了。”

“谁？”

“一位准男爵，”女人显然对莉比的无知很惊讶，“而且是常任治安官。”

“他府上在哪里？”

听到护士想未经邀请就去那儿找医生，管家呆住了。那儿有好几英里远，赖特女士最好晚点再来。

莉比故意走得摇摇晃晃，暗示自己有可能会瘫倒在门口。

“或者，你可以到下面的会客室去等。”女人终于说。

莉比能感觉到，管家对她南丁格尔护士的身份表示怀疑，犹豫着让她待在厨房是否更合适。

莉比坐着喝了杯冷掉的茶，等了一个半小时——要是那个可恶的修女能支持她多好。

“他现在可以见你了。”这是管家的话。

莉比起身太急，眼前一阵黑。

麦克布里亚第医生在书房里，有气无力地搬弄着文件，“赖特女士，欢迎你来。”

冷静很关键，女人尖声叫，男人耳朵掉。她没忘记先问候准男爵的病情。

“头疼，不太严重，谢天谢地。”

“医生，我来造访，是出于对安娜健康的严重担忧。”

“天哪。”

“昨天她晕倒了。她的心跳越来越快，血液循环却越来越慢，脚几乎麻木了。”莉比说，“她的口气……”

麦克布里亚第举手止住她，“我这几天没上门，太大意了。”

五天，莉比暗自纠正他。

“你也知道，我有自己的苦衷。要是我被人误会在想方设法干扰观察工作，我担心那不好看。”

提到观察工作，让她想起来这里目的，“安娜并不是现在刚好变虚弱了，你难道不明白这意味着什么吗，医生？这是观察工作的责任。”

他瞪着她，摸索着眼镜架。

“不知怎么的，她以前肯定有食物吃，但这事被我们阻挠了。”

老头皱眉，“我看不出，她的症状可以当成骗人的证据。”

“上周一我见到这孩子时，她很有活力，”莉比说，“现在她连站都站不稳了。除了终止观察，我还能作何推断？”

他急忙举起干瘦的双手，“尊敬的女士，你超越职权了。请你来，不是让你做什么‘推断’的。”

莉比恨得下巴生疼。

“你焦虑是很自然的。”麦克布里亚第的语气缓和了些，“我猜想，身为护士履行职责，尤其是照顾这么小的病人，一定激发了作为无儿无女的女人身上长期潜在的母性本能吧？”

他竟敢如此！她克制住表情。

“但如果这种情愫不受约束，就会导致没来由的恐慌，加上些许自我膨胀。”他几近活泼地挥舞着一根弯曲的手指。

“也许，如果你可以召集委员会，麦克布里亚第医生……”

他不耐烦地打断她，“我今天下午就去看安娜，这总行了吧？”

莉比艰难地走向门口。她把这次会谈搞砸了，她应该慢慢引导麦克布里亚第，让他自己觉得应该、他也有责任终止观察，正如他启动观察一样。自从八天前来到这里，她就接二连三地犯下愚蠢的错误，南丁格尔小姐该多么为她羞愧啊。

她一点钟到达小屋时，里面一股蒸汽和热烙铁的味道。罗莎琳·奥唐奈和基蒂正在长桌上熨烫床单。

她看到安娜在床上，脚边塞满了热砖头，把毯子撑了起来。

“我们在院子里走过了，她只是需要小睡一会儿。”嬷嬷嘀咕着，系紧斗篷。

莉比没回答，而是查看了尿壶里的那一小摊。最多一茶匙，而且颜色很深。尿液里可能有血吗？

孩子从浅眠中醒来。莉比和她聊了会阳光，然后测了心跳：112次。至今为止的最高纪录了“你感觉怎么样，安娜？”

“很不错。”

“你嗓子干吗？要喝点水吗？”

“你高兴就好。”安娜坐起来，喝了口水。

谁会只为了讨护士的欢心而喝水，却为了讨全世界的欢心而粒米不进？

茶匙上留下一丝红色印记。“张开嘴，好吗？”莉比让安娜的下巴侧着对向光线，往里看着。她用一根手指，戳到青紫、发软的口腔组织。有几颗牙齿周围一片殷红。幸好是牙龈出血，而不是胃出血。有一颗臼齿角度有些怪。她用指甲轻推一下，它就歪在一边。她用拇指和食指把它拔出来，发现那不是乳牙，而是一颗恒牙。

安娜看看牙齿，又看看莉比，仿佛在激她说点什么。

莉比把牙齿塞进围裙口袋，准备给麦克布里亚第看。

孩子嘴唇边和眼窝的颜色很深，脸颊上像猿猴似的绒毛加重了，而且长到脖子上了；锁骨周围遍布着褐斑，呈鳞片状。即便是仍然白皙的皮肤也变得凹凸不平，像是砂纸。

另外，安娜的瞳孔似乎比往常更加放大了，仿佛那两个黑洞正在日益长大，吞噬着周围的褐色眼仁。“你眼睛怎么样了？”莉比问，“视力跟以前一样吗？”

“我看得见需要看见的东西。”

视力衰退，莉比在记事本上补记道，“还有什么地方……”衰竭？坏死？“你哪儿疼吗？”

“这只是……”她稍微在腰的周围比画了一下，“穿过去。”

“穿过你？”

“不是我。”声音太轻，莉比都不敢肯定自己听得分明了。

疼痛不是安娜的？疼痛穿过身体的女孩不是安娜？安娜不是安娜？大概女孩开始耗尽心力了吧，大概莉比也是吧。

安娜翻阅着她的《诗篇》，偶尔把句子念出声来，“你把我抬离那些大门。你把我带离敌人之手。”

莉比暗想，女孩能不能看清书上印的字，或者只是凭记忆背诵。

“把我救出狮口，让我免受独角兽利角的摧残。”

独角兽[①]？莉比从来没想过这些传说中的神兽也能伤人。

安娜伸手把书放在梳妆台上，然后心满意足地滑进被窝，仿佛又到了晚上。

---

① 西方神话中的独角兽象征着高贵和纯洁。

在静默之中，莉比琢磨着给她读些什么。南丁格尔小姐不过总是主张，如果病人不想再读书，他们也不会专心去听。也许孩子是例外，他们通常更喜欢听故事，不是吗？比如修女徒劳地希望安娜坦白，所以讲了那个阴森的传说。莉比今天想不起任何故事，甚至任何歌曲。安娜经常自己哼唱，莉比试图想起她不再哼歌的时间。

女孩的目光在房间里游移，像是在寻找出口。除了四个角落和莉比僵硬的面孔外，没有可停留之处。

她伸手举着罐子，在门口叫女佣，“基蒂，你能去把这里面装几枝花吗？”

“什么花，现在吗？”

“只要有颜色，什么花都行。”

基蒂十分钟后回来，拿着干净的床单，还有一把花草。其中有一枝山茱萸，莉比恨不得撕碎它的十字形花朵，还有那些像十字架钉刑留下的棕色痕迹。

她把孩子扶起来，搀到椅子上，给铺盖透透气。

安娜蜷缩起来，抚摩着罐子里一片不起眼的叶子，“莉比女士，你看，即使在小的叶齿上，也长满了更细的小齿呢。”

莉比想着围裙里那颗掉落的臼齿。

她把新床单绷得很紧、很服帖。折痕会让皮肤留下印子，跟鞭子打过一样明显，南丁格尔小姐总是这么说。等把安娜弄回床上，给她盖了三条毯子后，莉比就坐在边上，除了看着她外，不能读书、不能做任何事。

四点吃饭，菜是一种炖鱼。莉比正在用燕麦面包擦着盘子，麦克布里亚第急匆匆地进来。莉比站得太仓促，差点把椅子撞翻。碰上在吃饭，她意外地有些难为情。

“你好，麦克布里亚第医生。”女孩哑声说着，挣扎着要起身，莉比冲过去在她背后多垫了个枕头。

“嗯，安娜，今天早上你气色不错。”

这老头子，真把那种潮红错当成健康的表现了？他对女孩很温和，他一直用“我们这位可敬的赖特女士”和风细雨般称呼莉比。他给安娜大致做了个检查，闲聊着不同寻常的好天气。

“她刚掉了一颗牙。”莉比说。

“嗯，”他说，“你猜我给你带什么了，安娜？是奥特维·布莱克特爵士好心借给我的。带篷的轮椅，有轮子的，你出去透气，就不会过分累着自己了。”

“谢谢你，医生。”

过了一分钟，他要告辞，莉比跟他到卧室门口。

“太神奇了。”他喃喃道。

这话让她呆住了。

“四肢肿胀、肤色变深，她嘴唇和指甲上的那种青色……我觉得安娜正在发生系统性嬗变。”他对着她窃窃私语，“是的，一种靠非食物方式维持生命的体质跟普通人类的体质运行方式不一样，这是理所当然的。”

莉比只能扭过头，不让他看到自己的怒气。准男爵的轮椅停放在前门旁，一个笨重玩意儿，椅面的绿色天鹅绒已经磨损，有三个轮子和一个折叠式顶篷。基蒂在长桌边切着洋葱，眼睛红肿，流着泪。

“体温更凉了，我的意思是，更不容易发烧了。”麦克布里亚第若有所思，“更像是冷血的爬行动物，而不是恒温的哺乳动物。”

她手痒得慌，恨不得抓住这老庸医的肩膀，给他晃几下，“医生——”

“嗯，你大可安心了，赖特女士。看样子并没有实际的危险，没有出现体温骤降或是持续苍白。”麦克布里亚第继续说着，像在挠痒似的抚摸着络腮胡。

苍白！这个人是靠读法国小说学医的吗？“我看到过临终前的病人样子蜡黄或通红，比煞白的要多。”她告诉他，尽管努力克制，嗓门还是提高了。

“噢，真的吗？但你注意没，安娜也没有昏厥，也没有神志不清。”他近乎愉快地总结道，“当然，如果她表现出严重疲劳的迹象，不用说，你必须派人来叫我。”

“她已经卧床不起了！”

“休息几天，她应该就好了。要是她这周结束就恢复精神，我也不奇怪。”

看来麦克布里亚第比她想的还要白痴一倍，“医生，”她尽量压低声音说，“请相信我，这个观察工作在伤害安娜。在我们的监视开始前，不知道用什么方法，她一定是吃到了东西的。要是你取消观察……”

他的眼睛鼓起来，“这个措施需要委员会一致同意。”

“那就问他们。”

“要是我提议，我们必须中止观察工作，是基于它正在危害孩子的健康，这像什么样子？”他啧啧道，“这相当于宣称，我的老朋友奥唐奈夫妻俩肯定是卑鄙的骗人精，直到观察工作开始前，他们一直在暗地里喂女儿吃东西！”

莉比感到屋子在转，她在他耳边轻语：“要是你的老朋友任由女儿饿死，那像什么话？”

麦克布里亚第倒吸一口气，“南丁格尔小姐是这么教你跟上司说话的吗？”

“她教我为病人的生命斗争。”

“赖特女士！”麦克布里亚第高声说，“放尊重点，松开我的衣袖。”

莉比甚至没意识到她抓着它，他挣脱开，走出小屋。

基蒂的脸像是惊恐的面具。

当莉比匆忙回到卧室时，发现孩子又睡着了。从小巧的翘鼻里发出极轻的鼾声。说来也怪，尽管一身的毛病，她依然是可爱的。

按理说，莉比应该收拾行李，让“快乐马车”的车夫送她去阿斯隆火车站了。如果她认为这个观察工作站不住脚，就应该不参与其中。

但她不能撇下安娜。

星期二的当晚十点半，在赖安家，莉比蹑手蹑脚地穿过走道，敲了威廉·伯恩房间的门。

没有应答。

要是他现在已经回了都柏林，新房客开了门，她该如何为自己解释？从外人眼光看，她可以预见可能的误会：一个急切的女人，站在一个男人的卧室门外。

她想默数到三，然后……

门打开了。威廉·伯恩，顶着一头乱发，穿着衬衣，“你啊。”

莉比的脸猛地红了，烫得生疼。唯一的侥幸是他没穿睡衣，“请原谅。”

“不、不，我……有事吗？你要不……”

他向床和里面使了个眼色，他俩的小客房都一样不方便聊天。莉比不能让他下楼，晚上这个时间，那会更加引人注意。

“我欠你一个道歉——关于安娜的状况，你说得完全正确。”她低语，“这个观察工作令人发指。”说话声音太高，会惹得玛吉·赖安跑上楼来的。

他点头，但并不得意，又走近半步。

“我跟嬷嬷谈了，但她不支持我。我恳求麦克布里亚第医生结束观察工作，但他责怪我没来由的恐慌。”

“我会说，这完全合理。”伯恩声音平静，让莉比感觉稍许好些。跟这个男人谈话，对她来说已经变得多么必要，而且这么快。

他倚着门框，“你们护士会宣誓吗？类似医生从业前的君子誓词，救治生命、永不害人？”

“伪君子誓词，还不如不说。”莉比嘀咕着，这让伯恩咧嘴一笑。

“我们没有一套誓词，”她告诉他，“作为一种职业，护理工作还在初级阶段。”

“那么，就是凭良心做事了。”

“是的。”

“而且不止于此，我想，你关心你护理的人。”

即便她否认，伯恩也不会相信，“我想，要是不关心的话，我这会儿已经回到英格兰了。”

最好不要对事物过于迷恋，安娜上次说过。南丁格尔小姐也警告过，要抵制这种情感，就像抵制恋情一样。莉比也学会了警惕任何形式的情感依赖，把它们扼杀在萌芽状态，但这一次……好吧，这一次大不相同。

“公平地讲，你曾经对安娜坦言过，她必须要吃东西吗？”

她说过吗？“当然，我提过此事，我跟女孩讲过道理。”但莉比发现，她不记得自己讲过任何道理，也不记得自己有没有尽力一试。

“那姑娘喜欢你，”伯恩说，“你能够影响到她。如果你不想看到她躺在盒子里，那就利用你的影响力。”

有那么一刻，莉比想的是孩子的宝贝箱子，然后才意识到他指的是棺材。117厘米，她记得这是安娜第一次测量数据里的。她在这世上每一年，平均只生长了区区10厘米多点。

楼梯上有脚步声在上来，莉比逃进自己的房间，轻轻带上房门，生怕发出一丝声响。

双颊滚烫、头脑胀痛、两手冰冷，要是让玛吉·赖安看到英格兰护士跟记者这么晚了还在聊天，她会怎么想？

但是，她的猜想不对吗？

这事一目了然得令人心惊。如果莉比不是一门心思都在安娜身上，她会及早发现这一危险。看伯恩精力充沛、皮肤白皙，他该比莉比年轻多少岁？她都能听到南丁格尔小姐的总结：在护士生涯的干涸土壤中，像种子般萌芽成长的诸多渴望之一。

莉比难道没有自尊吗？

她疲惫得浑身无力，但费了很长时间才睡着。

莉比又在那条绿色道路上了，与她的弟弟手牵着手。在梦里，她的妹妹变成了弟弟。草地变成了一大片荒芜的湿地，道路越来越模糊。她跟不上，在乱泥潭中举步维艰，而那个弟弟不顾反对，松开她的手走到她前面去了。她再也无法听清他的喊声或者从头顶鸟儿的叫声中分辨他的声音。她发现他一路用面包屑做了标记，但还没等她跟上，鸟儿们就用尖喙啄走了面包屑。现在完全没有道路的痕迹了，莉比孤身一人。

星期三早晨，她在五点前到达小屋。轮椅被转移到了房门外，绒面上被露水沾湿了。

她看见安娜正在沉睡之中，脸上都是枕头褶皱压出的印痕，尿壶里只有一滴深色尿液。“赖特女士。”嬷嬷开口道。

莉比直视她的眼睛。修女迟疑着，没再说话就走了。

莉比把安娜的一整摞宗教书籍都堆在腿上，开始翻阅，用记事本末页撕下的纸条标记好一些段落。

大概六点，女孩醒来后，莉比说：“我有一个谜语给你猜。准备好了吗？”

安娜勉强地笑笑、点点头。

“是我包里的一个东西。”莉比告诉她。

我看见你，在你从前不在、以后也不会在的地点。

可就在那同个地方的你，我依然能够看得见。

“镜子。”安娜几乎脱口而出。

“你变得太聪明了。”莉比告诉她，“我快没有谜语了。”她没有警告，就举起手镜，对着安娜的脸。

畏缩了一下，安娜平静地打量着镜中的自己。

“看到这些天你成什么样子了？”

“看到了。”她说着，画了十字，挣扎着要下床。但她晃得厉害，莉比马上让她坐下。

“我给你换睡衣吧。”莉比从抽屉里取出另一件。

孩子解那些小扣子很费劲，所以莉比只能帮她解开。把睡衣从安娜头上脱出来后，看到皮肤上褐斑的严重程度，她倒吸了一口凉气。那些青紫色的斑点现在像是一把散落的硬币，还有新的瘀青出现在了不可思议的地方，像是有隐身的打手一直在夜里虐打这姑娘。

莉比给安娜穿好睡衣，裹上两条披肩让她止住发抖，然后说服她喝了一茶匙水。

“麻烦再拿一条床垫，基蒂。”她在门口喊道。

女佣正在一桶齐肘深的水里洗盘子，“小妞可以用我的。”

“那很好，你要给自己找样东西睡了。”莉比说，“还有，要一样软和的东西，铺在床垫上。”

“什么样儿的东西？”基蒂问道，用通红的前臂擦擦眉头，“毯子吗？”

“比那个再软和些。”莉比说，语气太冲了。

她从床上把三条毯子拎起来，用力抖动，毯子发出一声闷响。把家里所有的毯子盖在他床上，马拉奇·奥唐奈说过。莉比想，这一定曾是帕特的床，除了父母在外间棚子里睡的床以外，没其他床了。她揭开脏兮兮的底层床单，露出床垫。她扫视着那些顽固的污渍。这么说，帕特就是在这里死去的，被妹妹温暖的手抓着，逐渐变得冰冷。

在椅子里，安娜蜷缩得几乎消失了，就像那个利默里克来的、装在胡桃壳里的手套。

一刻钟后，罗莎琳·奥唐奈拿着基蒂的床垫和她从科科伦家借来的一块羊皮匆忙进来，“早上挺安静啊，小瞌睡虫？”她把女儿变了形的手放在自己手中。

安娜点头。

对这种嗜睡，这女人怎么会觉得“瞌睡”是恰当的形容词？她难道看不出，安娜正像廉价小蜡烛似的，在不可挽回地慢慢燃尽吗？

“对嘛，老话说得好，孩子的心里话，老妈看得懂。喏，爸爸来了。”

“早上好，乖囡。”马拉奇说。

安娜清了清嗓子，“早上好，爸爸。”

“你今天怎么样？”

“还可以。”

他点点头，像是相信了。

莉比想，穷人活一天算一天，他们无力掌控现状，学会不多虑将来的事情，免得徒增烦恼。要不然，这两个罪人一清二楚地知道他们对女儿的所作所为，却无意出手或说句话来挽救她。

他们离开后，莉比重新铺了床，用了两条床垫，然后铺了那块羊皮，再铺好床单，“快跳上床，再歇会儿。”

用“跳上”这词形容安娜爬上床的样子有点荒唐。

“很软和。”女孩轻声说着，抚摸着松软的表面。

“这是为了防止生褥疮。”莉比指出。

8月17日，星期三，早上7点49分，莉比记下来。

观察工作第十天。

心跳：每分钟109次。

呼吸频率：每分钟22次。

不能走路。

她确认房门关紧了，“你还想猜个谜吗？”

安娜点头。

“俩身体我有，”莉比开始说道，然后又纠正了——

我有俩身体，
但都合为一。
站时越静止，
跑时如风驰。

“站时越静止，”安娜喃喃道，“俩身体。”

莉比点头，等着，“你放弃吗？”

“就一分钟。”

她看着表上的指针转动着，“没答案吗？”

安娜摇摇头。

“是沙漏。”莉比哑声说，“时间像沙漏里的沙子一样流逝，没有办法让它慢下来。”

孩子回看莉比，不为所动。

莉比把椅子拖到离床很近，“安娜，你相信上帝在所有基督徒中选择了你，让你不吃东西。”

“我——”

“听我说完，求你了。这是你说服自己的，但在你这些经书里，到处都是相反的指示。”她打开《灵魂的花园》，找到她标出来的话，“把你们的饮食当成健康必需的良药。还有这里，《诗篇》里的话。”她翻到正确的那一页，“我如野草般衰败，我的心已羸弱，因为我忘记了吃我的食粮。还有这个如何：饮食之后，方得愉悦。还有你一直念的这句话：今天请赐我们日常的食粮。”

“不是真正的食粮。”

“真正的孩子需要的是真正的食粮。”莉比告诉她，“耶稣把面包和鱼分给了五千人，不是吗？”

安娜费力地吞咽着，仿佛这动作会疼，“他仁慈，因为他们都很虚弱。”

“你是说，因为他们是人。他没有说，不要理会你们的肚子，继续听我说教。他给了他们吃食。”莉比努力抑制愤怒，“在最后的晚餐里，他跟信徒们分了面饼，不是吗？他跟他们说了什么呢，确切的话是什么？”

安娜的声音很低，“拿着它，吃吧。”

“这就对了。”

“一旦他把面饼神圣化，面饼就不是面饼了，是他本身，”安娜轻声道，“就像‘吗哪’。”她轻抚着《诗篇》的皮质封面，像是在抚摸猫咪，“我被喂了数个月的天赐‘吗哪’。”

“安娜！”莉比把书从她手里夺走，用力过猛，书“砰”的一声掉到地上，夹在里面的宝贝卡片洒了一地。

“出什么事了，这么吵？”罗莎琳·奥唐奈在门口探头探脑。

“没什么。”莉比说着，跪在地上，匆忙捡起那些迷你图片。

女人的目光火辣辣地看向安娜，“没事吧，乖囡？”

“没事，妈妈。”安娜的眼睛盯着毯子的纹路。

莉比的心怦怦直跳。安娜为什么不说，这个英格兰女人把她的书扔下去了？为什么不说莉比逼迫她停止禁食，应该被赶出家门？

当她们再次独处一室时，莉比把书放回孩子膝上，把卡片摞成一摞放在书上面，“对不起，把它们弄乱了。”

安娜点头。她臃肿的手指依然灵活，她细看了所有图画，把它们插回正确的书页里。

莉比提醒自己，她已经对失掉这份工作做好了充分准备，威廉·伯恩不就是在十六岁时因为揭发了本国饥民的煽动性真相被驱逐了吗？这大概造就了如今这个男人。如果能熬过来，损失还不算太大；知道有可能失败，然后重新开始，全新的生活，这不是她跟女孩说过的话吗？

安娜长吸了一口气，莉比听见极轻微的咕嘟声。肺里有液体。也就是说，时间所剩无几了。我看见你，在你从前不在、以后也不会在的地点。“请你听我的，好吗？”亲爱的孩子，她差点加了这个话，但那是母亲的语言，莉比必须直言不讳，“你肯定知道自己的情况越来越糟了。”

安娜摇摇头。

“这儿疼吗？”她按压肚子最鼓的地方。

孩子的表情突然变得非常痛苦。

“对不起。”莉比说得并不十分恳切，她扯下安娜的帽子，“看看你每天掉多少头发。”

“你们头上的发量都是有定数的。”安娜低语。

科学是莉比所知最神奇的力量，如果有什么可以破除迷住女孩的魔障的话，“人体是一种发动机，”她说，“消化是燃烧燃料，用于提供动力。没有燃料，身体会毁坏自身的组织。”她把手心再次放在安娜的肚子上，这次动作轻柔，“这里是燃烧炉。你十岁那年吃过的饭菜，结果是你在那年身体生长了一些，它们全被消耗掉了。还记得你在九岁、八岁吃过什么吗？早就被烧得一干二净了。”在莉比脑子里，时间往前翻转着，令人作呕，“你七岁、六岁、五岁时，你父亲辛苦劳作赚来的桌上每一样食物、你母亲煮的每一口饭菜，现在都在被你身体里绝望的火焰消耗着。”安娜四岁、三岁，她会说第一句话之前，二岁，蹒跚学步；一岁，一直回到她出生那一天、她第一次吮吸母乳，“但是没有适量的燃料，这台发动机开不了多久了，你明白吗？”

安娜的冷静，像一层坚不可摧的水晶。

“像这样，这台发动机开不了多久，不仅仅是你每天都在消瘦，”莉比告诉她，“是你所有的机能都在衰竭。”

“我不是一台机器。”

“‘像’一台机器，我不过是这个意思，不是要贬低造物主，”莉比告诉她，“把他想象成最天才的工程师。”

安娜摇头，“我是他的孩子。他——”

“可以到厨房里说话吗？”罗莎琳·奥唐奈站在门口，拱着长臂、双手叉腰。

“现在不方便。”莉比说。

“非说不可，夫人。”

莉比短叹一声，站起来。

如果留安娜独自在房间里，她就违反了规矩。不过现在也没意义了，因为她不敢想象孩子会探身下床，从什么暗洞里掏出干粮。坦白说，如果真有其事，莉比会很高兴——骗我吧、哄我吧，只要你吃东西就好。

她走出去，关紧门，这样安娜什么都听不见。

罗莎琳·奥唐奈一个人，从最小的窗户往外看。她转身挥了挥一份报纸，“约翰·弗林早上在马林加拿到这个。”

莉比看着头版标题。那是最新一期《爱尔兰时报》，有伯恩报道安娜衰弱的文章：一次与禁食女孩本人偶然而短暂的会面……

“我倒要问问，这个庸才怎么会跟我孩子有了‘一次偶然会面’的？”

莉比迟疑了。

“他又从哪儿听到的一派胡言，说她‘危在旦夕’？我早上看见基蒂捂着围裙大哭，因为她听见你跟医生说什么临终前。”

是该主动出击了，“那你会怎么称呼？”

“你还有脸问！”

“你最近有没有看看你女儿，奥唐奈太太？”

“噢，这就是你，比咱闺女的大夫还懂得多，是吗？你，一个看不出死孩子和活孩子区别的人？”她指着壁炉台上的照片，嘲讽道。

莉比置之不理，“麦克布里亚第想象你女儿正在变成蜥蜴之类的玩意儿。这种老糊涂，你居然把她的性命托付给他。”

女人攥起拳头，涨红的手背上关节发白，“你要不是委员会亲定的，我就马上请你滚出我家。”

“怎么样，那样安娜就能死得更快？”

罗莎琳·奥唐奈冲她扑过来，莉比往旁边一闪，躲开这一击。

“你根本不知道上帝的天行秘道。”

“我知道安娜虚弱得下不了床。”

“要是孩子……多少有些难受，”女人说，“那只是因为被人像囚犯似的监视，神经紧张罢了。”

莉比嗤之以鼻。她走近前来，全身僵直，“什么样的母亲会让这种事发生？”

突然之间，罗莎琳·奥唐奈吼了起来，“我难道没尽力吗？”她哀号着，涕泗沿着脸上的皱纹直流，“她可不就是我身上掉下来的肉、我唯一的指望了吗？”

莉比目瞪口呆。

“不是我把她生到这世上，好生地养她，只要她肯都给她吃的吗？”

有那么一刻，莉比猜想着曾经发生的事实：在那个春日，奥唐奈家的乖女儿满了十一岁，然后，没有征兆、没有理由，她不再吃一口饭。对她的父母而言，也许这种恐惧感跟去年秋天夺走儿子的疾病一样强烈。罗莎琳·奥唐奈对这些家庭剧变的唯一解释，就是说服自己，这是上帝的旨意。

“奥唐奈太太，”她开口道，“我保证……”

但女人逃开了，躲进了那个麻袋窗帘后的棚子里。

莉比回到卧室时，安娜像是丝毫没有听到吵架，她靠在枕头上半躺着，入迷地看着她的圣卡。

莉比瞥见那个在十字形木筏上漂流的女孩，“大海跟河流很不一样，你知道。”

“更大。”安娜说。她用指尖触摸卡片，像是要体会水的感觉。

“大得无穷无尽。”她告诉女孩，“而且一条河只朝一个方向流动，大海却像是会呼吸，进进出出、进进出出。”

安娜费力地吸气，将空气填满肺部。

莉比看看表，快到时间了。黎明前她往威廉·伯恩房门下塞了一个纸条，上面只写了“中午”。她觉得天上深蓝的云朵不太妙，但也没办法。再说，爱尔兰的天气是说变就变的。

十二点整，厨房里响起《三钟经》的嘈杂祷告声，她指望这个可以分散注意力，“我们去散会儿步吗，安娜？”

罗莎琳·奥唐奈和女佣跪着，“主的使者告诉圣母玛利亚，”莉比匆忙经过，去取前门外的轮椅，“此刻，直至我们死去的那一刻。阿门。”

她推着轮椅经过他们，后轮吱扭作响。

安娜吃力地蠕动着下了床，跪在轮椅旁边，“情愿让你的话报应在我身上。”她念诵着。莉比在轮椅上铺了条毯子，扶着女孩坐进去，又盖了三条毯子，把她的肿脚掖在里面。不等当妈的说话，她就飞快地推着轮椅穿过厨房，出了门。

夏天已经开始变了色调，一些长茎上的星形黄花开始变成了深黄色。一大片云朵当中的裂口像一条缝线，阳光从里面洒下来。“那就是太阳了。”安娜粗声说着，头靠着椅背衬垫。

莉比沿着小路急走，轮椅颠簸着穿过车辙、越过石子。她转进巷子，威廉·伯恩就在几米之外。

他没有笑容，“昏迷了？”

莉比这才发现椅子里的安娜已经滑了下去，头歪在一边躺着。她轻拍女孩的脸蛋，上面的眼皮抖动了一下。“只是打瞌睡。”她松了口气。

伯恩今天没有闲聊，“她听了你讲的道理吗？”

“她对那些道理无动于衷。”她告诉他，把轮椅转向离开村子的方向，一直推着向前，让女孩继续睡。“这个禁食，是安娜的精神支柱，是她的日常任务、特殊使命，我的话动摇不了她对它的坚持。”

他沉重地点头，声音极低，莉比不得不俯身向前，以听清他的话，“要是她一直每况愈下……”

“怎么？”当他停住时，她说，但她只是对他的疑问装糊涂罢了。

“我都不想说出来。”

“我会强迫她吗？”

伯恩脸上一紧。

这个男人似乎理解莉比要付出怎样的代价，去做那件简单的事情——按住安娜，把管子插进她的喉咙，喂她吃，“我想我做不到。”

他点头。

有几分钟，他们没说话。然后伯恩又开口了，语气比较轻快，“唉，结果那个牧师终究不是这场骗局的幕后主使。”

“萨迪厄斯先生？你怎么能肯定呢？”

“学校教师弗莱厄蒂说，虽说是麦克布里亚第说服他和其他人成立了委员会，却是神父极力主张起用有经验的护士，对女孩进行正式观察。”

这让莉比陷入苦思。一个心怀鬼胎的人，为什么会希望安娜被人监视呢？

“我还查出了关于布道会的一些情况。去年春天，来自比利时的至圣救主会成员如同一群天使般降临到附近的镇子上。”他指指南面那片颜色驳杂的土地，“有三个星期，每天三次，他们折腾着这些泽地人。”他讽刺地说，“据玛吉·赖安说，有一场宣讲真的让四乡八里都轰动了：地狱之火和硫黄倾盆而下，孩子们惊声尖叫，事后大家急着排队去忏悔，以致有个家伙倒在了人群底下，肋骨被踩断了。布道会的收尾，是一场盛大的卌时祷告……”

“一场什么？”

“意思是四十个小时，我们的主在坟墓里度过的时间。”伯恩故意用浓重的土音说道，“你啥都不知道啊，你这心里没主的人。”

这让她笑了起来。

“在四十个小时里，在所有步行可达的小教堂展示了圣餐面包，一大群信众在大街小巷里争先恐后地拜倒在它面前。在所有适龄男童女童的坚信礼中，这场喧嚣的仪式达到了高潮。”

“其中包括安娜。”莉比猜道，“坚信‘决定的时刻，以后我就不是小孩子了’。”安娜是这么形容的。

“她第二天满就十一岁了。”

莉比感到十分恶心，只得停下片刻，倚在轮椅的皮手把上。所以，受到外国神甫狂热说教的蛊惑，安娜做出了可怕的决定。“奥唐奈夫妇跟我吹嘘，圣体是她吃的最后一样东西。”莉比很想知道这些匿名比利时人的名字，他们倒是坐船走了，不知道已经毒害了一条生命，“那个宣讲的内容是什么，会引起这么大的轰动？”

“哦，通奸呗，还能有啥？”

伯恩的话让莉比扭开头。

“那是老鹰吗？”细弱的声音把他们吓了一跳。

“哪儿？”伯恩问安娜。

“前面那里，在绿色道路上。”

“我想不是的，”他告诉孩子，“只是一只乌鸦大王。”

“我上次在那条所谓的绿色道路上走过，”莉比说，“漫长又无聊，纯属浪费时间。”

“它恰恰是英国人的手笔。”伯恩说。

她斜了他一眼，这是他的玩笑话吗？

“那是1847年的冬天，爱尔兰有史以来第一次被齐胸深的大雪覆盖。因为施舍被视为‘腐败’之举，”他讥讽道，“作为替代，饥民被请去工地干活。在这附近，意味着建造一条没头没尾的道路。”

莉比冲他皱眉，够着头去看女孩。

“哦，我肯定，她知道来龙去脉。”他弯腰去看安娜。

她又睡着了，头无力地靠着椅角。莉比把她身上松开的毯子掖紧。

“男人们从地上捡石头、砸碎，一篮子就挣几个钱。”他继续说，“女人们就拎着篮子，把碎片铺在一起。小孩们……”

“伯恩先生。”莉比抗议。

“你想了解那条路的。”他提醒她，口气冷冷的。

就因为她是英格兰人，他就讨厌她吗？

“我长话短说。那些被寒冷、饥饿或是被热病打垮，一命呜呼的人都被装进麻袋，埋在路边，就在几厘米之下。”

莉比想起自己的靴子踏在绿色道路边鲜花盛开的松软土地上。沼泽从不会忘记，它能“相当完好地保存”事物。

“别说了！”她恳求道，“求你了。”

最终，两人心照不宣地沉默着。

安娜扭动了一下，把脸抵在磨损的绒面上。莉比感觉到一滴雨，接着又一滴。她抓住轮椅的黑色篷子，它的折叶已经锈迹斑斑，伯恩刚帮她把篷子在睡着的孩子头顶上撑起来，雨就劈头盖脸地落了下来。

不值班的那几个小时是莉比最难熬的。她睡不着、看不进书，除了担心外，做不了任何事。午夜，梳妆台上的油灯将要燃尽，安娜只剩枕头一缕黑发可见，从毯子的表面几乎看不出她身体的动静。

莉比坐得靠床很近，不由自主地想到一根管子——很窄、很柔韧、抹了润滑油，跟吸管差不多细，把它偷偷塞进女孩唇间，动作极为缓慢而轻柔，安娜甚至可能会继续酣睡。莉比想象着，把鲜牛奶通过那根管子滴到孩子的胃里，一次只滴一点。

如果安娜的疯魔既是她禁食的原因也是它的结果呢？毕竟，谁空着肚子还能思维清晰呢？也许说来有些矛盾，一旦这孩子肚里有了食物，她才会再次产生正常的饥饿感。要是莉比用管子给安娜喂食，其实是在帮女孩振作起来。把安娜从悬崖边拉回来，给她时间恢复理智。这不是使用强迫手段，而是勇于担当，在所有大人当中，赖特护士是唯一足够勇敢的人，为了让安娜·奥唐奈免于自毁，做了该做的事情。

她紧咬牙关，咬得生疼。

大人不是常常为了小孩本身好而采取一些措施吗？作为护士，莉比不是清理过烧伤、从伤口里取出过弹片，用粗暴的手段把一些病人拖回了生境的吗？疯子和囚犯每天都要几次忍受着强迫喂食，不是吗？

她想象着安娜醒过来，开始挣扎、呛咳、呕吐，用哀怨的泪眼看着她的护士。莉比捏着女孩小巧的鼻子，把她的头往下按在枕头上。躺着别动，亲爱的，听话。你必须吃。不容置疑地，把管子插进去。

不！

脑子里的声音实在太响，莉比有一瞬间以为自己喊了出来。

这不管用。这是她应该告诉伯恩的话。在生理上，是的，大概可以给安娜提供能量，但是，这非但不能让她存活，反而会加速她离开这个世界。这会挫败她的精神。而且到这份儿上，安娜几乎完全靠精神活着。

莉比用怀表计了一整分钟，数了呼吸次数。25次，太多了，但依然十分规律。除了日益稀少的头发、褐斑、嘴角的溃疡，她还是跟所有沉睡中的孩子一样可爱。

“我被喂了数个月的天赐‘吗哪’。”这是安娜今天早上说的。“我靠天赐‘吗哪’生存。”上个星期她跟来访的通灵者这么说。但今天，这话说得不太一样，感觉像是在伤感地聊着过去，“我被喂了数个月的天赐‘吗哪’。”

除非莉比听错了，不是“素”个月，是“四”个月。

是这样吗？我被喂了四个月的天赐“吗哪”。安娜四个月前开始禁食，那是四月吧？

但这说不通。不管她指的是什么神秘营养物质，如果为安娜供应“吗哪”的来源因为观察工作中断了，那么在护士到达后不出几天她就应该开始表现出完全禁食的后果。但是，直到第二周的星期一，伯恩提示莉比之前，她没有注意到任何衰弱的迹象。一个小孩真的能挨到七天后才开始体力不支吗？

莉比往回翻看记事本，在遥远的前线写的一系列电报稿。不，第一周每一天都大同小异，直到——

拒绝母亲的问候。

她瞪着简洁的字句。星期六早上，观察开始第六天。根本不是一个医学性记录，莉比随手记下它，只是因为这是孩子一个原因不明的行为变化。

她怎么可以这样没眼力？

不只是问候，是一个拥抱，使得这女人高大骨感的身形挡住了孩子，像是大鸟喂食雏鸟的一吻。

她不顾南丁格尔小姐的规定，摇醒了女孩。安娜眨着眼，避开油灯刺眼的光线。

莉比低语道：“如果你曾被喂了‘吗哪’，谁……”不能说“谁给了你”，她知道安娜会说吗哪是上帝给的，“谁把它带给你的？谁充当了那个容器？”她以为安娜会抗拒、否认，说些关于天使的精心托词。

“妈妈。”

这姑娘对任何人的提问都准备如此直言相告吗？要是莉比对那些宗教传说少一些不屑，对安娜实际上对她说的话多一些留意，那该多好！

她想起罗莎琳·奥唐奈被默许早晚拥抱女儿，她溜进来的样子，微笑但意外地沉默不语。她在其他时间废话连篇，来拥抱女儿时却一声不吭。罗莎琳·奥唐奈一直闭着嘴巴，直到她弯下身用全身包住安娜。莉比凑近安娜的耳朵眼，声音更低了，“她用嘴把它传到你嘴里？”

“用一个神圣之吻。”安娜说着，点点头，没有一丝羞愧。

莉比不禁怒火中烧。那么，这当妈的在厨房里把食物嚼烂，然后在护士的眼皮底下给安娜喂食，一天两次，把她们当傻瓜。

“她跟你说那是天堂来的？”

安娜看似对这个问题很困惑，“那是‘吗哪’唯一的来处。”她喃喃道。

莉比试图去理解，不是这个花招的逻辑，而是它背后的动机。它是这个奇怪家庭的母女俩为了悼念可怜的帕特而一起发明的仪式吗？它是在安娜的十一岁生日时开始，也许更早之前就慢慢形成了？

“‘吗哪’的味道像什么？”她问，“奶味的，还是像燕麦粥？”

“像天堂。”安娜说，仿佛答案是显而易见的。

“还有其他人知道吗？基蒂？你父亲？”

女孩摇头。

“为什么？她命令你不说的吗？”

“这是隐私。”

“那为什么告诉我？”莉比追问。

“你是我的朋友。”然后，女孩抬起下巴。

莉比的心都碎了，“你不再接受‘吗哪’了，是吗？”她问，“自从星期六就不吃了。”

“我不需要它了。”

“只要她肯，我不都给她吃的吗？”罗莎琳曾哭着说。莉比听见了女人的痛苦、悔恨，却仍然没明白过来。当妈的曾打算无限期地用这种秘密的喂食保住孩子的命，是安娜结束了它，在观察一个星期后。

安娜对后果有一点了解吗？“你母亲吐到你嘴里的东西，”莉比故意说得很粗鲁，“是厨房里的食物。这些饭菜糊糊，是你这些月活下来的原因。”

她停下来，看安娜的反应，但孩子的眼神开始涣散。

莉比抓起安娜浮肿的手腕，“你母亲撒了谎，难道你还看不出吗？你跟这世上所有人一样，都需要食物，你并没有特别之处。”这些话说得全然不对劲，像是劈头盖脸的责骂，“如果你不吃的话，孩子，你会死的。”

然后，安娜看着她，点点头，笑了。

第五章

换　班

在这世界上，只有莉比可以肯定这孩子是在刻意求死，她仿佛能看见安娜在用刀子割喉咙。“每个人的身体都是一种奇迹，”她说，“一种造物的神迹。”这是正确的说法吗？宗教语言在莉比嘴里像外语。

星期四天气灼热，八月的天空蓝得可怕。当威廉·伯恩中午走进餐厅时，只有莉比一个人在里面，看着汤发呆。

“安娜怎么样了？”他问着，坐到她对面，膝盖抵着她的裙子。

她无法回答。

他冲汤碗点点头，“要是睡不着，你需要维持体力。”

莉比拿起汤匙，发出金属的刮擦声。她把汤匙送到嘴边，手在颤抖着，然后放下，溅起一点汤汁。

伯恩在桌上俯身过去，“你不想跟我说话了吗？”

莉比推开汤碗。她一边看着门口，提防赖安家的姑娘，一边把奥唐奈太太用拥抱作掩护传送“天赐吗哪”的事情告诉了他。

“妈的！这女人太胆大妄为了！”他惊呼。

她不怪他爆粗口，“罗莎琳·奥唐奈一天只喂两口吃的，让她孩子硬撑着，这已经够恶劣的了。但过去的这五天，安娜拒绝了喂食，她母亲居然一个字都没说！”

“大概她不知道怎样既能在世人面前坦白，又能推卸掉自己的责任。”

莉比一阵不安，“这事你一点都不能报道，现在还不行。”

“为什么不行？”

他何必要问？“什么都要报道，是你的职业天性，”她嫌弃地说，“但救这姑娘的命要紧。”

“我知道。”伯恩有点发火，“那你的职业天性呢，莉比·赖特？你跟安娜一起待了几天几夜了？你有多少进展呢？”

莉比捂住脸。

“对不起。”伯恩抓住她的手指，“我说的是气话。”

“这话千真万确。”她试图稳住声音。

“不管怎样，请多包涵。”

莉比从他手中抽出手，皮肤还是灼热的。这个男人与她互相责怪，尖锐得一如他们的自责。

“相信我，”他说，“将这场骗局公之于众，是为了安娜好。”

“但到了这份儿上，公开丑闻也不能让她吃饭啊。”

伯恩眯起眼睛，“你何以确定？”

“安娜现在一意孤行，”莉比的声音在抖，“她甚至好像在盼望死亡的到来。”

他甩开脸上的鬈发，“为什么啊？”

莉比只能摇头，尽管她已经在极力了解这个女孩。

“修女知道了吗？麦克布里亚第呢？”

“除了你外，我谁都没告诉。”

威廉·伯恩注视莉比良久，让她后悔说了这话，“好吧。我觉得你应该在今晚把你的发现报告给委员会，因为……”

她打断他，“今晚？”

“他们没通知你和修女吗？十点钟，他们在这儿的后屋里开会。”他冲着剥落的壁纸歪歪头，“医生请求的。”

尽管麦克布里亚第昨天把莉比贬为“无儿无女的女人”，也许他终究听进了莉比的一些话。她把下巴倚在手指关节上，“也许，如果我今天再去医生那里，把‘吗哪’的事情告诉他……”

伯恩摇头，“麦克布里亚第不会听一句指责奥唐奈夫妇的坏话，而且他太沉迷于自己科学奇迹的设想了。不行，最好在今晚走进会场，向整个委员会宣布，你成功完成了他们委托你的任务，因此应该停止观察工作。”

成功？这更像是一败涂地的感觉。

“可这对安娜有什么用？”她问。

他挥舞着手，“也许能给她空间、时间远离公众视线，有机会改变想法。”

“她坚持禁食，可不是为了给《爱尔兰时报》读者留下深刻印象。”莉比用犀利的口气说，“这是她和你们可恶的上帝之间的事情。”

“不要因为上帝的信徒想法荒唐就怪罪他。”伯恩说，“他只是要求我们活着。”

他们像是要打架的狗一样互相对视着，然后，伯恩脸上挤出一丝苦笑，“你知道吗？我这辈子从没遇到过一个女人、一个人，像你这样亵渎神灵。”

阳光刺眼，莉比的制服已经贴在身上了。等她到达小屋时，她决定了：不管有没有受到邀请，她今晚必须去参加这个会议。她怎么可能缺席？

她自己开门进屋，里面一片静默。罗莎琳·奥唐奈和女佣在蠢蠢欲动的沉默中拔着鸡毛，她们是在谈论她吗？

“下午好。”莉比说。

“下午好。”她们回道，眼睛不离死鸡。

卧室里，安娜蜷缩地躺着，面朝着窗户，两肋一起一伏，张着嘴喘息。

修女愁眉苦脸的，“更差了。”她收拾斗篷和包时轻声说。

莉比把手按在她胳膊上，让她不要走，“今天晚上十点，委员会在赖安家开会。”她说得很轻，安娜听不见，“我们必须去。”

嬷嬷有些畏缩，“是麦克布里亚第医生这么说的？”

莉比很想撒谎，但她耳语道：“那个人脑子糊涂了。他认为安娜要变成冷血动物！不，我们必须绕开他，向委员会其他人报告。”

“等星期天，我们被召唤时。”

“要今晚！她可能挨不了三天，你知道的。”她几乎不出声地说。

嬷嬷扭开戴着平整头饰的脑袋，大眼睛里闪烁着惊恐。

“你不用跟他们说话。”莉比说。她甚至还没来得及告诉修女那个吗哪的诡计，“但你必须跟我站在一起，嬷嬷。”

“我的岗位在这里。”

“你肯定能找到其他人观察安娜一小时。赖安家的姑娘，甚至……”

嬷嬷不停摇头，“我对修道院的院长们负责，是她们派我来此间在麦克布里亚第医生手下效力，并听从他的指示。这是很悲哀，可……”

“悲哀？”莉比重复着，声音太响，很严厉。

修女退出房间后，莉比想着慈光会修女发的第四个誓言，要为人所用。又记起南丁格尔小姐对一个被她遣送回国的护士所说的：没有用的人就会碍事。

然后，她向安娜走过去，柔声问候。

安娜的心跳像一根琴弦，只隔着一层皮肤在颤动。

8月18日，星期四，下午1点03分。心跳129次，细弱。

她记下来，一如既往地清晰。

呼吸费力。

莉比把基蒂叫进来，让她把家里的枕头都拿来。她把枕头堆在安娜后面，让女孩几乎半躺着，这样似乎能让她呼吸得稍微轻松些。

“你把我抬离那些大门，”安娜合着眼睛，低语道，“把我带离敌人之手。”

莉比现在能听得出《诗篇》里的祈祷文了。如果她能亲自做到多好，把安娜带走，像是带走一条口信、一阵风、一个婴儿。带走，就是解脱。

“再喝点水？”莉比伸出茶匙说道。

安娜的眼睛颤动着，但没睁开。她摇摇头，“让它报应在我身上。”

莉比来时，尿壶里是空的，“你可能不觉得渴，但仍然需要喝水。”

她的嘴唇黏糊糊地粘在一起，然后张开，吞进一匙水。

到外面直言相告会容易些，“你想再坐着椅子出去吗？今天下午天不错。”

“不了，谢谢，莉比女士。”

莉比把这也记下来：过于虚弱，无法坐轮椅。她的记事本不再只是弥补记忆的了。它是证据，与一个罪行有关。

“这船对我够大了。”安娜嘟囔着。

她这是对这张床、也就是哥哥留给她的唯一物件打了个古怪的比方吗？还是她的脑子也开始受到禁食的影响了？莉比写道，思维轻微混乱？然后她才想到，也许是发音含糊的“床”听着像“船”。

“安娜。”她用两只手握住安娜的一只肿手，冰冷的，像瓷娃娃的手。利用你的影响力，伯恩告诉过她，“我现在是作为你的朋友在说话。你知道有种罪孽叫作自杀。”

乌黑的眼睛睁开了，但斜着不看她。

“我从《省察良心》[1]里给你读点东西吧。”莉比说着，拿起她标记过的经书，“你是否做过任何事情来缩短生命或是加速死亡？你是否热

---

① 《省察良心》（*The Examination of Conscience*），是天主教徒准备忏悔的指引。

切或急不可耐地渴望自己死去？”

安娜摇头。

“那么因为虚荣呢？”

女孩继续着轻微的摇头动作，像机器一样，“我会飞升，然后安息。”

“你肯定吗？自杀的人不是会下地狱吗？”

安娜没言语。

莉比很想安慰她，但她强迫自己继续任意发挥，“甚至于，你不会跟你哥哥葬在一处，而是在教堂墓地的墙外面。”

安娜把脸侧向枕头。

莉比想起她告诉女孩的第一个谜语：**人们不会，也不能看见我。**[1]她靠得更近些，低声说：“你为什么想死呢？”

“是献身。”安娜纠正了她，但没有否认。

“什么样的上帝会用你的生命来换你哥哥的灵魂？”

“他需要我。”安娜低语道，她又开始低声念诵桃乐丝祈祷文，反反复复。

借着下午最后的光线，莉比把孩子搀到椅子上，这样能给床上的铺盖透透气，把床单弄平整。安娜坐着，下巴抵在膝盖上。她一瘸一拐地走到尿壶边，但只尿了一滴深色尿液，然后回到床上，动作像一个老妇，一个她再也活不到的老妇。

孩子打瞌睡时，莉比来回踱步。没有其他办法，只能叫基蒂再拿些热砖来，因为白天这么热，孩子都止不住地打寒战。莉比把枯掉的花扔掉，把经书收进箱子。

然后她又把它拿出来，再次翻阅，查找桃乐丝祈祷文。书里那么多教条，为什么要一天三十三次念这一条？

这儿，标题是《为圣布里吉特启示之圣魂所做的受难日祷告》。

---

① 原文I will fly and be at rest. 出自《诗篇》第55篇。

莉比看不出祈祷文有何特别：“我爱你到死，最宝贵的十字架啊，用耶稣——我的救世主的柔软、娇贵、可敬的躯体去装饰，被他宝贵的鲜血泼洒和沾染。”她看了小字的注解，“在星期五斋戒念诵三十三遍，可使三个灵魂从炼狱中解脱，而在受难日的星期五，则可解脱三十三个灵魂。复活节的红利，回报可以乘十一。”她正准备合上，才迟迟意识到一个单词——斋戒。

在星期五斋戒念诵三十三遍。

“安娜。”她弯腰碰碰女孩的面颊，“安娜！”

安娜向上冲莉比眨眼。

“你的祈祷文，‘我爱你到死，最宝贵的十字架啊’，你是因为这个不吃东西的吗？”

安娜的笑容太过诡异，带着一丝阴郁的愉悦，“他告诉你的吗？”

“谁？”

她指指天花板。

“不是，”莉比说，“我猜的。”

“我们猜的时候，就是上帝在告诉我们事情。”

“这跟你哥哥有关吗？”莉比询问。

安娜点头，“如果我天天斋戒、念这个祈祷文三十三遍……”

“孩子啊，”莉比带着哭腔说，“要说斋戒——我肯定它的意思是说，在‘一个’星期五只少吃‘一顿’饭，这样能救三个灵魂，如果是受难日，能救三十三个灵魂。”她怎么像是在读账本似的复述着那些可笑的数字？“书上从来没说过要完全不吃。”

“可是帕特……”

“帕特怎么了？”

安娜的眼神发亮，“他的灵魂需要很多净化。不过，对上帝来说没有不可能的事情，所以我不会放弃。我不停地念这个经，乞求他不要再惩罚我哥。”

“但你的斋戒……”

“那是为了赎罪。”安娜说。

“我从来没听说过这么恐怖的交易！”

“我们天父不做交易的，”安娜责备地说，“他还没有承诺过我什么。但也许他能宽恕帕特，甚至也能宽恕我，只是有可能。”她声音发颤地补充说，“那样帕特和我就又能在一起了。”

“在天堂吗？”

她点头，“兄妹俩。”

这个计划有种奇怪的合理性，是一种对孩子而言有道理的假想逻辑，“先活下来，”莉比劝她，“帕特可以等。”

安娜发出啜泣声，但脸上依然干涸如粉。都没有足够的水分流眼泪了吗？“他已经等了九个月了，一直在受着火烤。”

莉比暗自咒骂着当初编出这个故事的人，“想想看，你爸妈会多想你。”她只想到这么说。

安娜的脸扭曲了，“他们知道帕特和我在天堂是安全的。”她纠正自己，“假如，这是上帝的意思。”

“在潮湿的地下，安娜，那是你将要待的地方。”

“那只是身体，”女孩不屑地说，“灵魂只会……”她扭动了一下，“丢掉身体，像丢掉一件旧外套。”

在这世界上，只有莉比可以肯定这孩子是在刻意求死，她仿佛能看见安娜在用刀子割喉咙。“每个人的身体都是一种奇迹，”她说，“一种造物的神迹。”这是正确的说法吗？宗教语言在莉比嘴里像外语。

安娜摇头，“主啊，在你手中。[1]”

跟这个执迷的小信徒谈快乐和幸福没有用，她只有使命。伯恩之前说过什么的？“在你第一次张开双眼的那一天，上帝只要求一件事：你要活下去。我见过婴儿生下来就死了，”莉比说，“而且毫无道理。”

---

① 原文In thee hands, O Lord. 基督教圣歌歌词。

“他的安排。”安娜低声道。

“好吧。那么，让你存活下来也一定是他的安排。”莉比想象着墓地里的那个集体坟墓，“在你小时候，几十万、上百万的同胞在你周围死去。”她说，“这就是说，活下去是你的神圣使命。继续呼吸，像我们其他人一样吃饭，做维持生活的日常工作。”

她只看见孩子的下巴极轻微地动了动，说了“不”，总是“不”。

晚上八点，当马拉奇·奥唐奈进来说晚安时，安娜已经熟睡。他来回踱着步，袖口下面有一圈圈污渍。然后他朝门口走去，但莉比抓住了机会。在那个精瘦体格里的某处，一定藏着一颗父亲的心。“我必须要告诉你，奥唐奈先生，”她低语，“你的女儿越来越衰弱了，她大概撑不多久了。”

他眼中闪过恐慌，“医生说……”

“他错了！我去过战场的，奥唐奈先生。”她几近咆哮地说。

“小可怜！”他俯视着毯子包裹的身体轮廓。

此时，莉比几乎就要脱口而出，把“吗哪”的来龙去脉讲出来了。

但是，介入夫妻两人当中并做这样的指控，是一件很严重的事情。马拉奇相信莉比关于她女儿状况的说法，因为现在她擦亮了他的眼睛，他能看得到了。但是，通过秘密的“神圣之吻”给安娜喂食她以为是天赐的食物，这样有鼻子有眼的故事……为什么他会相信一个陌生人、一个英格兰女人的话？如果他不相信莉比，就会直接去问罗莎琳，而莉比就会被赶出这间小屋。

当下要紧的是安娜，她告诉自己，改变她的想法，赢得她的认可。“你为什么不劝她吃点东西，先生？”

农夫冲她直眨眼，“那会呛死她，肯定的。”

“就喝杯牛奶？它的浓度跟水一样啊。”

“我做不到。”

修女已经在门口了，九点了，莉比的轮班结束了。而且莉比马上发现嬷嬷是一个人，这说明修女仍然不愿意去参加那个会议。

“赖特女士。”嬷嬷开口道。

“用一壶滚水做熏蒸，也许能缓解这姑娘的呼吸。”莉比说着，与她擦身而过。

她心里揪着，在楼上自己的房间里等。不单是一想到要闯进雇主们的会议、请求他们提早结束观察就紧张不安，这是一种痛苦的两难抉择，因为要是她成功说服了他们，她可能就再也见不到安娜了。一旦观察工作结束，莉比不相信奥唐奈夫妇还会愿意让她在启程回英格兰前跟他们的女儿告别。她想到了来之前工作的医院，不知为什么，她无法想象在那里继续原来的生活。

个人得失没关系，莉比告诉自己，无论怎样，每位护士都必须离开她的病人。但这次分离会对安娜造成什么后果？莉比感到很讽刺，她还没有说服女孩吃哪怕一粒粮食，却坚信只有自己能办到。她是自负到开始妄想了吗？

袖手旁观，罪莫大焉。这不是伯恩关于报道饥荒的结论吗？

莉比看看表，十点一刻了。即便爱尔兰人总是迟到，现在委员会应该已经到齐了。她站起身，整理制服，抚平头发。

她在酒鬼杂货铺后面的那间屋子外面等着，直到听出了其中一些人的声音，是医生和神甫。然后她敲了门。

没有应答，大概他们没听见。那是一个女人的声音吗？难道嬷嬷设法找到人替班，来这个会议了？

莉比自己进去后，第一个看到的人就是罗莎琳·奥唐奈。他们的目光定住了。马拉奇在他老婆身后，表情也一样目瞪口呆。

莉比咬着嘴唇，她没料到这个。在奥唐奈夫妇面前，她怎么能把要说的话说出来？

一个穿着旧织锦外衣的长鼻子、矮个儿男人坐在一把单独的曲背大椅子里，在一张附带了几个搁凳的桌子上主持会议。她猜这是奥特维·布莱克特爵士，从举止看，是退休的官员。她发现了桌上的《爱尔兰时报》，他们是在讨论伯恩的文章吗？

“这位是？”奥特维爵士询问道。

“英格兰护士，不请自来了。”约翰·弗林说道，他比邻座的准男爵要高多了。

莉比拒不退缩。

“这是秘密会议，赖特女士。”医生说。

她的房东迈克尔·赖安扭扭头，好像是在说她应该回楼上去。

她觉得眼生的，是一个头发油腻的男人，那一定是学校教师兼修鞋匠奥弗莱厄蒂了。莉比一一打量他们，积蓄着胆量。她会据实说话，用她手中记事本里记录的实情。

“先生们，打扰了。我觉得，如果诸位在商谈安娜·奥唐奈的事情，大家应该听听她健康状况的最新消息。”

“什么‘消息’？”罗莎琳·奥唐奈嗤之以鼻道，“半小时前我离家时，她还睡得像个小宝宝呢。”

“我已经做过报告了，赖特女士。”麦克布里亚第医生说。

她冲他横眉冷对，“你告诉委员会安娜已经浮肿到不能走路了吗？告诉他们她的心跳一天比一天快、肺里的脓液咕噜咕噜直响了吗？她遭受着发冷、麻木、眩晕和疼痛。”如何不失体面地提出排尿的问题？“她的身体几乎排不出液体了。她的牙龈在出血，嘴角皲裂、牙齿脱落。”莉比翻着记事本，不是因为需要参考记录，只是为了向他们说明这一切都有案可查，“她的声音嘶哑，皮肤上遍布硬皮和瘀青；她的头发一把一把地掉，像个老……”

她迟迟才发现奥特维爵士正举手制止她，“我们知道你的意思了，夫人。”

“我一直说，这整件事就是胡扯。”这位旅馆老板打破了压抑的肃静气氛，“谁不吃饭能活？”

莉比暗想，如果赖安一开始真的这么怀疑，他怎么会同意掺和进来的？

约翰·弗林呵斥他：“你少说点！”

赖安嘴巴一撇，“我跟你一样，也是这委员会的一员，我说……”

“我们根本没必要撕破脸皮吵架吧？”神甫说。

“萨迪厄斯先生，”莉比说着，向他走近一步，“为什么你不叫安娜停止禁食？”

“我相信你听见我说过。”

“那只是不痛不痒的建议！出于拯救她哥哥灵魂这个疯狂愿望，她要饿死自己，显然还得到她父母的默许了！”莉比伸手指向奥唐奈夫妇。

“闭嘴，愚蠢的异教徒！”罗莎琳·奥唐奈咆哮着。

啊，总算说出来了，真爽！“你是这村子里的罗马教廷代表，萨迪厄斯先生。你为什么不命令安娜吃饭？”

此人恼羞成怒，“神甫和教民的关系是神圣的，夫人，凭你的身份，你根本无法理解。”

“如果安娜不听你的话，”她问，“难道你不能请主教来吗？”

他怒目圆睁，“我不会、绝对不能把我的上级、整个教会牵扯进这件事。”

“它不是已经被牵涉进来了吗？”弗林问道。

“明面上，并没有。”萨迪厄斯先生举起手，做成围栏的样子，“对于不明事件，只有排除其他所有可能原因之后，教会才可以裁定为天意所为。没到那个程度，她就必须与任何神奇事件的说法保持谨慎的距离。”

莉比意识到，这里的“她”指的是教会。她从没听到和蔼的神甫说话口气如此冰冷，仿佛在照本宣科。

“尤其是证据尚未提供的，”他低声补充道，“或者似乎不可能提供的。”

没有证据。他这是当着奥唐奈夫妇的面向全体人暗示，他们的说辞是捏造的吗？莉比想起来，就是他敦促委员会出资进行正式调查的，亏他还是这家人的朋友呢。

约翰·弗林身体前倾，满脸通红。

仿佛自觉说得太多，神甫圆润的脸庞抽搐了一下。

莉比乘机利用这片刻的混乱，“我还有事情报告，先生们，此事性质严重、紧急，我希望这能豁免我不请自来之过。”她没往罗莎琳·奥唐奈的方向看，以防这女人恶狠狠的目光让她丧失勇气，“我得知，出于恶毒的用心……”

吱扭一声，房门被撞开，然后又关上了，像是进来了一个鬼魂。接着一个黑影出现在空隙中，嬷嬷拉着轮椅，倒退着走进来。

莉比哑口无言。

她极力劝说修女过来，但把安娜一起带来……

娇小的女孩歪斜地躺在准男爵借的轮椅里，被毯子裹得严严实实。她的脑袋歪成奇怪的角度，但眼睛张开着。“爸爸，”她小声说，“妈妈，莉比女士，萨迪厄斯先生。”她叫出所有人的名字，吐字微弱，像是一颗颗掉落的石子。

马拉奇·奥唐奈双颊湿了。

“孩子，”萨迪厄斯先生说道，“我们听说你身体不适。”

这是爱尔兰人最差劲的委婉说法。

“我很好。”安娜用极轻微的声音说。

莉比马上就知道，她不能讲“吗哪”的事情了。因为毕竟空口无凭，那只是小孩嘴中的间接叙述。罗莎琳·奥唐奈会嚷嚷说，这个英格兰女人为了泄愤，编出了一整套亵渎神灵的谎话。委员会的成员们就会转向安娜，要求知道真假。那时，这孩子会怎么做呢？凭借安娜的理解力，她能否认识到，说她母亲真的喂了她“吗哪”，在这些人看来就是证明了罗莎琳是个撒谎精？此时此刻，莉比要逼着女孩在她和罗莎琳之间做出选择，这太不可靠了。哪个孩子会不站在自己的母亲一边？况且，莉比觉得，这样做，残忍得不近人情。

她改变策略，走向轮椅，朝修女点点头。

“晚上好，安娜。”

女孩粲然一笑。

“我能不能拿掉你的毯子，让这些先生们看你看得更清楚些呢？”

安娜微微点头，她喘息着、张大嘴巴呼吸。

莉比把孩子的身体露出来，把轮椅推到靠近桌子处，让烛光照到她的白色睡衣。这样委员会能看到她奇特的身体比例：一个巨人的手掌和小腿被嫁接到了一个小矮人的身体上。眼窝深陷、瘫软无力、脸色潮红、手指发青、脚踝和颈部留有奇怪的印痕。安娜支离破碎的身体是莉比能给出的最有说服力的确证。

“先生们，”她用颤抖的声音说，“我们两位护士正在监视一个孩子的处决过程。两个星期是一个随意选择的时间，不是吗？我恳请各位，今晚就取消观察。”

她说的时候只抱有一线希望。她只知道，一定要有所行动，而且事不宜迟。

长时间的沉寂。

莉比看着麦克布里亚第。她看得出，对于自己的理论，他的信心发生了动摇，他干瘪的嘴唇在抖动。

“我觉得，我们看得够多了。”奥特维·布莱克特爵士说道。

“是的，你现在可以把安娜送回家了，嬷嬷。”麦克布里亚第说。

修女一贯恭顺地点点头，推着轮椅出去了，弗莱厄蒂跑上前去为她们撑开门。

“还有奥唐奈先生和太太，你们也可以退场了。”

罗莎琳看样子很不情愿，但还是跟马拉奇一起离开了。

“还有赖特女士……”萨迪厄斯先生指向她。

“等这个会议结束。”她咬着牙对他说。

奥唐奈夫妇走后，门关上了。

“我相信大家都同意，要相当确定后才能改变我们一致同意的行动方案吧？”

桌上一阵叽叽喳喳，但没人提出异议。

“我想，这事也就剩几天了吧。”迈克尔·赖安说。

周围的人都点头。

莉比隐约意识到，他们的意思不是说，离星期天只剩三天了，所以不妨现在结束观察；他们的意思是，不妨继续进行到星期天为止。他们难道没看到这孩子吗？

准男爵和约翰·弗林就所谓程序和举证责任喋喋不休，莉比不想听了。她想，罪恶就是这么酿成的，都不需要有一个邪恶的人。

“毕竟，观察工作是一次性彻底发现真相的唯一方法。”麦克布里亚第在提醒全体成员。

莉比突然觉得，她不再关心真相了，她只希望女孩能活下来。

“为了科学，为了人类……”

莉比忍无可忍，“你可以被清理出医生队伍了，”她指着他说。她在虚张声势，她并不了解吊销行医资格的条件。“你们所有人，你们的冷漠等同于犯罪。不为一个孩子的生存采取必要措施，”她挨个指着他们，随口说着，“企图妨碍司法公正、合谋杀人。”

“夫人，”准男爵说道，“我提醒你，我们付不菲的报酬聘用你，需要你在大家同意的两周时间内履行一项单一任务。关于你是否观察到那个姑娘吃了任何食物，我们要求你在星期天提供最终的证言，但除此之外……”

“安娜到星期天可能已经死了！”莉比大吼，“我们都脱不了干系。”

“赖特女士，请克制自己。”神甫说。

“她违反了多项聘用规定。”迈克尔·赖安指出。

约翰·弗林点头，“如果剩下不止三天，我会提议把她撤换掉。”

“嗯，”准男爵点头道，“情绪不稳定，很危险。”

莉比踉跄着走向门口。

在她的梦中有抓挠声，老鼠在长长的病房中群体出动，挤满了走道，在病床间跳跃，舔舐着鲜血。有人在惨叫，但是莉比听到盖过人声的是抓挠声，那种爪子摩擦木头的尖锐声响……

不对，是门，她房门上有抓挠声。有人只想叫醒莉比，而不想吵醒赖安店里的其他人。

她费劲地爬下床，摸到睡袍，把门开了个缝，“伯恩先生！”

他没说对不起。借着他手上蜡烛的飘忽光线，他们互相打量着对方。莉比朝着漆黑的楼道扫了一眼，随时会有人上来。她示意他进屋。

伯恩毫不迟疑地进来了。他身上气味温热，像是今天骑过马了。莉比指了指唯一的椅子，他坐下了。她在凌乱的床上选了一处距离合适的地方坐下来，既碰不到男人的腿，又能低声说话。

“我听说会议的事了。”

“从他们中哪个人？”

他摇头，“玛吉·赖安，在过道里。”

他跟女招待这么亲近，这让她莫名地一阵心痛，“她告诉你什么了？”

“啊，她只不过偶然听到一些话，她觉得他们所有人像一群饿狼在围攻你。”

莉比差点笑了，她并不否认。

她一五一十地跟他讲了。安娜执意希望通过献祭自己来为哥哥赎罪，莉比发现神甫找她来这个国家，是希望她能揭发不存在所谓奇迹的事实，让他的宝贝教会免于假冒圣人的羞辱。委员会就是一群猪脑子，他们竟然拒绝改变计划。

“我在那时躺在床上，”伯恩说道，“琢磨着你的情况，莉比女士。”

莉比没好气地说：“我什么情况？”

他的语气变得相当严肃，“为了救这个女孩，你会付出多大代价？”

只有当他问了这个问题之后，她才知道了答案，“我会不惜一切代价。”

他猛然扬眉，表示疑虑。

“我不是你认为的那种人，伯恩先生。”

“你认为我是怎么认为你的？”

“顽固、又死板又胆小、假正经，我并不是寡妇。”毫无征兆地，这话就脱口而出。

这让爱尔兰男人坐直身体，“你没结婚？”他脸上洋溢着好奇，要么是厌恶？

“我结过婚。据我所知，我还在婚姻里。”莉比几乎不敢相信，她讲出了自己最糟心的秘密，偏偏还是对着一个新闻记者。但同时她也感到欣慰，那种不顾一切的难得快意。“赖特没死，他……”人间蒸发了？拍拍屁股走人了？离家出走了？“他离开了。”

“为什么？”伯恩嘴里蹦出这话。

莉比耸耸肩，肩上一阵剧烈疼痛，“这么说，你觉得他有道理的。”

“不是！你误会我了，你……”

她不记得自己见过这人竟然一时语塞。

他问：“到底有什么事，能让一个男人离开你？”

此刻，她热泪盈眶。是他为她愤愤不平的语气猝不及防地感动了她。

她父母并不同情她，反而很诧异莉比如此大意，刚捞到个丈夫不到一年就把他给弄丢了。他们还算讲情面，由着她自己冒充寡妇。这种瞒天过海的手段让莉比的妹妹震惊不已，从此再也没理过他们三个人。不过，莉比父母从没问过她的一个问题是：他怎么可以这样？

她使劲眨眼，因为她不愿意让伯恩觉得她在为丈夫哭泣，根本不值得为那个人淌一滴眼泪。她只是笑了一下。

"英格兰男人还说爱尔兰男人愚蠢！"

这让她笑出了声，她用手止住。

接着，威廉·伯恩吻了她，动作实在太快、太用力，她差点栽倒。他一言不发，只吻了那一下，然后就走出了房间。

尽管脑子很乱，莉比后来还是睡着了。

她醒过来后，摸到桌上的怀表，揿下按钮。表在手中震动报时：一、二、三、四。这时，她才想起伯恩吻了她。不，是他们两人接了吻。

她一阵内疚，笔直地坐起来。她怎么能肯定，安娜在夜里没有恶化，没有咽下最后一口粗气？"今夜一直守在我身边，将我照亮、将我守护。"她想回到那个小小的不透气的房间，陪着安娜。

昨夜她在会议上说了那些话后，奥唐奈一家还能让她进去吗？

她连蜡烛都没点，摸索着穿好衣服，然后玛吉·赖安就来敲门了。她轻声下楼，在前门费了半天劲才抬起门闩，出了门。

天还黑着，月牙懒散地傍在云边。如此静默、如此沉寂，仿佛整个国度都化为了一片荒芜，只剩下莉比独自走在泥泞的道路上。

小屋的细窗里一点光亮，现在已经不停歇地照耀了十一个日夜，像是一颗忘记了眨动的可怕眼睛。莉比走近那个像是燃烧着的方格，窥视着里面的场景：嬷嬷坐在床边，注视着安娜的侧脸，小小的脸庞在烛光中分外皎洁。沉睡的美丽女孩纯洁如初，一个也许因没有动静、没有要求、没惹麻烦才显得完美的孩子。难怪人人都喜欢安娜·奥唐奈这样，像廉价报纸上的插图《最终的守夜》，或者《小天使的最后一觉》。

莉比一定是移动了，除非嬷嬷有感知自己受到注视的特异功能，修女抬头看着，还点头致意。

莉比走到前门，自己进去了。马拉奇·奥唐奈正在炉火边喝茶，罗莎琳和基蒂正在把一个罐子里的什么东西刮到另一个罐子里。她们都扫了她一眼，不过只是短短一瞥，仿佛只是感觉到一股气流。

卧室里，安娜睡得很沉，看起来像是蜡人一般。

莉比按了按嬷嬷冰凉的手，吓了她一跳，“谢谢你，昨晚过来。”

“但没起到作用，是吗？”

“不管怎样吧。”

太阳在六点一刻升起来。像是受到阳光的召唤，女孩晃晃悠悠地离开枕头，把手伸向空的尿壶。莉比冲过去拿给她。

安娜呕出来的东西灿黄灿黄的，而且是透明的。空空如也的胃里只有水分，出来的东西怎么能这么鲜艳？

女孩发着抖，抿紧嘴唇，像是要把残液甩掉。

“你疼吗？”莉比问。这是最后几天了，不会错。

安娜吐了又吐，随后躺回枕头上，头转向梳妆台。

莉比不能看安娜，她让自己忙碌着，在记事本上记录。

呕出胆汁，半品脱？

心跳：每分钟128次。

呼吸频率：每分钟30次。

水泡音（水分的轻微破裂声）。

颈部静脉肿胀。

体温很凉。

眼神呆滞。

安娜正在老去，像是时间本身加快了速度。她的皮肤像是揉皱的羊皮纸，上面遍布瘢痕，仿佛是有文字信息印在上面，然后又被刮掉了。孩子揉了锁骨，莉比发现皮肤的褶子没消掉。头发散落在顶层的枕头上，莉比把它们拢起来，塞到围裙的口袋里。

“你的脖子僵硬吗，孩子？”

“没有。”

“那你怎么那样歪着？”

“窗户太亮了。”安娜说。

莉比很饿，她忍不住了。她正在寻思奥唐奈一家是不是故意把她当不需要吃饭的鬼魂对待，女佣用托盘端来了莉比的早餐。基蒂谈论着异乎寻常的好天气，但她眼睛周围又红又肿。

“你今天怎么样，乖囡？”她突然柔声问道。

“很好。”安娜喘息着跟她表姐说。

烤饼配淡黄油。莉比把一块塞进嘴里，想象着圣人彼得站在大门边，等待一块抹了黄油的蛋糕。她尝到了灰的味道。从现在直到我们临死的那一刻，阿门。她把饼放回盘子里，把托盘放在门边。

那天上午，孩子断断续续地说着话，带着鼻音的低语，“所有东西都在伸展，莉比女士。”

“伸展？”

“房间，里外混在一起了。”

这是开始神志不清了吗？“你冷吗？”

安娜摇头。

“热吗？”莉比问。

“都不，没变化。”

那双呆滞的眼睛让她想起相片上帕特·奥唐奈画出来的目光。它们似乎会时不时地抽搐，也许是视力困难。“你能看到眼前的东西吗？”她问安娜。

迟疑，“大部分。”

“意思是，那里的大部分东西？”

“所有东西，”安娜纠正她，“大部分时间。”

“有些时候你看不到？”

“眼前发黑，但我看到了其他东西。”女孩说。

“什么样的东西？”

“美好的东西。”

这就是饥饿的恶果啊，莉比想吼。但有谁冲孩子嚷嚷，就让她改变了想法的？

她在本子里都记下来，为了告诉医生，万一今天他还会劳神出现的话。

“再说一个谜语好吗，莉比女士？”沉默良久后，孩子问道。

莉比很吃惊。但她想，人人都喜欢来点娱乐以打发时间，哪怕是将死之人，“噢，让我想想。对了，我想我还有一个。什么是……什么东西是越小越吓人？”

“吓人？”安娜复述道，“老鼠吗？”

“但即使老鼠大了几倍，它还是一样吓人，也许更吓人。”莉比指出。

“好吧。”女孩喘了口气，“一个越小就越能引起恐惧的东西。”

“确切说，是更薄，”莉比修正自己的说法，“更窄。”

“一支箭，”安娜喃喃道，“一把刀？”又一口粗气，“求你，给个提示。”

“想象着走在它上面。”

“它会弄疼我吗？”

“只有你走开时。”

“是桥。”安娜叫道。

莉比的表情告诉孩子，她猜对了。

基蒂在门口，“萨迪厄斯先生来了。”

神甫穿着厚厚的黑衣，看起来热得难受。莉比昨晚成功刺痛他的良心了吗？他问候安娜时，依然嘴角上扬，但眼中尽是愁云。

莉比放下对此人的憎恶。毕竟，如果有人能让安娜相信她把哥哥拉扯上天堂的打算很荒唐，那人按理说应该是她的神甫。并不是说整件事有什么合理之处。

“安娜，你想跟萨迪厄斯先生单独谈谈吗？”她意味深长地问。

安娜微微摇头。

他心领神会，“你希望做忏悔吗，孩子？”

“现在不用。”

罗莎琳·奥唐奈交叉着疙疙瘩瘩的手指，“她像个小天使似的躺在那儿，能犯什么过错？”

你害怕她把秘密喂食的事告诉神甫，莉比心里说，恶女人！

“那么，我们唱一首圣歌吗？”

“好主意。”马拉奇·奥唐奈摸着下巴说。

“太好了。”安娜喘着说。

莉比递来水杯，但孩子摇摇头。

有六个人在，房间里挤得慌。

罗莎琳·奥唐奈起了个头——

从我的流放之地，
我召唤着你，
而后玛利亚，我的圣母，
将我慈祥地凝视。

莉比暗想，为什么爱尔兰是“流放之地”[①]？

其他人都加入了：丈夫、女佣、神甫，甚至床上的安娜。

而后玛利亚怜悯地，
将我俯视，
这声音来自你的孩子，
它是在召唤着你。

愤懑令莉比如同针芒在背。不，这才是你的孩子！她在心里跟罗莎琳·奥唐奈说，安娜需要你的帮助，而不是圣母玛利亚的帮助。

基蒂用惊人的甜美女低音唱了下一节：

带着悲伤，在黑暗处，
请仍旧守在我身边，
我的光明、我的庇护，
我的向导、我的守护。
虽然我身边陷阱遍布，
但我为何要恐惧？
我知道我很脆弱，
但我的圣母就在此处。

莉比现在明白了，整个地球是“流放之地”。对于铁了心、急着要升到天堂的灵魂来说，人生可以拥有的种种喜好和享受，都被斥为“陷阱”。

可是陷阱在这里，这个用粪和血、毛和奶凑合而成的小屋，是囚禁和伤害一个小女孩的牢笼。

① 流放之地（land of exile）在前文奥唐奈一家人所唱圣歌里出现过，莉比认为它指的是整个地球。

“保佑你，我的孩子。”萨迪厄斯先生跟安娜说，“我明天再来看你。”

这就完了？他尽力了？一首圣歌、一声祝福，然后溜之大吉？

奥唐奈夫妻俩和基蒂跟着神甫鱼贯而出。

在酒鬼杂货铺，没有伯恩的迹象。莉比敲他房门时，没有应答。他是后悔吻了她，在躲着她吗？

整个下午，她躺在床上，眼睛干得像纸，睡眠是遥不可及的。

在纷纷扰扰之中，尽自己的责任。她的老师教导过。

莉比如今已经做尽尝试，却一而再、再而三地失败，她对安娜的责任到底是什么？将我带离敌人之手，安娜祷告过。莉比是她的敌人还是救星？我会不惜一切代价，昨晚她对伯恩如此夸口过。但她究竟要怎么做，才能拯救一个拒绝被救的孩子？

七点时，她勉强下楼吃了点晚饭，因为她感到虚弱。这会儿，烤兔肉像铅块似的压在胃里。

八月的夜晚很是闷热。她到达小屋时，地平线的黑影正在吞噬着夕阳。她敲门，紧张得生硬。在换班期间，安娜有可能会坠入昏迷。

“老样子，小天使。”罗莎琳·奥唐奈低声说。

不是天使，是人类小孩。莉比一言不发地走过这个当妈的。厨房里有燕麦粥的味道，炉火永远在熊熊燃烧。

“她起码气色不错。”罗莎琳嘀咕着，跟莉比走进孩子的房间。

脸色蜡黄，莉比本想这么说，衬着灰白的床单很奇怪。

“晚上好，安娜。我能看看你的眼睛吗？”

女孩张开眼睛，眨动着。

莉比扯开下眼皮查看眼珠。没错，眼白是黄水仙般的奶黄色。她朝嬷嬷投去犀利的一瞥。

“医生今天下午来看时，确认是黄疸病。”修女低语着，穿上斗篷。

“那是什么？”罗莎琳·奥唐奈问道。

“说明安娜整个身体正在崩溃。”莉比口齿清楚地说道。

当妈的没有接话。

尿壶是干的。莉比把它倾斜，又看看嬷嬷。

修女摇头。

这么说，一点尿液都不排了。安娜体内的一切都在逐渐衰竭。

“明天晚上八点半有一个许愿弥撒。”罗莎琳·奥唐奈忽然宣布。

“许愿？”莉比复述道。

“专门为了一个特殊愿望。”嬷嬷解释说。

“为了安娜。是不是很有心呢，乖囡？”当妈的问，“因为你不舒服，萨迪厄斯先生要举行特别的弥撒，而且大家都参加呢。”

“真好。”安娜仿佛需要全神贯注般地说出来。

莉比拿出听诊器，等另外两个女人离开。

今晚她好像听到安娜心脏里有额外杂音——奔马音。这有可能是她过于杯弓蛇影想象出来的吗？她仔细听。是了，惯常的两次心跳变成了三次。

接下来她数了呼吸次数。每分钟29次，更频繁了。安娜的体温似乎也更低了，尽管这两天很热。

她坐下来，握住安娜粗粝的手掌，“你的心脏开始猛跳了。你自己觉得吗？”女孩躺的姿势有点怪，手臂和腿一动不动，“你肯定觉得痛吧？”

“不是这个词。”安娜低语。

“那不管你怎么称呼它吧。”

“嬷嬷说这是耶稣之吻。”

“什么是？”

“疼痛的时候。她说这代表我离他的十字架够近，他可以俯下身亲吻我。”

无疑，嬷嬷说的是安慰话，但这让莉比很惊恐。

安娜剧烈地呼吸，“我只想知道要多久。”

莉比问：“你是说，死亡？”

女孩镇静地点头，像是在等一封信，或是一场雨。

“它不是自然发生的，特别是在你的年纪。”莉比跟她说，“孩子是很有生命力的。”这简直是她跟病人之间最诡异的对谈了。

“愿你的意旨实现。”安娜低语着，画着十字。

“这不是上帝的作为，”莉比提醒她，“是你的作为。”

安娜的眼睑无力地抖动着，最终闭上了，响亮的呼吸声变得和缓、平稳。

莉比一直握着那只肿手。睡眠，片刻的侥幸。她希望安娜能整晚安眠。

墙那头开始念《玫瑰经》。这一次很安静，念诵得很轻。莉比等着它结束，等着一家人安歇。奥唐奈夫妇退回墙外的洞穴，基蒂在厨房长椅上睡下，所有细微声响逐渐沉寂。

最后，她成了唯一醒着的人、观察者。今晚永远守在我身边。

莉比忽然想到，她为什么要希望安娜活过本周五晚上、下一个晚上以及剩下的无论多少个晚上？按理说，出于怜悯，她不是应该希望它完结吗？归根结底，她为了让安娜好受些所做的一切努力——喂一口水、加个枕头，不过是在延长她的痛苦。

有那么一会儿，莉比任由自己想象着，做个了断：拿起一条毯子、叠起来，盖在孩子脸上，用尽全身力气压下去。不会太困难，也用不了一分钟。这是仁慈之举，真的。

杀人犯。

莉比怎么就到了这个地步，盘算起弄死病人来了？

她怪自己睡眠不足、迷茫失措，千头万绪、乱七八糟。一片荒芜的沼泽，一个迷途的孩子，还有步履蹒跚跟在她后面的莉比。

绝不能灰心！她命令自己。这难道不是不可饶恕的罪过之一吗？莉比想起一个故事，讲的是一个男人与一个天使整夜角斗，一再被扔下去，屡败屡战。

想想，想想！她绞尽脑汁。一个孩子有什么过往？罗莎琳·奥唐奈在第一天早上回答过她的问题。但所有疾病都有发病、病中和结束的过程，莉比只是必须在这个病例上顺藤摸瓜。

然后她想到了——那个哥哥，帕特·奥唐奈。

这个男孩，莉比只是从一张照片上认识，他的眼睛是画上去的。他的妹妹怎么会坚信她必须用自己的灵魂为他的灵魂赎罪？莉比努力设身处地地想象一个对那些古老传说信以为真的女孩，原原本本地理解安娜的挣扎。

四个半月的禁食，为一个男孩赎罪怎么需要付出那么大的牺牲？除非他在地狱，安娜说过。但帕特自己也只是半大孩子，他怎么会在地狱遭受火烤？

“安娜。”只轻声地一下，接着更响些，“安娜！”

孩子醒得很费劲。

“安娜！”

她沉重的眼皮一眨不眨。

莉比把嘴巴凑得离女孩耳朵很近，“帕特做过什么坏事吗？”

没有回答。

放过她吧！莉比告诉自己，这些现在有什么意义？

“他说没关系的。”安娜勉强发出声音，眼睛仍然合着，仿佛还在梦中。

莉比屏住呼吸，等着。

“他说这是双份的。”

莉比不解其意，“双份的什么？”

“爱（love）。”顶着舌头发L，极少量的喷气，牙齿碰到下嘴唇发V。

“我的爱人是我的，我是他的。”

“你指的是什么？”她尽可能柔和地问。

“那一晚，他跟我成亲了。”

莉比眨眼，再眨眼。房间依然静止，但它周围的世界骤然坠落，令人作呕。他需要我。安娜说过，但她说的不是耶稣。

“我是他的妹妹，也是他的新娘。”安娜轻语，“双份的。”

这里没有其他卧室，兄妹俩肯定合住在这一间里。莉比第一天搬出房间的那扇折叠屏风，就是用来把帕特的床——这张床、他临终的床跟安娜地板上的床垫分隔开来的。

“那是什么时候？”莉比问这话时，喉咙生疼。

安娜微微耸肩。

“帕特多大，你还记得吗？”

“大概，十三岁吧。”

“那你呢？”

“九岁。”安娜更肯定地说。

莉比的脸扭曲了，孩子依然像睡着似的躺着。

“安娜，这是一次——单独一回，还是……”

“婚姻是永远的。这是个秘密。”

莉比微微发出声音，鼓励她继续说。

“当兄弟和姐妹结婚时，这是一个神圣的秘密。我们和上帝之间的秘密，帕特说。”

莉比心里泛起一阵恶心，“我一睡着，他就进来找我。”

“可后来他死了，”安娜说，声音像贝壳似的噼啪作响，眼睛睁开，定定地看着莉比，“我想，也许他做错了。”

莉比点头。

“上帝带走帕特，也许是因为我们做的事。那么，这不公平，因为帕特承受了所有的惩罚。”

他活该。但莉比闭着嘴，让孩子能继续说下去。

“然后在布道会上……”安娜单独发出一声重重的抽泣，“那位至圣救主会会员在他的宣讲里，说兄妹之间这是不可饶恕的罪孽，是六种淫欲中第二坏的。可怜的帕特一直都不知道！”

唉！“可怜的帕特”清楚得很，他编织了一套动人说辞，美化了他一夜又一夜对妹妹所做的事。

“他死得太快了，”女孩哀声道，“根本没机会忏悔。”

莉比听不下去了，“安娜，你没做错。”

“可我做错了。”

“这是你哥哥对你犯的错。”

安娜摇头，“可我也双份地爱他啊。”

莉比无法回答。

“也许我们很快能在一起，但这一次没有身体了，没有成亲，”安娜恳求着，“只是兄妹再在一起。”

“安娜，我受不了了，我……”莉比蜷伏在床边，涕泗滂沱，泪眼迷蒙，“你……”

“别哭，莉比女士。”那双纤细的手臂向莉比伸出，环住她的头，把她往下拉，“亲爱的莉比女士。”

在毯子上、在孩子腿上两个硬邦邦的突起之间，莉比收住悲声。反过来了，被一个主动求死的孩子安慰，这样一个孩子。

“别担心，没事。”安娜喃喃道。

“不，不会没事。”

“一切都好，一切都会好。”

帮帮她！莉比在向自己不相信的那个上帝祷告，帮帮我。

只听见万籁俱寂，她使劲地聆听。

过了很长时间，莉比实在等不了了，她摸索着穿过厨房，经过长椅上女佣睡觉的身影。她脸上的皮肤依然紧巴巴、汗津津的，她摸到隔开外面棚子的门帘，小声说：“奥唐奈太太。”

一阵响动，“安娜有事？”

“不，她睡得很熟。我需要跟你谈谈。”

“什么事？”

“私下聊，”莉比说，“拜托。”

她最终决定，她一定要说出安娜的秘密，但只对另一个女人说。并不是她信任罗莎琳·奥唐奈，恰恰相反。但这凄惨的故事属于这两个孩子的母亲，她有权知道其中一个对另一个干下的勾当。莉比的希望是，这事最终可能震醒罗莎琳，让她清醒一些。圣母玛利亚的颂歌在莉比脑中回响：我的母亲慈祥地看着我，可怜我的心意，可怜我。

罗莎琳·奥唐奈拨开帘子，钻出小棚子。在被封掉的炉火的隐约红光中，她的眼睛睁得溜圆。

莉比做了个手势，罗莎琳跟着她走过坚硬的泥土地面。

一走到外面、带上门，莉比就飞快地说起来，不给自己泄气的机会，“我必须告诉你，安娜被侵犯过。她……不完整了。”这么绕着弯子说话，假正经得可笑。

罗莎琳眯起眼睛。

“她才九岁时，你儿子就开始糟蹋她。”

“赖特女士！”女人低声怒吼，“你乱传丑事，我再也不能容忍了。”

不管莉比有何心理准备，这个反应还是出乎意料。

“这就是帕特下葬后安娜编出来的龌龊谎言，我当时怎么跟她说的，现在也照样这么说，不要糟践她可怜的哥哥。”

莉比不得不靠在小屋的墙上。安娜饱受痛苦的煎熬，鼓起勇气向她母亲坦白整件丑事，罗莎琳却觉得她在撒谎。

“可是……”

“你不要再说了。”罗莎琳指着莉比的脸说，然后转身走回屋里。

星期六早上，六点刚过，莉比在伯恩房门下塞了一张字条，她的脸滚烫。

接着，她赶紧离开酒鬼杂货铺，穿越潮湿的田地。月亮缩成了一弯薄薄的月牙儿。这里是地狱之国，不可挽回地游离在天堂的运行轨道之外。

那个微型圣泉旁的山楂树立在她面前，上面的碎布条在暖风的吹拂下舞动着。她现在明白这种迷信的用意了。假如做任何祭礼有希望救安娜，她难道不会试试吗？为了这个孩子，她愿意去拜一棵树、一块石头或是一个雕萝卜。莉比想着数百年来抱着消痛除厄的希望离开这里的人们，多少年过去了，他们提醒自己，如果我还感到疼痛，这只是因为那块布还没有腐烂。

安娜想要离开自己的身体，把它像旧外套一样丢掉。抛弃她的皱皮囊、这个名字、她不堪回首的过去，让一切都灰飞烟灭。是的，莉比本该希望这样的，这是为了女孩，她更希望，正如东方人相信有可能发生的，安娜可以重新转世投胎，第二天醒来时，发现自己成了另一个人，这一次，是一个完好无损的小女孩，没有孽债要还，能够而且可以饱食无忧。

然后，在渐渐发亮的天际，出现了一个匆忙的身影，她立刻知道她有多么依恋威廉·伯恩，身体和精神上的需要一样毋庸置疑。

他的头发很乱，马甲纽扣扣错了。他攥着她的字条。

“我吵醒你了吗？”莉比傻傻地问道。

“我没睡。”他说着，握住她的手。

尽管她的状态一塌糊涂，身上还是流过一阵暖流。

“昨天晚上，在赖安店里，”他说，“人人都在谈论安娜的事。传言说你告诉委员会她衰弱得很快，我觉得全村人都会参加那个弥撒。”

他们中了什么群体性魔怔了？“如果本村人担心有个孩子被任由着饿死，”莉比质问，“他们为什么不去围攻那家人？”

“宿命论。”伯恩用力耸肩，“我们爱尔兰人生来善于忍耐，或者，换个说法是，冷漠。”

他挽起她的手臂，他们在树下走着。太阳出来了，看样子又将是美好得可怕的一天。

“昨天我在阿斯隆，”他告诉她，“跟警察论理。那个自负的家伙，戴警帽配火枪。他一直捋着胡子说，这种情况相当微妙。他说，没有任何罪行已经成立的证据，警察局不会去侵犯民宅内室。”

莉比点头，警察能起什么作用？不过，她还是理解伯恩试图做一些尝试、任何尝试的冲动。她多么希望把昨夜知道的事情全部跟他说出来，不只是为了一吐为快，而是因为他应该了解事情的来龙去脉。但她不能这么做。把孩子细弱身子所承受的秘密透露给一个男人、任何男人，哪怕是保护安娜的男人，都是一种背叛。伯恩听到后，怎么会一如既往地看待这个无辜的女孩呢？

不，莉比不能跟其他人说。安娜自己的母亲都说她在撒谎，所有人也会这么说。莉比不能让安娜经历一次粗暴的体检，她孱弱的身体已经承受了太多的指指戳戳。更何况，即便事实能得到证明，莉比认为是近亲强奸的，其他人会说成是勾引。

“我必须告诉你，”她说，“我已经得出了一个可怕的结论——在这个家庭，安娜活不下去。”

“可她只有他们，”伯恩说，“只认识他们。没有家的孩子会怎样？”

鹪鹩不嫌巢小，罗莎琳·奥唐奈曾经吹嘘过。但要是一只羽毛稀奇的鸟发现自己进错巢了呢？“童贞母亲，温柔恭礼，选我吧，为你孕育圣子。”要是那只鸟用尖喙啄小鸟呢？“相信我吧，他们不是家人。”

“观察工作明天结束，”他轻轻说，“你打算怎么办？”

南丁格尔小姐问过：你有没有全力以赴地去弥补那个缺口？

莉比盯着伯恩宽展的指甲，没看他的脸。她觉得自己直到这一刻才痛下了决心。她抬头，说："我必须带安娜走。"

"带去哪里？"

"除了这里外，不管哪里。"她放眼坦荡的地平线，"越远越好。"去世界的尽头。

他松开莉比的胳膊，但仍靠得很近，朝向她，"如何能说服孩子吃饭、活下去呢？"

"我说不清楚，但我知道她一定要离开这个地方、这些人。"

他的语气有些揶揄，"你在买那些该死的勺子。"

莉比有片刻的迷惑，然后想起她在斯库塔里买的一百把勺子，微微一笑。

"我们把话说清楚了，"他说道，口气又变得文雅，"你是想绑架这个姑娘。"

"大概别人会这么说，"莉比心惊胆战、声音嘶哑地说，"但我不会强迫她。"

"那么，安娜会愿意跟你走吗？"

"我相信她会的，只要我跟她能说对了话。"

伯恩很机灵，没有指出这事极端不靠谱，"你打算怎么走？雇个车夫吗？还没走到其他郡县，你们就被抓了。"

一时间，莉比感到身心疲惫，"我最后会坐牢，安娜会死，这一切都毫无意义。"

伯恩仔细看着她，"但你还是想试。"

她不知如何回答，"这场战斗值得奋斗。"很荒唐，她现在引用南丁格尔小姐的话，要是听到自己的护士因为诱拐儿童被捕，南丁格尔小姐会无地自容。但有的时候，老师教诲的结果会超过她的预期。

威廉·伯恩接下来的话让她大吃一惊，"那就必须今晚进行。"

星期六一点，当莉比到那里值班时，卧室房门关着。嬷嬷、基蒂和奥唐奈夫妇都在厨房里跪着，马拉奇一手拿着帽子。

莉比去转门把手。

“不行，”奥唐奈太太嘘道，“萨迪厄斯先生正在给安娜做告解礼。”

告解，那是忏悔的另一个说法，不是吗？安娜最终有可能把她寻求拯救帕特灵魂的秘密告诉神甫吗？

“临终圣礼的一部分。”嬷嬷解释道。

莉比脚下一晃，差点倒下来。

“它不单是帮助人得以安宁。”修女让她安心。

“得以什么？”

“安然死去。它还能帮助病危之人，大家知道，如果是上帝的旨意，它就能使人康复。”

卧室里响起尖锐的铃声，萨迪厄斯先生打开门，“你们可以全进来做涂油礼了。”

一群人站起身，跟在莉比后面，曳脚而入。

安娜躺着，没盖毯子。梳妆台上铺着一块白布，上面放着一支燃着的粗白蜡烛、一个耶稣受难像、一些金色碟子、一片某种干叶、一些小白球、一片面包、几盘水和油、一块白色粉末。萨迪厄斯先生用右手大拇指沾了油，“用这代表爱与怜悯的圣油，”他用拉丁语吟诵道，“主通过你的视觉、听觉、味觉、嗅觉、触觉和言语、行走能力，宽恕你的一切。”他点了安娜的眼皮、耳朵、嘴唇、鼻子、手，最后是她畸形足的足底。

“他在做些什么？”莉比低声问基蒂。

“抹去污痕，她用身体的每一处犯下的罪过。”女佣对她耳语。

那人们对她犯下的罪过呢？

神甫拿起那盘白球，用其中一个擦去每一处的油。是棉花球吗？

放下盘子后，他用拇指抚摩面包，“愿这神圣的涂油礼带来抚慰和轻松。”他告诉一家人，“记住，有人说，上帝会擦去他们眼中的所有泪水。”

“保佑你，萨迪厄斯先生。”罗莎琳·奥唐奈喊道。

“无论是短暂时间，或是许多年以后，”他的声音像是催眠的旋律，“我们都会再次相聚，永不分开，在一个没有悲伤和分离的世界里。”

“阿门。”

哄人的说教！莉比咬紧牙齿。

他在水盆里洗手，用布擦干。

马拉奇走向他女儿，弯下身子，像是要亲吻她的前额。然后他停了下来，似乎她现在太过圣洁、不能碰触，“你需要什么吗，乖囡？”

“只要毯子，麻烦你，爸爸。”她牙齿打战地说。

他把毯子拉上来，齐她的下巴盖住。

萨迪厄斯先生把所有器物收进包里，罗莎琳送他出门。

“请等一下！”莉比对他叫道，“我要跟你谈谈。”

罗莎琳·奥唐奈揪住莉比的衣袖，用力过猛，一处线脚崩开了，“当神甫带着圣化的圣餐时，我们不会拉住他闲聊。”

莉比不理她，跟在他后面跑。

跑到外面的院子，她叫道：“安娜跟你说了帕特的事吗？”

那个人停下来，平滑的脸紧绷着，踹开一只啄食的母鸡，“赖特女士，你企图诱导我打破忏悔保密原则的唯一托词，就是你对我们信仰的无知。”

那么，女孩一定是跟他说了牺牲自己的打算。

“这些不幸应该让这家人自己保守，”他说，“而不应该外传。安娜本就不应该跟你谈论这个话题。”

“可如果你对她晓之以理，如果你说明上帝从来不会……”

神甫压下她的话说："我几个月来一直在告诉这可怜丫头，她的罪过得到宽恕了。况且，我们不应该说死者的坏话。"

莉比瞪着他。死者，他根本不是在说安娜的禁食。他是不想谈帕特对她做的事。

她的罪过得到宽恕了。几个月前，在布道会之后，安娜一定是向她的教区神父敞开了心扉，说了她对于"秘密成亲"的所有困惑、她的一切痛苦和屈辱。与罗莎琳·奥唐奈不同，他还算足够明智，相信了她。

但他做了什么？"宽恕"安娜被亲哥哥蹂躏，然后命令她永不再提起。

等莉比回过神，神甫已经在去小巷的半道上了。她目送他消失在树篱附近，暗想，萨迪厄斯先生压下了其他多少个家庭的多少个这样的"不幸"？他只知道这样处理一个孩子的痛苦吗？家丑不外扬——爱尔兰人的基本美德。

回到烟雾缭绕的屋子里，基蒂正把那些碟子里的东西扔进火里：盐、面包，甚至有水，发出刺啦刺啦的剧烈响声。

莉比脸滚热、心狂跳，"你在干什么？"

"它们上面还有圣油的痕迹，"女佣告诉她，"必须把它们埋掉或者烧掉，不然就是亵渎神灵。"

只有在这个国家，才会有人把水烧掉。

罗莎琳·奥唐奈正在把茶罐和糖罐收到墙里的一个纸糊的壁橱里。

"医生呢，"莉比没好气地说，"你想过要去请他来吗？"

"他上午不是来过了吗？"她头也不回地回道。

"那安娜的情况他怎么说？"

"现在她全听上帝的安排了。我们都是。"奥唐奈太太说完了。

莉比有个计划，她提醒自己，她不能让斗嘴分了心。

"今晚那个弥撒，八点半的，"她跟正在把烧煳的燕麦粥刮到盆里的基蒂说，"这种仪式要多久？"

“说不好，今天这场很特殊。”

“比一般的要久？”

“哦，久太多了。我觉得要两个小时。”

莉比故作惊叹地点头，“我在想，我今晚应该待得久一些，这样嬷嬷就能陪你们去弥撒了。”

“不需要。”修女在卧室门口说。

莉比急了，转向正在灶台边拿着报纸若有所思的马拉奇·奥唐奈，“孩子这么喜欢嬷嬷，她不是应该去吗？”

“确实，她应该去。”他说。

修女迟疑着，皱起眉。

“对，你一定要跟我们一起参加啊，嬷嬷。”罗莎琳·奥唐奈说，“给我们打打气。”

“很愿意。”修女说，她看向莉比的眼神依然疑惑。

莉比觉得一阵轻松，在卧室里放下自己的东西，“你好，安娜。”

憔悴枯黄的脸上挤出一丝笑容，“你好，莉比女士。”孩子困倦怠动，似乎被肿胀的脚踝困在了床上，只是时不时地浑身打一个冷战，呼吸声很响。

“喝点水？”

安娜摇摇头。

莉比叫基蒂再拿一条毯子。坚持住！她想在安娜耳边低语。再等一小会儿，就到今晚。但她不能说一个字，还不行。

这是莉比人生中最漫长的一天，但这屋里有些躁动。奥唐奈夫妻俩和他们的女佣心情郁闷地待在厨房，不时进来看看安娜。莉比自顾自地做事，试图看起来像个值着普通班的普通护士，她让安娜靠在枕头上、用布沾湿安娜的嘴唇。她自己的呼吸变得又急又浅。

要是莉比一跟安娜表明心迹，她就停止心跳了怎么办？重病者可能会因为极小的惊吓就一命呜呼，一声惊雷、一个不速之客，甚至一个好消息，虚弱的心脏经不起任何突然变化。

不过，也许一切都无法惊动这孩子了。安娜不是有一种惊人的能力吗？她能心如止水地面对整个世界，然后说不。

四点，基蒂端来一碗奇怪的蔬菜混合肉丁，莉比强迫自己舀着吃完。

“你想要什么吗，乖囡？”基蒂问孩子，“你的玩意儿？”她举起那只留影盘。

“弄给我看看，基蒂。”

女佣就扭起线绳，让鸟儿出现在笼子里，然后又自由地飞了。

安娜喘了口气，“你留着吧。”

年轻女人呆看着她，但她没问安娜是什么意思，她足够机灵，明白得很，“你想把宝贝箱子放在腿上吗？”

安娜摇摇头。

莉比帮女孩在枕头上坐高点，“水？”

安娜摇摇头。

基蒂朝窗外看去，说：“又是那个拍照的伙计。”

莉比跳起来，在基蒂身后看过去，“赖利父子摄影社”，车上写着。她没听到马停下的声音。她都能想象得到，赖利如何巧妙地为临终病床景象摆布人物：侧边光线柔和，一家人跪在床边，穿制服的护士在后面低着头，“告诉他，赶紧走人。”

基蒂有些吃惊，但没有争辩。

“我的圣卡、书什么的。”女佣一走，安娜就朝她的箱子看去。

“你想看看它们吗？”莉比问。

她摇头，“它们是给妈妈的。”

莉比点头。这里有一种因果报应，但愿女孩能明白。纸糊的圣人替代了有血有肉的孩子。罗莎琳·奥唐奈难道不是一直在把安娜推向坟墓吗？也许自从帕特死后安娜告发乱伦事件起就开始了吧？她难道不是早就把女儿拱手让给了他们饥饿的上帝了吗？

一旦这个女人失去了安娜，也许她就能毫无负担地爱安娜了。死去的女儿是完美无瑕的，而活着的女儿就不一样了，她要吃饭、犯错，将来也许还会变坏。不，莉比告诉自己，这就是罗莎琳·奥唐奈的选择：成为两个天使的母亲，痛并骄傲着。

五分钟后，赖利的马车慢慢开走了。莉比看着窗外想：他还会来的，她觉得过世后的摄影构图甚至更容易安排。

大概一小时后，马拉奇·奥唐奈进来，重重地跪在床边。他女儿正在小睡，他双手交叉，指节在皮肤血色中露出白点，低声念了《天主经》。

看着他低垂的灰白头颅，莉比有些动摇。这个男人一点都没有他妻子那么狠毒。要是他从消沉中振作起来，为他以被动的方式爱着的孩子斗争……也许莉比该给他最后一次机会。

她绕过床，俯身对他耳语，“等你女儿醒过来，”她说，“求她吃饭吧，为了你自己。”

马拉奇并没有恼怒，也没有反驳，他只是摇摇头，“我答应过她，我绝不会劝她。”

莉比瞪着他，“那是什么时候？”

“几个月前。”

聪明的女孩。安娜把亲爱的父亲束缚住了，“但那时候你相信她不吃饭能活。”

马拉奇凄凉地点头。

“你对一个完全健康的女孩做了那样的承诺。看看她现在啊！”

“我知道，”马拉奇·奥唐奈轻轻说，“我知道，无论如何，那是一个按着《圣经》的庄严誓言。”

莉比恨不得把他的脑袋在墙上磕得稀巴烂。

马拉奇的头又垂下去，然后晃来晃去，仿佛脖子无法承受它的重量，像被砸晕了的公牛。他的坚定倒也自成一格，宁可坐牢也不愿打破对女儿的承诺；宁可眼睁睁地看着安娜死掉，也不愿让她失望。

他胡子拉碴的脸上滚下一颗泪珠，“当然我还是有希望的。”

希望安娜突然叫着要吃东西？

“另外一个女孩直挺挺地死在了床上，也是十一岁。”

是谁？邻居？报纸上的故事？

“你知道我主跟她父亲说了什么吗？不要担心。不要担心，只要有信念，她就会安全。”

她厌恶地转过头去。

“耶稣说她只是在睡觉，然后他拿起她的手，”马拉奇·奥唐奈继续说道，“她不是起来吃饭了吗？”

这个男人入梦太深，莉比无法叫醒他。跟他那个很不一样的老婆一样，他活该失去自己的女儿。他的情况是因为他一直置身事外，不想去了解、询问、思考，尽些努力。为人父母，必然意味着无论对与错都要采取行动，而不是坐等奇迹发生吧？

天上苍白的太阳下沉了一些，它不会老不下山吧？

八点了。安娜浑身在抖，“要多久，”她不停地嘟哝着，“了结吧！了结吧！”

莉比让基蒂在厨房炉火上把一些毛巾烘热，然后盖在安娜身上，把两边塞严实。她闻到一丝刺鼻的气息。你啊，她想，有血有肉的女孩，你身上每一处瑕疵、干瘪或是浮肿、每一寸肌肤，我都视如珍宝。

“我们去参加特别弥撒，你能行吗，乖囡？”罗莎琳·奥唐奈走进房间，在她女儿身边转悠着问道。

安娜点点头。

“现在能行？”当爹的在门口问。

“可以。”

出去，出去，莉比想。

“去吧。”安娜哑着嗓子跟他们说。

莉比非常安静地坐着翻看《一年四季》，这样就不会有人猜到她多希望他们走。

厨房里，基蒂的声音、罗莎琳·奥唐奈的声音，然后是关门声。令人庆幸的沉默。

现在开始。

莉比抬起头。看着安娜窄小的胸脯起起伏伏，听着她肺里微微的咕嘟声。

她急忙去了厨房，找到一罐牛奶。闻了闻，确认是很新鲜的，然后找了一个干净瓶子。她把牛奶倒了半瓶满，封上木塞，然后挑了把骨匙。还有一块没用的燕麦饼，莉比掰了一块，用餐巾把所有东西包好。

回到安娜房间，她把椅子拖过来，离床很近。她只希望时间能多一些，她更会说话些。上帝啊，如果有上帝，请教我用天使的语言说话。

“安娜，”她说，“听我说！如果你能做另一个女孩，而不是你自己呢？”

孩子瞪大了眼睛。

“如果你明天醒过来，发现自己成了另外一个人，一个从来没有犯过任何过错的小女孩，你愿意吗？”

安娜点点头。

“那好，我要跟你说个悄悄话。”

只有神灵的语言才有可能打动这孩子。莉比像在圣坛前的神甫一样，庄严地举起奶瓶，“这是魔法牛奶，上帝的特别礼物。”

安娜目不转睛。

这是千真万确的：难道不是圣洁的阳光照透了圣洁的青草，难道不是圣洁的奶牛吃掉了圣洁的青草，难道不是奶牛为了自己圣洁的小牛产下了圣洁的牛奶吗？莉比忽然想起，女人一听到自己宝宝的哭叫，自己的奶水就会流了出来。

“要是你喝了这个圣奶，”她继续说道，努力学着安娜自己冷静坚定的样子说话，“你就不再是安娜·奥唐奈了。”

这个时候，如果孩子看穿了她，一切就可能会土崩瓦解。

安娜一动不动，面无表情。太晚了吗？这孩子已经病入膏肓，什么都无所谓了吗？

“今天晚上安娜会死去，”莉比解释说，“另一个孩子会诞生。”

安娜浑浊的眼睛里透出烟火般的光芒。

“你只要喝一勺这个圣奶——它的威力很强大，你的生活将重新开始。”莉比说。她现在越说越急，说得结结巴巴，“你会成为一个叫娜恩的女孩，她只有八岁，住在离这里很远、很远的地方。”

过了一会儿，又一会儿，又一会儿。

莉比无法呼吸，坐立难安。

“好。”安娜低声说。

“你准备好了吗？”

“安娜会死吗？你保证？”

莉比点头，“安娜·奥唐奈今晚会死。”她想到，安娜自有其理性之处，可能以为莉比要给她毒药。

“帕特会上天堂吗？”

“他会的。”莉比说，自己勉强信了。归根结底，他除了是一个无知、孤独的男孩，还能是什么？可怜的、被放逐的夏娃子孙。

“娜恩！”安娜说着，玩味着这个读音，沙哑的声音中透出一丝愉悦，“八岁，很远、很远。”

“是的。”莉比在利用一个临终的孩子。此刻，她不是女孩的朋友，更像是她的老师，“相信我，这是唯一的办法。”

当莉比拿出牛奶瓶，倒了一勺子时，安娜有些躲避。

此刻无须安慰，只须严肃，“这是新生活的代价，”莉比说，“让我喂你，张开嘴。”她是在引诱人，她明白的。她在污染人、在施巫术。这一口牛奶将安娜的身心再次束缚在一起，会令她受伤。令她产生需要、渴求，想去冒险、会追悔……所有无关宗教的人生困惑。

“等等。”女孩举起一只手。

莉比慌得直抖，现在，我们临死的一刻。

“谢恩，”安娜说，“我必须先谢恩。”

饭前的谢恩祷告，莉比想起神甫做过那个祷告。赐予她恩典。

安娜低下头，“主啊，保佑我们，保佑我们即将领受的、你恩赐的礼物，阿门。”然后，她张开粗糙的双唇，等待汤匙。

莉比没有说话，斜着汤匙、让奶液流进女孩嘴里，看着喉咙波动了一下。她准备迎接可能的呛咳、呕吐、痉挛或抽搐。

安娜咽下去了。就这样，禁食破除了。

“现在吃一小口燕麦饼。”莉比用食指和大拇指尽力捏了些。她放在安娜发紫的舌头上，等着它下去。

“死了。”她轻声说。

“是的，安娜死了。”莉比一时兴起，手心向下盖住女孩的脸，把浮肿的眼皮合上。

她等待了很久。

“醒醒，娜恩，该开始你的新生活了。”

她眨着黑眼睛睁开了。

因为我的过错、我的过错，应该承担责任的是莉比，是她引诱这个光芒四射的女孩重返“流放之地”，这欲望和痛苦并存的世界，再次使她的心灵负重，让她驻留在这黯淡无光的地球上。

她很想马上再喂她一些食物，用四个月的粮食把那干瘪的身体填满。但她懂得胃被撑破的危险，所以她把奶瓶和汤匙连同用餐巾包好的一块燕麦饼放进围裙。要一步步来，走出火坑的路，跟进入火坑的路一样漫长。莉比亲了女孩的额头，动作很轻，“我们现在得走了。”

女孩信任地点头。

她用梳妆台上暖和的斗篷把女孩裹起来，给孩子畸形的脚套上两层袜子，再穿上她哥哥的靴子，给她戴上手套、披上三层披肩，把她裹成一团黑。

她打开通往厨房的门，然后打开小屋的上下两扇前门。西山残阳如血，晚上很暖和，一只落单的母鸡在院子里咕咕叫着。

莉比回到卧室，把女孩抱在怀里。她一点都不重，轻如风中之羽。但当莉比抱着她绕过屋边时，感到自己紧张得腿发抖。

很奇怪，那时莉比想起了自己的宝宝，她自己襁褓中的女儿。她怀里那一点点重量，不比一本书重。宝宝挨了三个星期加三天，咳嗽得像只小羊羔在叫唤。莉比每隔几小时就给她喂奶，但她的奶水必定是不够好，因为宝宝吃了日渐消瘦，仿佛那奶水是食物的对立面，是一种不可思议的萎缩药水。

不该做的，莉比无一做过；该做的，她无一不做。这些事一直都在发生。但母亲是要给予生命的女人，如果她连这一点都做不到，如果她的一切哺育和抚育只换来孩子的夭亡，那她是怎样的怪物啊？

“让我也死吧！”当宝宝的咳嗽最终停歇时，莉比哭喊着。但上帝并没有做这样的事。那是她第一次觉得，他并没有在聆听。

这时，威廉·伯恩牵着他的马，从黑暗中走来。即便莉比早就在观望他了，她还是跳起来——不能回头了。

“晚上好，小……”

“娜恩，”莉比在他叫出原名之前打断道，“这是娜恩。”

“晚上好，娜恩。”伯恩立刻领会了，他说道，“我们要骑着波莉走一趟了。你认识波莉的，你不怕。”

孩子瞪大眼睛，一言不发，只是喘息着攀住莉比的肩膀。

“跟他去吧，娜恩。”莉比说，“我过会儿就来。”

此话当真吗？她希望如此，要是这就够了的话。如果能成真，她愿意赌上一切。

伯恩跳上马鞍，俯身来接女孩。

莉比闻了闻马儿的气味，“你今天下午让人看到你走了吗？”她又延缓了一刻，问道。

他拍拍书包，“我给马备鞍时，确保让赖安听到我告诉那个小伙子，我要去马林加看个朋友，晚上不回来了。”

莉比点点头，终于把女孩举了上去。

他把她安置在他身前的马鞍上，一只手抓着缰绳。他用一种好奇的目光定定地看着莉比，仿佛从没见过她一样。不是，她想，他仿佛在记住她的容貌。要是他们的计划出了错，他们有可能再也见不到面了。

她把食物放到他包里。

“她吃了吗？”他用口型问。

她点头。

他粲然一笑，黯淡的天空也为之一亮。

“一个小时后再喂一勺。”她低语。接着，莉比踮起脚尖，亲了他温暖的手背，那是威廉·伯恩身上她只能够到的地方，然后飞快地转身。

但当他一咂舌头，波莉开始出发，在田野中穿行时，往远离村子的方向。莉比回头看了一会儿那个场景，像是在看一幅油画。马和骑行客、树木、西面那些隐约的沟壑条痕，甚至那水洼片片的沼泽地。在这“死亡中心点”，有着某种美好。

她匆忙返回小屋，在围裙里摸了摸，确认笔记本还在。

莉比先是把卧室的两把椅子都打翻，对自己的医疗器具包也一样，把它往椅子那里踢过去。她的说法要让人信服的话，什么都不能保住。她拿起《护理日记》，把它扔到那一堆上，它落地后像小鸟张翅般打开着。这与护理工作正相反：迅速、高效地制造混乱。

她走进厨房，把火炉一角的威士忌酒瓶取出来，又拿了一把勺子。她把酒泼在枕头上，丢掉瓶子。她拿起燃烧液罐，到处都泼了大量燃烧液：床上、地上、墙上、梳妆台上，还把台子上的小箱子打翻、敞开，露出里面的宝贝。她再次盖上罐子，但盖得很不严实。

莉比手上这会儿都是燃烧液味了，她事后该如何解释？她拼命在围裙上擦手。一切准备完毕了吗？不要担心！只要有信念，就会安全。

她从宝贝箱里抓了一张花边的卡片，上面是一个她不认识的圣人，她在灯罩里点燃。卡片着了起来，火光将圣人笼罩在光环里。用火去净化，只能用火。她用它一碰床垫，后者“轰”的一下就烧起来，陈年麦秆噼里啪啦地响着。一张燃烧着的床，像是用鲜艳蜡笔画出的奇景。脸上的热浪让莉比想起盖伊·福克斯之夜的篝火。

但整间屋子能烧得一干二净吗？这是他们成功脱逃且不被追查的一线希望。晒了三天的太阳，屋顶茅草足够干燥吗？莉比瞪着低矮的天花板。旧房梁看上去太结实，厚墙壁太坚固。

没有其他要做的了，她挥起油灯，用力向屋椽丢去。玻璃碎片、火花纷纷落下。

这时，莉比正跑着穿过院子，身上的围裙着了火，像是无法摆脱的火龙。她用手拍打火苗。一声惨叫，像是其他人嘴里发出来似的。她跌跌撞撞地离开道路，一头扑进湿地沼泽的怀抱。

整晚都在下雨。虽然时值安息日，警察局仍从阿斯隆派来两个人，目前他们正在奥唐奈家小屋的废墟里翻检搜查。

莉比在酒鬼杂货铺后面的走道里等候召唤，她被烧伤的手上包扎着绷带，一股药膏味。她疲惫地想道，一切都取决于这场雨，取决于它昨夜开始下的时机。这场雨不会在房梁还没有倒下来、孩子的卧室还没烧成一堆无法辨认的灰烬前就把火扑灭了吧？

疼痛，但那不是让莉比揪心的；担心，当然为了自己，但也为了女孩。娜恩，她在心里喊，试着叫这个新名字。饥饿到了某个阶段是康复不了的，莉比明白。身体已经不会处理食物，器官衰退了。又或者，她小小的肺部紧张过久了，还有心脏。今天早上，她一定要醒过来啊！威廉·伯恩跟她在一起，待在他能想到的最隐秘的借宿住处，就在阿斯隆的后街上。他和莉比的计划只到这里。娜恩啊，再喝一口牛奶，再吃一口干粮吧！

莉比想到，两周时间结束了，星期天本来就是两位护士向委员会报告的时间。两周前，初来乍到的她曾想象着自己用细致入微的讲解，让这些乡下人刮目相看。可不是像这样——灰迹斑斑、一瘸一拐、浑身颤抖。

她对委员会可能达成的结论毫无侥幸心理。如果可以，他们会拿一个外国人当替罪羊。但具体罪名是什么？玩忽职守？纵火？谋杀？要么，如果警方发现那片焦土之中没有尸体的迹象，就是绑架和诈骗。

把安娜一直藏在阿斯隆，莉比告诉过伯恩，我明天或后天会来找你。她信心十足的言行骗过他了吗？她不这样觉得。他装出一副勇敢的表情来回应她，但他跟她一样知道其中的风险：她有可能锒铛入狱，全部责任就会落在他的肩上。他和安娜会扮成父女俩，坐船去某个地方吗？莉比永远不会泄露他们的去向，她只对这一点确信无疑。

她检查了记事本，封面烧黑了。最后的详情记载可信吗？

8月20日，星期六，晚8点32分

心跳：139次。

呼吸：35次，水泡音。

整日未排尿。

未饮水。

虚乏。

8点47分，神志不清。

8点59分，呼吸极为费力，心跳不规律。

9点07分，死亡。

“赖特女士。”

莉比慌忙合上记事本。

修女在她旁边，眼窝发黑，“今早你的烧伤怎么样了？”

昨晚是从弥撒回来的嬷嬷发现了莉比，把她拖出沼泽，带着她回村里，给她包扎了手。莉比的状态如此糟糕，都不需要做戏。

“不要紧。”莉比说，“嬷嬷，我不知道要怎么谢谢你。”

她摇头，目光低垂。

让莉比良心不安的诸多事情之一是，她对修女的照顾回报以冷酷。嬷嬷在余生中都会深信不疑，她们两个护士造成了或者至少没能阻止安娜·奥唐奈的死亡。

唉，那也没有办法，最要紧的是保佑女孩的平安。

莉比第一次理解了母亲的狼性。她意识到，假如她有如神助般地成功应付了今天的审问，去到威廉·伯恩跟他照看的孩子一起等待的房间，她会成为安娜的母亲，或是最接近母亲的角色。选我吧，选我为你孕育孩子，那首圣歌不是这么唱的吗？在将来，假如曾经是安娜的娜恩要怪罪谁的话，那就怪罪莉比吧！她想，那就是为人母的一部分：把孩子从温暖的黑暗中推向可怕但光明的新生活，并为此承担责任。

正在此时，萨迪厄斯先生和奥弗莱厄蒂经过她身边。神甫脸上的光泽已然消逝，显出了年纪。他对两位护士点点头，一副心不在焉的丧气样子。

“委员会没必要盘问你，”莉比跟修女说，“你什么都不知道。”这话说得有些唐突，“我的意思是，最后那会儿你不在场，你在小教堂。”

嬷嬷画着十字，“上帝保佑她安息，小可怜。”

此时，她们站到一旁给准男爵让路。

“我不该让他们久等。”莉比说着，往后房方向挪步。

这时修女把手放在莉比胳膊上，隔着绷带，“除了问你话外，最好别动、别说话。”她低声说，“赖特女士，你该表现得谦恭，还有悔过。”

莉比眨眼，“悔过？”她嗓门过高，“应该悔过的难道不是他们吗？”

嬷嬷嘘着让她安静，“谦卑者有福报。”

“可三天前我就告诉他们……”

修女走近些，嘴巴几乎贴近莉比的耳朵，“谦卑点，赖特女士，他们才有可能放过你。”

这是合理建议，莉比不说话了。

约翰·弗林阔步走过，神情冷峻。

莉比能回报给嬷嬷什么安慰呢？“安娜……你那天怎么说来着？她死得很安然。”

“她走得很自在？没有挣扎？”

那双大眼睛里有些忧虑，除非莉比看错了。除了难过还有其他东西，疑虑？甚至起了疑心？她喉咙发紧。

“相当自在，”她安慰修女，“她准备好去了。”

麦克布里亚第医生从过道匆匆走来，脸凹陷着，气喘吁吁，像是在跑步。他经过时，都没瞥一眼两个护士。

“我很抱歉，嬷嬷。”莉比说着，声音有点变，“十分抱歉。”

“嘘！”修女又说道，声音像对孩子一样轻柔，“跟你说个悄悄话，我看到了一个景象。”

“景象？”

“某种白日梦吧：我提前从许愿弥撒会上离开，你知道，因为我担心安娜。”

莉比的心开始狂跳。

“我正在巷子里走，好像看见一位使者正带着她骑马离开。”

她目瞪口呆。

“你觉得，我看到的是那个吗？”嬷嬷的大眼睛炯炯地盯着莉比，“那景象是真实吗？”

她点头，就一下。

“赖特女士，”迈克尔·赖安伸伸拇指，“时候到了。”

莉比没道声别就离开了修女。她知道了！脑中的声音太大，莉比几乎听不到旅店老板的话。嬷嬷掌握了我们三个人的命运，可她放过了我们。

在后屋里，委员会成员坐的那些搁板桌前放了一个凳子，但她按照嬷嬷的叮嘱，为了显得谦卑些，站在了凳子前面。

麦克布里亚第把门拉上了。

“奥特维爵士？”旅馆老板恭敬地问。

准男爵有气无力地做了个手势，“由于我不是以常任治安官的身份，而是以私人身份出席……”

“那么，我先说吧。”发话的是弗林，声音粗犷，“赖特护士。”

“先生们。”莉比的声音几乎听不到，她不用硬装，声音也是抖的。

“昨天晚上这水深火热的，到底发生了什么？”

火热？有那么一刻，莉比忍俊不禁，弗林听得出这词的双关意思了吗？

她把一条勒着手腕的绷带调整了一下，一阵刺痛使她头脑清醒。她闭上眼睛、紧缩眉头、低垂着头，仿佛承受不住，发出一连串沙哑的啜泣。

“夫人，你这样子失控，对自己没好处。”准男爵的声音显得愠怒。

没好处，是法律上，还是他只是说她的健康？

“你就告诉我们出了什么事。”

莉比哭诉道：“安娜就是，她不会……那天晚上她越来越虚弱。我的笔记。”她跑向麦克布里亚第，把记事本摊在他面前，翻到记了语句和数字的最后一页，“我没想到她走得这么快。她哆嗦、拼命呼吸，直到突然停止。”莉比深吸一口气，让这六个人想象一个孩子咽气的声音，“我呼叫帮忙，但没人听得到。邻居们准是在小教堂里。我试着给她灌点威士忌把她激醒。我心烦意乱，疯了一样来回跑。”

如果他们了解南丁格尔训练的护士，就会发现这不太靠谱。莉比加快速度，“最后我试图去把她抱起来，放在椅子上，这样能推她到村里找你，麦克布里亚第医生。”她定睛看着他。

老头用手捂住嘴，好像要吐的样子。

“可油灯……我的裙子准是把它带翻了。火到腰上，我才发现身上烧着了。”她裹得像木乃伊的手抽搐着，她举起手以示证明，“那时一条毯子已经着火了。我把她的遗体拖下床，但太吃力了，我看到火苗舔着罐子……”

“什么罐子？”奥弗莱厄蒂问。

“燃烧液。”萨迪厄斯先生告诉他。

“要命的玩意儿，”弗林愤愤道，“我不会在家里放这个。”

“我一直给油灯添油，照亮房间，这样我能看得见，这样我能时刻观察她。”这一刻，莉比是打从心底里地哭了。奇怪，她不敢回忆的是这个细节——灯光一直照着那个睡着的小人儿。“我知道油罐子要爆炸，所以就跑了，上帝饶恕我。”泪水从她的下巴滚落，“我奔出房子，听到身后一声巨响，油罐爆炸了。但我没停下看，只是跑了逃命。”

这个场景在莉比脑中如此栩栩如生，虚与实如此混为一体，她都觉得自己像是真的经历过了。但这些冷冰冰的家伙能相信她吗？

她捂住脸，定定心，准备面对他们的反应。希望警察现在不要撬开屋椽还有床和梳妆台的残木，在一片灰烬中四处挖掘。希望他们断定那一具烧焦的小小尸骨肯定是埋在了废墟里，无法挽回了。

发话的是奥特维爵士，“赖特女士，如果你不是那么出人意料地粗心大意，我们至少能了解到此事的原委。”

粗心大意，这是莉比面临的唯一指控吗？此事，意思是一个孩子的死亡？

“本来尸检肯定能判定肠道里有没有部分消化过的食物。”准男爵补充道，“对吧，医生？”

原来问题是找不到小女孩来解剖，以满足大众的好奇心。

麦克布里亚第好像说不了话似的，只点点头。

“肯定有食物。”赖安嘀咕着，“简直胡扯。”

“恰恰相反，如果肠道里找不到食物，”约翰·弗林突然吼道，“就能还奥唐奈家的一个清白。一对善良的天主教徒失去了最后一个孩子、一位小烈士，这个蠢女人毁掉了证明他们清白的所有证据。”

莉比一直低着头。

“但两个护士对孩子的死没有责任。”这是萨迪厄斯先生，他最后表了态。

“确实如此。”麦克布里亚第医生又能说话了，“她们是本委员会的雇工，在我本人，即女孩医生的授权下工作。”

这两位似乎是试图在给莉比和嬷嬷洗脱罪责，方法是把她们称作没脑子的苦工。她没发声音，因为现在已经无所谓了。

“不过，因为火灾，这个人不应该拿到全薪。”学校教师奥弗莱厄蒂说。

莉比差点要尖叫。这些人哪怕只发给她一枚收买灵魂的银币，她都会甩到他们脸上。

“我不配拿一分钱，先生们。”她说道，尽自己所能，让声音显得像是在悔过。

星期六当天晚上九时七分，正当该村所有罗马天主教教众几乎倾巢出动，挤在白色小小教堂里为安娜·奥唐奈祈祷时，她去世了——据推测，死于纯粹的饥饿。

死亡的确切生理原因无法通过尸检确定，原因在于这一故事的骇人结局。护士当然很担心，采取了非常的措施试图救活孩子，在此过程中，她不小心撞翻了油灯。这个借自邻居家的粗糙设备被改造过，燃料可以不用鲸油，而是更廉价的产品，叫作燃烧液或精制松脂。这一混合液用酒精和松脂按4：1的比例加少量乙醚兑成，众所周知那是易燃物，据称在美国导致的死亡人数高于轮船、铁路事故死亡人数之和。油灯砸在地上，火苗吞没了床铺和孩子的遗体，尽管护士奋勇扑火，她自己在过程中严重受伤，但无济于事，一整罐燃烧液爆炸，护士被迫逃出火场。

次日，由于安娜·奥唐奈的遗骸无法从倾塌的房子废墟中挖掘出来，她被宣告死亡。据警察局称，他们未做出、也不太可能做出任何指控。

此事并非就此了结。在这富足年代里、在维多利亚女王治下的繁荣时期，一个并未罹患任何器质性疾病的女孩，竟被任由着——不，是在大众迷信的蛊惑下日益衰弱而终，记者称之为谋杀，却没有一个人受到惩处，甚至承担责任。她父亲没有采取任何行动，枉顾其法律和道义责任；她母亲，当她的小孩虚弱下去时却坐视不管，最起码是违背了自然天性。警察局，在事情尚有转机时，曾有人就这位弱小公民的健康危险向他们发出过警告。当然还有那位年逾七旬的古怪医师，就是在他所谓的照顾下，安娜·奥唐奈日渐凋零。她的教区神父，没能动用其职权说服女孩停止致命的禁食。那个自封的监督委员会的其他任何成员——记者从最可靠的渠道得到消息——在她死前不到两天前听到了女孩病危将死的证明却拒绝采信。视而不见者是为盲目至极。

无可争议的是，两周前设立的观察工作最终成为恐怖的致命发条，最有可能阻断了私自喂食的途径，杀死了它用于研究的小女孩。该委员会解散前的最后一个举动是宣称这一死亡源于“自然原因”，是“上帝的安排”。但是，造物主和自然都不应该为人为制造的不幸负责。

尊敬的护士长：

您现在大概已经听说，我的新工作以悲剧收尾了。我必须坦言，我自己实在太受惊吓，我整个人都崩溃了。所以将来一段时间里，我不会回医院了。我已经接受邀请，去北部与其他亲戚同住。

您真挚的：

伊丽莎白·赖特

英国与爱尔兰电磁电报公司于1859年8月22日收到下列信息——

自：威廉·伯恩

致：《爱尔兰时报》编辑

已接受名士私人秘书一职，前往高加索。仓促请辞望海涵。换工作如同休息恕不尽述。

并非忘恩之徒的W.B.

安娜·玛丽·奥唐奈

1848年4月7日—1859年8月20日

已经回家

尾声

快速帆船上携带了九千多平方米的船帆，还装有辅助引擎，推动帆船穿越赤道无风带。另外，船上有二十名一等舱乘客、三十名二等舱乘客，还有一千名末等舱乘客。船长一直会根据狂风巨浪和冰山的险情来权衡航速，在他胆量所及的范围内一直向南航行。强劲的西风助力，再加上一点点运气，整个航程应该不会超过一百天。

威尔基·伯恩斯先生优哉游哉。他选择目的地多少有些随心所欲，他随便跟谁闲聊时都这么告诉对方。他是个鳏夫，带着年幼的女儿，唯一的心愿是从丧妻之痛中走出来，父女俩在新地方有一个全新的开始。当然，他本可以选择一个比澳大利亚近点的地方，但大致而言，他希望走得越远越好。

这位爱尔兰男子一头红色短发，但蓄满了胡须。他做过一家印刷公司的经理，曾经渴望着在几年内创立自己的出版社，或许办一个报纸。

莉齐·雷特女士同样不急于到达目的地。她会告诉问她的人，她觉得这趟旅程太对自己口味了，她简直愿意一辈子都待在这艘船上。她总是习惯戴着手套，这让人们对此多有揣测，但这并无秘密可言——她在家里意外受伤、留了疤痕。雷特女士在英格兰是她所在教区的健康护理随访员，如今她甘愿在末等舱有人生病或产子时发挥一技之长。

爱尔兰男子和英格兰女子的客舱都在二等舱，正好门对门，因此，按照海上旅行的惯例，两位自然而然地结识为朋友。人们看到两个人常一起在游步甲板上信步，风雨无阻。

雷特女士特别喜欢伯恩斯的女儿，没了娘的娜恩——八岁，四肢纤细、肚子圆鼓鼓的，没有遗传她父亲的红头发和健谈的特点。她最近刚得过肺病，正在康复，已经表现出一些吹海风的益处了。她容易疲乏，经常胃痛、头晕，但很能忍耐。娜恩是个害羞的孩子，一直黏着伯恩斯，甚至更黏着他们的新朋友莉齐女士。她会在饭前饭后祷告谢恩。当别人问她在澳大利亚有什么期待，她说是新的星星。

伯恩斯的艺术才华让自己惊喜，他常常为工作中的船员、在甲板下面准备伙食的移民帮工们、古怪的塘鹅或海燕画素描。雷特女士和伯恩斯父女都很爱看书，三个人并排坐在面向大海的椅子上读书，常见此景，乘务员中的机灵鬼称呼他们为“三部曲”。雷特女士辅导孩子算术、历史和地理，娜恩则教这位英格兰女子唱古老的圣歌——

带着悲伤，在黑暗处，
请仍旧守在我身边，
我的光明、我的庇护，
我的向导、我的守护。

经历如此漫漫旅途——上万公里，人们普遍会觉得，移民像是重生。丢掉了工作、切断了联系、把旧习惯像面包屑一样掸掉，让浪花卷走。漫长的旅途，使人体会了世事的无常，重要的是，要向前看、而不要往后看。

南纬六十度，在船长的见证下，威尔基和莉齐结婚了，小娜恩手捧一束自己画好剪出来的纸花。

到达了新的家园，一家人开始过上普普通通的生活。南半球上空不一样的星辰，成了娜恩的星辰。这一次，当她满九岁时，再没有人或事伤害得到她了。她与其他女孩相差无几，父母对她也别无他求。他们不想出名，而且总的来说，宁愿没有人书写他们的故事。

说明

《神迹》是一个虚构的故事。然而，它的灵感来源于近五十个所谓禁食女孩的事例，她们因长期不靠食物生存而为人传颂。这些事例在十六世纪到二十世纪期间发生于不列颠群岛、西欧及北美等地。这些女孩和女子的年龄和背景各不相同，有些人（无论新教徒还是天主教徒）声称有着宗教动机，但很多人并没有。也有一些男性的案例，但要少得多。有些禁食者连续几星期被置于监控之下，有些人或入院治疗，或被强制喂食之后，又开始进食；有些人死亡，还有些人仍声称不需要食物，活了数十年。

感谢都柏林的爱尔兰国立艺术设计学院丽萨·戈德森博士（Dr Lisa Godson）诚意分享关于十九世纪天主教崇拜物品的知识，感谢万花筒信托基金会（Kaleidoscope Trust）的筹资人玛吉·赖安（Maggie Ryan，她的名字出现在《神迹》里）的慷慨资助。